# 大后方抗战文学的
# 农村书写

DAHOUFANG KANGZHANWENXUE DE
NONGCUN SHUXIE

主　编　靳明全
副主编　刘　云　黄健平

四川出版集团　巴蜀书社

# 目　录

# 前 言

本书所指的大后方是一个兼具空间时间意义的词汇。战事进展，使作为空间的大后方处于变动之中。华北七·七事变肇始，在抗日战争第一阶段，中国华中、华南、西南、西北很多地区可为抗战大后方。武汉落入日本侵略军之手后，在抗战第二阶段很长时期的战争相持中，中国西南、西北很多地区为抗战大后方。本书的大后方主要指第二阶段未被日本侵略军占领而在国民政府统治下的以重庆陪都为中心的西南、西北的广大地区。大后方抗战文学的农村书写正是以这些地区的抗战作家所描写的农村为主要考察对象。同时，以延安为中心的未被日本侵略军占领而在共产党领导下的地区可称为解放区。本书也将解放区的部分抗战作品作为考察对象。

大后方抗战文学是表现中国人民反抗日本侵略者的具有浓厚民族解放色彩的文学。本书之所以将这些文学中的“农村书写”作为研究对象，基于以下几点：

首先，在抗击日本侵略军的战争过程中，大后方的农村以及占全国人口绝大多数的农民为抗战作出了巨大的贡献。支撑战争的兵源主要出自大后方的农村，正是如此，国民党军队在正面战场上才能抵御住日军的攻势，并不断展开反击，共产党领导的军队才能有效地展开游击战，不断打击日本侵略者。抗战的军事基地、国防工程、军事要道的民工几乎全由大后方的农民承担。大后方农村的绝大多数农民在民族危亡之际同仇敌忾，本着“有钱出钱，有力出力”的原则，除了勇于出征、乐于派工外，在天灾人祸面前，辛勤耕作，为抗日军队和政府纳粮、献粮、借粮、卖粮，支撑起了抗战的后勤供给，为最终取得抗战胜利立下了不朽的功勋。

其次，承担起了战争下的迁移苦难。日本侵华战争全面爆发后，中国历史上发生了一场规模巨大的人口迁徙运动。大批东部沿海沿江地区的人口被迫向大后方内迁。东部的许多人口纷纷离乡背井，流入西部农村。在战争的推移下，大后方城市的大量人口也流入了农村。这种特殊的人口迁徙，对大后方农村社会产生了重要的影响。特别是外来人口和现代思想冲击着大后方农村，使大后方农村社会生活方方面面发生了变化，大后方抗战文学的农村书写也就透视出了中国农村社会向现代性转换的沉重步伐，也为了解中国农村社会向现代性转换为何如此地艰难提供了个案。

第三，大后方抗战文学的农村书写具有中华民族的悲剧色彩。众所周知，抗战时期，中国社会的主要矛盾为民族矛盾，社会生活的轴心为民族解放战争，各党派及各社会团体一切活动，无不围绕此轴心展开。因此，民族解放意识，成为一切不愿做亡国奴的中国人的凝聚力、向心力的支撑点。抗战文学的核心及基调亦如此。在民族解放意识下，大后方的作家拿起手中的笔，及时书写出民族意识浸润下的农村，赋予中国农村社会审美色彩。在这些抗战作家笔下，中国农村遭遇战事的衰败及衰败下的不断复兴得到了栩栩如生的展示，令人震惊，使人激奋。中国农村的这种变化正蕴含着中华民族危亡之际的抗争精神和悲剧因素。大后方抗战文学或抒写高昂的民族解放激情，或描写英雄壮举的悲壮场面，或揭示社会阴暗，痛斥弊端，或反思中国国民性，发掘民族精神等等，无不包含着抗战文人满腔的热血，这也是大后方抗战文学能唤发起中国人民族意识的审美效应的重要原因。

本书各章节分别运用了不同的批评范式和方法，对大后方抗战文学农村书写的作家作品进行了阐释，其论述内容可归类于以下三方面：

（一）宏观把握农村书写。《大后方抗战小说中的农村妇女形象》论述了中国抗日战争是世界反法西斯战争的重要组成部分，中国的抗战文学是世界反法西斯战争文学阵线的一支重要部队，它在文化战线上为这场战争的最终胜利作出了卓越的不可替代的贡献。中国抗战文学中描写农村妇女形象的作品是不胜枚举的。通过具体分析，大后方抗战小说从农村妇女受压迫、农村妇女的启蒙、农村妇女出走的三个方面，揭示了农村妇女的命运。《三四十年代乡村小说创作实践的转变》重点选取中国三四十年代乡村小说的代表作家及其代表作品，进行了文本分析和阐释，纵向比较和分析了三个紧密相连时期——抗战前、抗战时期、抗战后——乡村小说创作的异同及发展趋势，概括和介绍三个不同时期乡村小说创作实践上的艺术特征和叙事风格。

（二）抗战作家的创作探讨。《论艾芜抗战长篇小说的多重意蕴及其矛盾性》论述了在外敌入侵、民族存亡的紧要关头，中国各社会阶层、各政治团体呈现出了纷繁复杂、令人眼花缭乱的状态。大众的情绪随着战事的演进，兴奋与失望交替往复。即便同为出于抗战的目的，深层心理和动机也不尽相同，呈现出的是多样化状态。各文学团体对于当时文学任务的主张也各异其趣，对于文学是“大众化”还是“化大众”，是坚守文学的独立性还是变文学为政治的工具，激起了广泛的讨论。这种时代客观上的复杂性无疑是艾芜小说呈现出矛盾性特质的重要因素。《吴组缃大后方农村写作的艺术特色—— 以〈山洪〉为例》论证吴组缃用严肃的眼光审视和重现生活本质，坚持用现实主义创作方法反映了 20 世纪 30 年代农村的破败过程。《山洪》作者深刻反映了皖南山区的真实生活，刻画了生动的人物形象，把现实性和象征性巧妙结合起来，赋予小说本身和描写内容的真实性和普遍意义，提高了作品层次，升华了战争中萌发的伟大民族精神这一主题。《沈从文自身以及笔下大后方“乡村人”的抗战》认为，沈从文抗战八年在大后方农村为民族抗战而创作。他在国家处于危难时刻冷静地思考，顺应历史情境的变化，在保持作家本色和人生原则的情况下用自己的方式支持大后方的抗战，以一个文学工作者和知识分子的身份贴近普通民众生活，感受他们的心声，即使国家在物质匮乏的时候依然精神昂扬，为全民族抗战大后方的安定团结作了最大的努力。《抗战时期王西彦乡土小说的艺术特色》主要从语言特色、人物形象塑造、小说结构及现实主义特色等方面探讨王西彦抗战时期乡土小说的独特的艺术魅力；从内部与外部分析形成这种艺术特色的原因，对于了解 20 世纪 20 年代以来的中国乡土文学的变化，发掘抗战时期乡土小说特质具有重要参考价值。《论端木蕻良抗战小说中的关东文化及反抗者形象》谈及端木蕻良的抗战小说有着丰富的地域文化意识。深受关东文化影响，端木蕻良对萨满教文化持有一种复杂、矛盾的情感倾向，既肯定它的好，又否定其不合时宜的一面。在民族危亡的抗战背景下，他刻画了东北广袤的黑土地以及东北善恶并存的胡匪世界，以一种浓郁的眷恋乡土的抗战主义写实精神和充满野性的地方风格，在一系列抗战作品中着力塑造反抗英雄顽强拼搏的生命斗争力、不屈不挠的反抗精神、强烈的求生意志，形成了小说独特的精神审美世界。《战时内迁贵州的难民生存状况探析——以蹇先艾战时作品人物为例》在叙述内迁贵州的难民人员组成情况的基础上，结合蹇先艾大量描述战时贵州人民及内迁贵州难民生活的作品，反映了战争对中国人民带来的苦难，同时这些作品人物也较为符合当时内迁难民的人员组成情况，对反映当时的内迁难民的生活状况很具代表性。

（三）抗战作品的阐释。《〈淘金记〉还原抗战背景下普遍的生活真实》分析了沙汀没有让战争掩盖其他所有的矛盾，而是将战争作为故事展开的背景。《淘金记》以一种疏离的态度对待战争，无论是在人物塑造上还是在情节的构造上都十分真实。作品反映的是一些人性的本质以及看似具有戏剧性但确实是人生生活常态的情节，进而拨开了战争的迷雾，发掘出生活的真实性。《田涛抗战小说〈希望〉的伦理学阐释》从伦理学的角度入手，通过父子、母子、夫妻三对家庭伦理关系的分析，揭示传统儒家家庭伦理的内涵，表现出在新时期儒学式微后这样一套残缺的伦理体系对于具有新思想的青年知识分子的压抑。同时，《希望》具有隐含的政治指向，符合主流抗战文学对于小说的要求。何升云形象是抗战时期走出闭塞山村的乡村知识分子的典型。《〈山谷〉的空间叙事与文本分析》运用叙事学理论，立足于探讨空间问题在《山谷》中的表达，主要从叙事与文体的角度，分析文本的空间叙事与文体特征，以及其叙事魅力对读者产生的艺术效果。谈及故事空间在这篇诗化小说里的重要地位，并与文本的情调模式、人物塑造、情节发展等都有着深层联系。由于隐含作者对社会大空间、生活小空间的高度把握，这篇大后方农村小说呈现出独特的情调模式，这种模式主要以鲜明的个性化书写表达出来。处于时空体中的山谷与城市构成文本张力，影响着小说的人物塑造和情节与结构。《从〈敌与友〉看老舍的创作特色及历史局限》将老舍为宣传抗战而作的短篇小说《敌与友》作为分析对象，论述了这部小说以第三人称全知全能的叙述视角展示在日寇侵犯国土全面抗战已经打响的情形下，落后偏僻、与世隔绝的山村里张村和李村世代为敌互不相容的恩怨。作品以犀利的语言风格、多元的创作倾向和历史地位与局限的适度刻画三方面见长。《分裂与整合——〈吕梁英雄传〉的人物形象塑造》认为扁形人物作为人物形象的一个类型，有着其存在的意义及对于文本的价值。文本中“他者”形象的分析，在“他者”与“自我”之间建立起一个对话的机制，于“他者”之中审视“自我”，于“自我”之中反观“他者”，以期实现两种不同文化间的真正意义上的平等客观的交流得到充分的反映。《政治话语与乡土语言结合的典范——〈新儿女英雄传〉中的抗战书写》分析了《新儿女英雄传》的文本特征，认为《新儿女英雄传》作为一部抗战题材的英雄传奇小说，是伟大时代下产生的成功作品，确立了新英雄传奇叙事的基本模式。作者将冀中平原上的平凡儿女塑造成了集体的英雄，以朴实自然的大众语言，精心描绘了在艰苦卓绝的抗战中成长起来的英雄群像。作品时间跨度大，叙事朴素生动，深受读者喜爱，是实践《讲话》精神和发挥乡土书写的成功之作。

本书作为一种尝试性努力，意欲另辟蹊径，对大后方抗战文学作出新思考，肤浅和偏颇之处也难免，这尚待大家的匡正了。

# 第一章　论艾芜抗战长篇小说的多重意蕴及其矛盾性

艾芜的小说《落花时节》（《丰饶的原野》第二部）、《故乡》和《山野》创作于20世纪40年代。在这些作品中，以文学为武器，歌颂人民对一切黑暗势力的反抗是作者的总态度和作者主体性的总特征。但其时正是外敌入侵、民族存亡的紧要关头，中国各社会阶层、各政治团体都呈现出了纷繁复杂、令人眼花缭乱的状态：有的主张投降，有的主张抗战，还有的企图在战争中大捞一把，也有的仅仅希求偏安一隅、及时行乐以打发空虚无聊的日子，慰藉空虚的心灵。大众的情绪随着战事的演进，兴奋与失望交替往复。即便同为出于抗战的目的，深层心理和动机也不尽相同，而是呈现出多样化的状态。各文学团体对于当时文学任务的主张也各异其趣，对于文学是“大众化”还是“化大众”，是坚守文学的独立性，还是变文学为政治的工具，激起了广泛的讨论。这种时代客观上的复杂性无疑是艾芜小说呈现出矛盾性特质的一个客观因素。

## 一

《丰饶的原野》是艾芜的第一部长篇小说，他于1937年写出了第一部《春天》，在 1945 年写出了第二部《落花时节》，又在 1979 年续写了第三部《山中历险记》。如果将三部分作为一个整体来看的话，小说的主题通过刘老九、邵安娃、赵长生以及锯子的遭遇，控诉压迫贫苦人民的黑暗旧社会。但是细读之下，尤其是第一部《春天》和第二部《落花时节》，会发现小说在统一的显在主题下潜伏了错杂不一的裂隙，存在着诸多矛盾。这种矛盾性乃是政治话语和以文学为本位分别影响和作用于作者的结果。

将《春天》和《落花时节》作为一部长篇小说整体来看的话，其中的矛盾性就特别明显和不容忽视。在《〈春天〉改版后记》中，艾芜写道："……但对故乡的思念，却没有静息下了。于是，便决定把那位在岷沱流域的景色人物，移到纸上，也宛如自己真的回到故乡去了一般。"① "作了《春天》五年后的今天，重新翻来读的时候，儿时亲切过的景物，又一度现在眼前了。我感到，我读这部《春天》一次，很像重归故乡一次似的喜悦。"② 可以说，这篇后记的情感基调和《春天》里的情感基调是基本一致的，充满细腻、质朴而又深沉的怀乡色彩。在《春天》中，艾芜就如在叙写家常。小说每一章都有大段的对故乡风貌的描写，艾芜常常忍不住细数农活的工序。小说展现最多的也是几个主要人物的日常生活和劳动：走路、挖泥、吵骂打诨，而并非其深层的心理与动机。农民的面貌、土地的经验都被鲜活的方言土语完美地再现出来了。

在《春天》中，当然也存在雇农、富农、地主、土豪劣绅等

---

① 艾芜：《〈春天〉改版后记》，《艾芜文集》第六卷《丰饶的原野》，四川文艺出版社 1986 年版，第 4 页。

② 同上。

阶级成分的划分，但在“精神还乡”的情绪之下，他们的阶级面目反而模糊、淡化了。在《〈春天〉改版后记》中，艾芜谈到他对《春天》人物的塑造：“里面的每一个人物，写到的时候，差不多都有一个熟悉的影子，显在我的眼前。尤其是邵安娃同他认识最久，……我对他印象太深了，他的名字和他的样子，他的性情，几乎都连在一道，仿佛另换一个名字，就会分散他的印象似的。”① 可见，艾芜是怀着无比亲切的情感叙写其笔下的人物的。因为情感距离的过于贴近，导致他只顾与这些人物做亲切地晤面，而几乎忘却了对其进行心理分析和社会解剖。如对地主汪二爷的描写，并没有写太多这个地主阶级成分所应负有的阶级色彩。小说一开头，写汪二爷的出场：“黑缎面子已经发黄的马褂，边沿上露出脏污的羊毛，就在他那扣纽子的胖手上，翻动着。蓝布长袍，是去年冬天新做的，但左边吊摆上，却有了一大片油渍。”② 他衣着邋遢，因为太过于肥胖，一边吃力地扣着钮扣，一边给雇农分派当天的工作，而雇农们却只专注于手头的工作，对他的吩咐爱理不理。“汪二爷有些恼怒，但要责备他一下，又觉得道理似乎并不在自己这边，只好伸起手指，朝头发里戳着——红结子，油腻乌光的缎瓜皮帽，便随手偏在一边了——然后这么说道：‘淘堰……这样早就去么?’声音虽是严厉得很，但也不一定要强迫他们。”③ 这样的描写和文学作品中一贯阶级色彩鲜明的地主形象有一定的出入，甚至让读者觉得这个地主原来也并不怎么坏，这副笨拙、恼怒、理屈后还强逞一句的样子至多是

① 艾芜：《〈春天〉改版后记》，《艾芜文集》第六卷《丰饶的原野》，四川文艺出版社 1986 年版，第 4 页。

② 同上，第 5 页。

③ 同上，第 5 页。

滑稽可笑而已。

当然《春天》，也不是单纯的“乡土回忆”，社会分析这一重大的主题一直都暗藏于其中，努力推动着小说情节的发展；但是，诗化的乡村图景在《春天》中被反复地描述，已俨然成为小说中不可忽视的重要部分。只因文中的乡土的气息如此浓郁，怀旧的情感如此深沉、热烈，以至于这种“诗化”甚至在某种程度上甚至凌驾在小说的显在主题之上，和小说的显在主题分庭抗礼，造成小说结构上的对位性。比如，作者对故乡风物的过分沉醉冲淡了小说反映社会悲剧的力度；作者充满善意的叙述常常有模糊人物性格之嫌；小说中因再现了太多回忆中的亲切景象，以致削弱了对现实的沉痛感受。而《丰饶的原野》又并非一次简单的“精神还乡”。相反，这部小说从一开始就意图成就为一部具有重大意义的小说，而不是充满温情的拉家常游戏。

在艾芜的《〈春天〉改版后记》中有这样一段话：“我在作品中，就渐渐感到我不是替这三个熟人，记他们的生活言行，而是把我们五千年以农立国的奠基石——最劳苦的农民，拿来一刀一刀的解剖，分析。我在邵安娃身上看出奴性的服从，在刘老九身上，看出了坚决的反抗，在赵长生身上看出了反抗和服从的二重性格。”[①] 这段话显示出，艾芜最明确的创作理念是以故乡为对象作一次社会分析和国民性解剖的实验。也正因为这个创作理念，作于1945年的《落花时节》，虽然其中也有故乡的风物在处处撩拨着作者和读者的心绪，但更为迫切的却是时代主题的催促。在这样的情况下，作者笔下关于故乡温暖的记忆和朦胧的意

---

① 艾芜：《〈春天〉改版后记》，《艾芜文集》第六卷《丰饶的原野》，四川文艺出版社1986年版，第4页。

趣成为次要，人物陡然变得性格分明和典型化起来，同时也更加简单和单薄。于是，我们看到，原本在《春天》中至多还只能算是个喜欢耍些滑头、拈轻怕重的赵长生，在《落花时节》中一变为当面一套背后一套的小人；而《春天》中那个老实、厚道、稳重至多是有些犟脾气的好庄家把式刘老九，在《落花时节》中俨然成长为觉悟了的反抗者；作者更是在邵安娃身上，勉力作着阶级文章，为突出邵安娃的"奴性"和汪二爷、冯七爷的凶恶面目，原本可以不死的邵安娃，被作者匆匆地从日常生活中连根拔起，抛入了一场因过于传奇也因此过于简单得而让人无法信服的悲剧结局；先前阶级色彩还比较淡弱的汪二爷、冯七爷，也都在邵安娃之死的前因后果中变得穷凶极恶，至此，阶级矛盾无比激化。在《落花时节》中，先前令人陶醉的散淡从容的节奏戛然而止，人物与情节都迅猛地朝向一个明确的主题与意义奔赴过去。于此，《丰饶的原野》终于成为一部不折不扣的社会分析小说。

## 二

如果说，《丰饶的原野》中的矛盾性起源于各部成书的时间相隔较久，作者在不同历史阶段，不可避免呈现出思想和情感的不同状态，那么，作于同一时期的《故乡》中的重重矛盾就是在同一时段内历史传统和时代现状的合力对作者内心影响的显著体现。《故乡》是一部以抗战为语境的50万字的长篇小说，但作者并未将视线转向中日战争的具体场景，而是将叙述的重点放在爱国热血青年余峻廷从上海回到故乡的二十多天里的见闻和经历上。在《故乡》的文本具体展开中，作者一度退出传统的权威地位，不再高居主人公之上，而是对主人公采取对话方式。在作品中，余峻廷、徐松一、廖进伯等人的自我意识以及人物之间意识进行交锋。作者仅是对话的组织者、参与者。作品中主要人物的自我意识自由展现，作者似乎无意去对人物进行道德评判，而是通过剖析他们的内心世界，使其自行进行评价。主人公自我意识具有独立性、对话性、未完成性、未论定性；作者与主人公、主人公与主人公之间是平等、对话的关系。这就使得小说带上强烈的矛盾色彩。

在《故乡》中交织着对乡村社会的批判与讴歌的双重纠结。《故乡》小说主人公余峻廷的身份具有“乡村游子”的背景。他曾经是乡村中的一员，但反观故土时又都脱离了乡村人的身份，在文化和心理上都明确地居于乡村之上。他因此得以借助与乡村若即若离、蕴涵着内在悖反精神的游子姿态，成为乡村和乡人的讲述者。这一身份使讲述者常常在讲述中不可避免地倾注强烈的感情色彩，但又处于以批判为基本的创作理念统摄之下。于是，这就使《故乡》的文本形态呈现出抒情和批评的复杂交织，充满着自我的张力。《故乡》常常在故事进展过程中插入大量对故乡自然风貌、地方风俗、乡人们的生活经验的描写。例如小说开篇对故乡的田园牧歌般的描写：“碧绿的茶树，把满山满岭装饰起银白的花朵，敞在暖和阳光的天底下，闪烁出无数小星似的光辉。这是故乡！赤褐色的泥土，点缀起棵棵青松，森严静寂的林中，时时有鸟鸣的声音，播送出来。这是故乡！人人家屋前的枞树腰身上，缠着臃肿的稻草，水牛黄牛躺在下面休息，它们都半闭着眼睛，宁静地嚼着胃里翻出的干草。这是故乡！村巷里乱堆起棕黄的牛粪，屋角上冒出松柴气味的火烟。生了蛋的母鸡，则在土墙那边，兴致淋漓地高叫。这是故乡！”[①] 又如，余峻廷夜宿雷家时，雷吉生的老父亲在饭桌上神色庄重地谈到太阳：“就是太阳他老人家好，一天到晚，埋头做事情，从不息一下，也不说一句话。你看世界上，还有哪个比得他亮，比得他热？”[②] 显而易见，这些文字洋溢着作者对自然的热爱，和对与自然融为一体的素朴生活的亲近之感。在这里，此类叙述的意义，既不是为故事设定一个合理的解释，也无意于强加给受众各事件之间的情感和心理关联，同时，也不是为了传达某种纯粹的精神理念，而很大程度上，是作者迷恋故事和经验的原生态的自然流露。当然，并不是说艾芜不能在小说中有此类表达，因为故事能够流传并不断完善，其诀窍就在于叙述者以及主人公的个人经验在口口相传的过程中相叠增值。而现在的问题却是，此类表达在小说中的存在，不论从结构还是从主题上而言，都不同程度地削弱了整部小说的统一性。作者对故乡呈现出来的态度忽而十分迷恋沉醉，忽而又是一副清醒、凌厉的姿态；而与审视的冰冷态度相比，沉醉的姿态无疑更加美丽和温暖，也更真实可信。

《故乡》沿用的是由鲁迅开创的乡土小说的“离乡——归乡——离乡”模式。“在这南方冬天的时候，余峻廷终于到了家”[③]，而故乡的社会关系、风物面貌也在这位接受了新式教育的青年知识分子面前逐一展开，“他一路到家，都不觉得故乡有什么改变，一切都和六年前离家时候，一模一样”[④]。表亲雷吉生的出场很有点鲁迅笔下的闰土的味道，“雷吉生似乎很有些笨

① 艾芜：《故乡》，《艾芜文集》第四卷，四川文艺出版社 1986 年版，第 1 页。

② 同上，第 137 页。

③ 同上，第 1 页。

④ 同上，第 4 页。

拙鲁钝，和他一向保存的记忆显然不同；那是一个十五六岁的少年，活活泼泼地，又顽皮，又爱讲话的”[①]。但作者下文笔锋一转，雷吉生被余峻城一句玩笑话逗弄出天真的笑容，“余峻廷瞧着雷吉生的脸子，觉得这人又回复到先前那样的活泼了，并不是一味呆痴痴的，大约一向跟静默的泥土，不说话的牲畜混久了，也受了它们呆笨板涩的影响了吧”[②]。接下来余峻廷甚至对敢于夜走野牛岭的雷吉生的勇气十分赞赏和钦佩：“不曾受过教育的吉生，不是更加难得吗？倘使再进过学校，不是一定更能胜过自己吗？而且现在归根结底说起来，还不是比不过他，他挑盐，耕田，种地，全是自食其力，自己呢？”[③] 打猎的余峻廷气喘吁吁地望着健步如飞的雷家兄弟，更是禁不住“羡慕他们的身体强壮，羡慕他们的精神饱满”[④]。如果说雷吉生还不足用来刻画乡土中国民众的精神面貌，那么十七哥应该可以担负得起这个重任了。紧接着出场的是十七哥，余峻廷发现，在生活的重压下，十七哥“那位拿杆鸟铳，在山林草莽中奔跑的汉子，已经失掉了精悍的锐气和愉快的好脸色”[⑤]，十七哥对以高利贷盘剥自己并因为不能如期还款而大骂出口的余老太太反而透着无限的感激：“这一两年来，就全靠伯娘，你母亲她老人家帮忙，不然的话，一家人都要饿肚皮哩，她老人家，我真不知要怎样道谢才好。”[⑥] 余峻廷“不禁抬起头来，望他一眼”[⑦]。但是下文的故事行进，

---

① 艾芜：《故乡》，《艾芜文集》第四卷，四川文艺出版社 1986 年版，第 6 页。
② 同上，第 8 页。
③ 同上，第 17 页。
④ 同上，第 65 页。
⑤ 同上，第 21 页。
⑥ 同上，第 21 页。
⑦ 同上，第 22 页。

十七哥似乎是仅仅为了衬托余老太的刻薄和寡情而出场，远远淡化了十七哥这个人物应当负载的批判意义。

众所周知，中国现代文学，在诞生之初就处在救亡、启蒙、革命等现实与历史任务的相互扭结中。人民认同，从中国现代文学初期，就在文人知识分子笔下时隐时现。抗战时期，人民，在文学叙事中，更是举足轻重的概念，乃至认同、相信、依靠人民，投入到人民中，成为广大知识分子和作家的追求与目标。但是同时，农民始终处于社会和文化的最底层。虽然，新文化运动使得农民这一沉默群体开始受到关注，然而，农民在社会和文化中的被动处境却并没有得到真正改变。在物质生活层面，农民和乡村就是贫穷和落后的代名词，现代文化层面，农民也被书写为愚昧的被启蒙的角色。在文化和文学上，乡村和乡人均无力作为，而只配等待外来者从政治和生活上加以拯救，只能接受外来者的书写，这似乎成为不证自明的定论。在 20 世纪 30-40 年代的中国，甚至演化为社会普通民众，尤其是知识分子的集体潜意识，这当然也自然而然地影响着作家艾芜。在文化上，艾芜像很多乡村出身的知识分子一样，也自觉地认同现代文化，参与着现代文化对乡村的批判式启蒙，从而在创作姿态上形成了与其个人境遇自然的遇合。也许在现实中，艾芜对乡村因怀乡情绪而充满温情，不自觉地在文本中洋溢过于浓厚的感性色彩，但在理智上，艾芜却要服从着现代文化的号令，在书写中以俯视和回望的姿态，自觉选取高于乡村的现代文明立场。在这个意义上，批判姿态可以说是艾芜创作中无可摆脱的现实和文化宿命。表现在文本上，就是前文提到的《故乡》中存在的那些裂隙，这显示出作为革命知识分子的艾芜对代表着革命的生力军的农村与农民的矛盾情感。

《故乡》更带着战乱时代的鲜明印记。正如王晓明所言："当血流成河的时候，作家再要揭露被统治者的精神弱点，就不免会受到内心感情的强烈抗拒。人民承受了最严重的战争伤害，又蕴蓄着抵抗侵略的深厚潜力，对他们的热爱很容易就能抑制住刻画他们真实心理的冲动。"[①] 在1944年的一篇《作家生活自述》中，艾芜宣布也要在写后方那些卑微兄弟的时候，引起读者对他们发生强烈的同胞之爱，因为他以为有了同胞之爱，才能对敌人杀我同胞，发生最大的仇恨。也许就是这种激发读者同胞之情的愿望，促使艾芜特别向人们指明雷家村人的善良淳朴，甚至有意回避他们的狭隘保守。[②] 诸如前面提到的《故乡》中存在的那些文本裂隙，显示出作为革命知识分子的艾芜对代表着革命的生力军的农村与农民的矛盾情感。

造成艾芜对乡村的矛盾心态的另一个原因也与艾芜自身的经历有关。艰难的生活经历，使艾芜养成了对任何形式的淳朴和坚韧性格的偏爱。这种情结早就成为艾芜的早期创作中——特别是他的流浪汉小说《南行记》——的精魂。整部《南行记》洋溢的都是对人的个性与尊严的维护，和对人的原始生命力的赞美与讴歌。在艾芜笔下，这类人物构成了一组醒目的人物画廊。《南行记》写了各色各样非常态的人物，这些人物都处在"时代大潮流冲击圈外"，被抛出了正常的生活轨道而沦落为强盗、小偷、流浪汉、偷马贼、私烟贩子。但是，在他们身上依然残存着劳动人民的美德，律动着强健的生命活力，迸射出和黑暗社会势不两立的反抗精神。艾芜赞美自己笔下这些下层劳动人民身上体现的

① 王晓明：《论艾芜的三部长篇小说》，《文学评论》1984年第4期。

② 同上。

“大写的人”，向往人性中原始的善良、慷慨、乐于助人、热爱自由等美好德行。叙述人/作者对他人的宽容体谅，对和自己有同样命运者的同情，是叙述人/作者博爱精神的体现。在与下层人民的相处中，作者在情感上天然地认同了他们。这迥异于知识分子启蒙话语“哀其不幸，怒其不争”的冷峻态度和距离，展现的是作者的博爱。正因为这种博爱意识，在社会底层人民身上，艾芜才特意撷取并肯定他们的原始美好德行。在《故乡》中，艾芜这种博爱精神也隐隐闪动，所以作者一方面忍不住暗示雷家村人的狭隘和愚昧，但另一方面又大声称赞雷家村人的朴实和执著；一方面鄙薄余老太太悭吝和刻薄，一方面又不忘提及她的爱子之心和勤快节俭；在花了多处笔墨来刻画雷志恒的偏执时，又不忘赞扬他的坚韧，甚至还特意安排一个夜间记笔记的细节，突出他刻苦实干的性格。

在《故乡》对知识分子的刻画中，折射出作者对知识分子的认同和揭露的矛盾态度。艾芜对知识分子进行了细致的刻画。余峻廷，固然热心，对底层人民富有同情心，但却不具有成熟稳重的心智，常常显得热情有余而定性不足，对恶势力也常常是妥协有余而斗争不足。他的热情也非但于己无补，于人也无益。他冲动许下对别人的承诺，但很少兑现。他应允雷志恒为官司托情无果而终，又忘记向母亲央请延缓催债日期；答应为十七哥换法币转而即忘；答应救雷春兰出狱又不了了之。凡经他参与之事，都非但没有因其热心而好转，却往往无意间推动事情的恶化。徐松一更是勾结县长，非但想独裁县中的教育事务，还包揽诉讼，在雷老金和龙家的山地之争中，为虎作伥，助纣为虐，成为酿成雷老金惨死的间接凶手；他又私自成立违法银行，无限制印发纸币，大发国难财，待私设的银行在挤兑风潮中无力支撑时，又以宣布破产的方式，造成农民的直接经济损失。艾芜的《故乡》中描绘的知识分子不是如余峻廷和游汉华般苦闷、失败、颓唐无可奈何，就是像徐松一卑劣、贪婪、无耻。艾芜笔下出现这样失却了光环的知识分子形象并非偶然，也是时代使然。20 世纪 40 年代小说中的知识分子形象已经失却了觉醒者、启蒙者的伟力，而一变为被讽刺和揶揄的形象主体。鲁迅早年说过一段话："我觉得文人的性质，是颇不好的，因为他智识思想都较为复杂，而且处在可以东倒西歪的地位，所以坚定的人是不多的。"① 这话来解说 40 年代的知识分子仍然有效。社会愈是变革、动荡、转型，知识分子的动摇、失范以及内心深处、灵魂深处的丑陋的东西愈容易暴露出来。40 年代的战争、动荡、社会混乱直接波及到了知识分子原有的生活，这对他们是一个考验，而由于知识分子自身的软弱，使他们在战争造成的动荡以及污浊的现实面前，被不同程度地异化，在道德操守坚守上出现倾斜与失控情态，暴露出动摇、懦弱和无能为力感。艾芜在《故乡》中消解了知识分子的正面意义和崇高性，而专注于审视知识分子的自然本性和生命原欲，揭示了知识分子的精神溃败和内在的丑陋与阴暗。

此外，还有一个更为现实的原因，与前文提到的知识分子的人民认同不无关联。前文提到，在某种意义上而言，20 世纪的中国乃是人民的世纪。人民，这个以劳动群众为主题的基本社会群体，既是革命和建设的主力，又是执政党为之谋求利益的对象。文学意义上的"人民"所指，不论是运动还是叙事，皆因政治因素上的偏颇和贯彻执行者的主观理解，一度被限定在工农兵

① 王富仁：《中国反封建思想革命的一面镜子》，北京师范大学出版社 2000 年版，第 60 页。

范围内。和大众相对的，则是知识分子，二者构成一对二元结构，甚至一度发展为二元对立的格局。人民大众，成为了不证自明的主项，被压迫贫民构成大众的主体。他们大公无私，不再惧怕失去身上的锁链，无产者的联合形成了一种牢不可破的革命集体主义；相反，知识分子因其经济地位而天然具有软弱性，他们常倾心于个人主义，心存梦想同时又软弱无能，就顺理成章地成为次项，成为人民的依附和随从。这样，知识分子与大众也就形成了二元对立的、泾渭分明的结构谱系。于是，在文学作品中，常常借助贬抑知识分子来彰显大众所具备的正义、勇敢、直率、诚实、朴素等革命品质。当时的很多作家，拂去知识分子头上所笼罩的光环，舍弃了对知识分子形象中一贯持之的良知和启蒙的塑造，摈弃了知识分子神话，将笔触凝聚在知识分子自身的劣迹上。

## 三

艾芜于1940年几乎与《故乡》同时起笔的长篇小说《山野》，写的是广西吉丁村抵抗日寇进犯一天一夜之间的战斗生活。艾芜在《山野》的后记里写道："我不能把全部抗日战争的悲壮事情，通通写了出来，我只能将一个小小的山村地方，一天小小的战斗生活，勉力记下。"这种遗憾的口吻恰恰表明，当作者酝酿吉丁村人的紧张活动时，对抗日战争的总体思考不断挤进他的构思，催促他把吉丁村当作整个中国的缩影；艾芜相信抵抗是唯一的出路，也自然就乐于接受这种催促，把他对这场战斗的热烈描绘扩大为对整个战争的乐观预言。所以在情节设置上，他安排吉丁村挫败了日本人的进攻，安排那位一直替韦茂和卖力奔走的地主少爷赵静民突然向旧情人韦美珍诚心忏悔，甚至发誓用武力保护他几分钟前还决心要杀死的雇农阿龙；安排阿龙成功擒住汉奸，还带领雇农们一举挫败妥协的阴谋。

但是在写作《山野》的过程中，艾芜并没有让艺术构思简单地服从自己的创作激情，《山野》的众多人物和缓慢情节的背后是艾芜那种独特而强烈的批判意识。作为一名有责任心和批判意识的知识分子，艾芜对国民性有着敏感的触觉。他深深知晓，抗战文学并非简单地揭露侵略者的凶狠残暴，激起人民同仇敌忾就可以止步，更为重要的是，它必须延续启蒙的任务，反对专制主义与封建愚昧。况且，在抗战中，中国社会原本就有的矛盾，并不因其这场战争对整个中华民族至关重要而整体得到净化，种种阴暗面依然令人无法视而不见听而不闻。封建性结构依然在大后方社会盘根错节，国民党的专制政体和特务统治，统一战线内部的争斗和摩擦，上层人物腐败现象变本加厉，甚至连代表着光明和自由的延安和抗日根据地，也上演着轰轰烈烈的“左”倾以及内部整肃运动，革命队伍内部成分复杂，受到封建思想与小生产习气的侵袭，独断专制在战争环境中暗生暗长……现实是如此沉重，文学，更应该充分发挥其启蒙与监督功能，揭示这些阳光照射不到的阴暗。艾芜作为一位文学家，在严酷的环境下，尽到了自己的责任。在《山野》展开民族矛盾的同时，艾芜更是对吉丁村人奋起抵抗的深层原因洞若观火，所以，在谱写村民们英勇抗敌壮举时，他就禁不住减慢叙事节奏，揭秘行为背后的隐秘动机，所以，《山野》的重头戏不在于激烈的战争场面，而在于强敌压境时村中各类人物的不同心理动机和精神活动。

在《山野》中，作者再现和反映了徐华峰、韦美珍等人的自我意识以及他们的世界，给他们的自我意识以充分的活动自由。

作者自我意识并未丧失。作者在展现人物意识的同时，也在极大地扩展、深化自我意识。因为，无论是徐华峰还是韦美珍，其情绪的不断逆转以及心理的波动，都无不处于作者意识的观察、分析和定性之下。艾芜对其笔下的主人公具有高度紧张的对话积极性。而这种高度紧张的对话积极性渗透在其文本中的评介性叙述与主人公自我以及主人公之间的对话之中，具体表现为作者总是竭力在其文本中设置种种问题情境，不断地向主人公发问或对主人公进行刺激，使其在无休止的精神搏斗中表露出对自我与世界的某种认识。

和很多重大灾难一样，战争固然一方面具有疗治人的狭隘自私的痼疾的功效，但同时，也可能刺激这类顽症，并进而恶化人在战争中的处境，战争，不仅仅意味着死亡与苦难；同时，它更以“生存”这一巨大而直接的诱因诱发人性深处的种种弱点、劣根，成为对人的操守和道德的考验和试金石。[①] 艾芜在《山野》中对人性的审视是凌厉、清醒的，他毫不留情地鞭挞、剖析人性的痼疾和隐秘的心理活动。艾芜没有刻意回避战争中人心的真相，并未因为拯救民族的原因而把所有的光环都加诸于抗战。卸任县长的公子徐华峰和地主村长的爱女韦美珍，一个具有带头冲关去迎击敌人的献身精神，另一个为拼力阻挠父亲求和阴谋而深明大义。可艾芜却从他们的无畏举动下剥离出隐秘的心理，激励他们的固然是出于爱国热情，但也同样是争强好胜心理的支配，面对妻子的诘难：“你在这里文不文武不武的，对他们有什么用?”[②] 徐华峰无法给出一句有力的反驳。如果说他在冲关迎敌

① 王晓明：《论艾芜的三部长篇小说》，《文学评论》1984 年第 4 期。
② 艾芜：《山野》，作家出版社 1964 年版，第 65 页。

时，固然是出于强烈的为家护国目的，但也不能排除是一种负气行为。韦美珍执意要去黑虎关救治伤员，并不是真的勇敢无畏，而是在目睹了农妇们的惊慌失措后，为了显示自己作为受过新式教育的知识妇女和这些农妇的不同而作的举动。一旦直面危险并对生命有切实威胁时，她不也同样后悔自己的举动吗。可见徐华峰和韦美珍两人的好胜心其实来源于深藏的自卑感，一时的意气用事乃是自卑情绪的变态发作。村长韦茂和由慷慨抗敌到摇摆不定到心生妥协，均是出于私利和求生本能。同样，那些私心重重的富裕农民冒死守卫黑虎关，也是因为身后是祖辈相传的房田屋舍，他们无路可退。吉丁村村民在战争的威胁面前，关切的并非是民族大义，而是自己的切实利益。这就是艾芜在《山野》中展示的民族面临灾难时的真实表情。他冷静地洞悉了抗战这一特殊事件对中华民族的意味：抗战不单单是唤醒民众，也考验着民众。它在向一个民族提供复兴的机会的同时，又严苛地检验着这个民族的生存能力，艾芜通过《山野》这一缩影般的图景来对抗战进行具有现代意义的思考。从作品的深度表现来说，作家并不满足于写人与战争的关系，或只写人的现实处境，而是还涉及了人性的弱点、人生的荒诞、悖谬等，这就使小说具有了一定的深度。这类剖析，充分显示出艾芜作为一名知识分子的冷峻和理性。

以上所讨论的三部与抗战题材相关的长篇小说中，艾芜借助小说的形式，既映射了人性，也触及了国民的痼疾；既响应了时代对作家提出的要求，也在一定程度上恪守了文学对创作者的约束，同时，小说也传达了作家作为启蒙者和知识者在特殊年代的心理挣扎和纠结。这多重意蕴的矛盾性与作家矛盾、复杂的创作动机与心境直接关联。在艾芜创作动机的深层结构中，丰富性动机（抗战需求）与缺乏性动机（“启蒙、抒情”）交融共存。在不同创作时期，这两类动机的比重并不一致，因而文本意蕴的矛盾性也相应地呈现出复杂化。所谓创作动机是推动艺术家进行创作活动的一种内在动力。从人与社会的关系来看，影响作家动机的有外部推动力和内部动机两大因素。艾芜写作这些小说时，中华大地内忧外患交织杂融，国土沦陷、民族危亡的严峻形势要求作家为国民的觉醒、为民族的生存而振臂呐喊，这是时代加之于作家的外部压力。作为一名具有强烈时代使命感的现代作家，清醒的理性意识推动着艾芜自觉地运用为人生的文学投入到抗战的洪流之中，用文学来歌颂抗战成为艾芜自觉意识到的一大内部动机。作品作为传达艾芜启蒙思想的工具便自然具备对人民的认同意蕴。而推动一个作家进行创作的动机常常不是唯一的，甚至可能是由几个性质不尽相同的动机所构成的复杂的“动机簇”。艾芜在对人民认同的同时，也清醒地看到战争状态下国民的精神痼疾，看到人民这个庞大的群体中的落后与不觉悟，因此，在艾芜创作动机的深层结构中，与自觉的号召抗战的动机相对应，也存在着一定程度的“启蒙”的成分。在艾芜创作动机的构成中，这两种动机是交融共存的。这应该是造成艾芜抗战小说意蕴矛盾性的一大因素。

# 第二章 《淘金记》还原抗战背景下普遍的生活真实

以抗战为背景的文学作品往往都会将战争作为描述的主体，将大量笔墨用在对抗战热情和爱国热情的鼓舞和赞扬之上。在国家生死存亡背景下，这类作品在当时具有重要的社会意义。在特定的战争环境之下，也是被大众广泛认可的。但是随着历史不断进步，其文学价值则会大大消减。因为就文学本身而言，单单反映特定环境下的情况是不具有永久性的文学价值。真正具有价值的文学应该揭示一种普遍的人性。在文学史中，往往是那些能够反映人类自身本质特性的作品才能成为流变中的“经典”。沙汀的《淘金记》就是这样的一部作品。

沙汀并没有以战争来掩盖其他所有的矛盾，而是将其作为故事展开的背景。《淘金记》以一种疏离的态度对待战争，尽量避开描写战争这个大矛盾，而是将叙述的视角转向了民众以及群众之间的小矛盾，以此来揭示人的本质特性，作品中可以反映出一般战争题材所揭示不出的东西，在此前提下创作出的作品所塑造出的人物形象就显得更加的真实。在情节构造方面，《淘金记》也运用了一些富有戏剧性的情节以更加引人入胜，更符合生活的普遍规律，所以情节就显得比较真实。《淘金记》以一种疏离的态度对待战争，无论是在人物塑造上还是在情节的构造上都较一般的只是以战争为中心的作品更加的真实。作品中所反映出的更多的都是一些人性的本质以及看似具有戏剧性但是确实是人生生活常态的情节。《淘金记》是拨开战争的迷雾从而发掘出生活的真正真实的一部作品。无论时代如何变更，作品都可以随着时代的变化而常读常新，不同时代的读者都可以从《淘金记》这部作品里读出自己需要的东西。

## 一、冷眼看战争的态度

沙汀的《淘金记》是创作在抗战这一大背景下的一部作品，沙汀作为一位热爱祖国的作家，时刻关心着整个国家的前途与命运。他渴望鼓动人们为祖国奉献一些力量。例如，《在其香居茶馆里》深深地讽刺了当时的为政者，只为自己谋福利却不知爱国的官僚形象。“起初都讲新县长厉害，其实很好说话。前天大老爷请客，一个人老早就跑去了：戴他妈副黑眼镜子……”① 这段描写将新县长的真正的面孔展现给了大家，一个腐败的官僚形象跃然纸上。《磁力》塑造了排除困难而坚持去延安参加红军的热血爱国青年形象。“他并没有睡好，就一直辗转着，从隔壁传来的老太婆的叹息声中为种种不同的幻想所苦。那能够使他得到支持的，只有那茫茫的雪野和那种艰苦的跋涉者的行列。最后，他就完全沉没在一种无私的愉快的感情当中，好像他已经走上了他所日夜追求的新的生活道路……”② 这显然是作者对那些勇于参加革命的热血青年的爱国精神的一种赞美。《医生》也深刻的反

① 沙汀：《在其香居茶馆里》，文化艺术出版社 1989 年版，第 56 页。

② 同上，第 33 页。

应当局统治的混乱无序以及物价飞涨给人们生活带来的困难，揭示出人们生活的步履维艰。“作者围绕老中医的行动，展开对乡镇日常生活的描写，真实反映了国民党统治区最后一些时日的社会现实：市场瘫痪，生活混乱”[1]，“小说对行将灭亡的国民党反动派给以极大的讽刺和嘲弄，揭示了它必然灭亡的历史命运；也反映了人民的觉醒。这在当时是具有强烈战斗性的，今天读来也可帮助我们了解那一段历史”[2]。

如果说这些是“热血之作”的话，那么《淘金记》就是“冷静之作”。沙汀以一种冷静的态度来看待战争，以一种俯视战争的态度来写战争，因此，《淘金记》不是一种热情的产物而是一种沉思的结晶。

首先，在《淘金记》中叙述者是以一种疏离战争的态度展开叙述的。作品只是围绕白酱丹和林幺长子绞尽脑汁谋划着在何寡妇的祖坟附近淘金的事件展开的叙述。大部分篇幅是围绕着这个主题展开的，在作品中只有一小部分涉及战争的描述。一处是在白酱丹进城之后谈及收税事宜的时候提到了战争，但只是匆匆的一笔带过。另一处是由于战争的缘故粮食价位升高，原本打算投股淘金的彭三胖、龙哥以及何寡妇等都改变了想法，使得白酱丹的淘金计划以失败而告终。虽然我们无法否定战争在整个作品中对于白酱丹淘金计划的影响，但是这只是占据很少的篇幅。就整部作品而言，如果抛开所谓的战争背景之后，将这样的一个故事框架置于现代的乡镇或是城市也还是可以的，故事重在描述不同人群的利害与冲突，所以《淘金记》不仅仅适用于战时，而且普

① 沙汀：《在其香居茶馆里》，文化艺术出版社 1989 年版，第 110 页。

② 同上，第 111 页。

遍适用于人类历史的各个时期。因为围绕着一种利益而不断争夺的情况，是人性中一种为己的表现，不会因为时代的变迁而有所改变。《淘金记》疏离了战争这样的一个在当时具有举足轻重作用的一个主题，反而使得那个时期普遍存在的小矛盾，以及一些人类本质的东西可以很好地被揭示出来。

《淘金记》对战争的疏离并不是完全的不考虑，而只是使得战争这一个大矛盾在一定程度上淡化。因为在一个战争频仍的时代里，人们就不会对战争形势漠不关心，战争也不可能丝毫不影响到人们的生活。因为每个人都是生活在社会中，而对于每个人来说，一个国家的状况直接影响着这个国家的人们生活状况。在战争处于进行时的状况下，人们的生活当然是要继续，可是人们也不得不去关注战争，毕竟战争与人们的生存息息相关。即使有些人可以掩耳盗铃地对战争的一切视而不见，可是战争却仍然会影响到他们的生活。在《淘金记》中，白酱丹就是这样的一种人，可以说他对战争是一种不关心的态度，他所关心的是自己的生计。正因为如此，他为了可以赚钱才绞尽脑汁去开展自己的淘金计划。从开始的说服同伙参加淘金计划，然后积极的筹备各项事宜，最后又说服了何寡妇，终于可以实施他的淘金计划。可是由于战争的原因，使得粮食价格飞涨。原先答应投资的彭三胖、龙哥等人，都迫于粮食价格的飞涨，怕得不偿失，放弃了投资。白酱丹没有淘金的资金，之前的一切努力全都白费。而此时城里的领导又催促白酱丹上交淘出的金子，弄得白酱丹处于一个非常尴尬的境地，到头来就只是空忙一场。就这一点而言，沙汀对于战争只是疏离而不是脱离。他淡化战争是为了更好地展现一种人性的本质，作者明白在现实生活中要在一个战争的背景下完全脱离战争是一件很难实现的事情，所以他只是采取一种疏离的态度对待战争。

其次，《淘金记》的叙述是以一种冷静的态度看待战争。因为对战争有一定程度的疏离，就使得人们可以以一种冷静的态度看待战争，而不仅仅只是因为热情而渴望投身战争，或是厌倦所以逃离战争。战争处于进行时，这是一个谁也无法改变的事实，面对这样的事实，人们所能做的事情就只能是接受这样的事实。战争虽然开始了，可是生活还必须继续。在《淘金记》中有这样的叙述："一九三九年冬天。早晨一到，整个市镇的生活又开始了。"[①] "一九三九年"正是处在战争之中，但是"生活又开始了"就告诉我们，战争在继续，生活也在继续。生活并不会因为战争的降临而停止。战争虽然降临了，可是人们也还是必须得生存下去，柴米油盐酱醋茶都是一样不可缺少的。对于市镇上的人来说，他们必须继续自己的生活，应该以一种冷静的头脑去对待战争这样的存在事实。也正是这样的原因，在战争继续的背景下，有些生活的方式和人的本性是无法改变的。对于北斗镇而言，这里的人们也还是要生活下去的。何寡妇继续她的管家婆的责任维持何家的生计。"何寡妇是北斗镇有名的富孀。她的有名，不仅因为有钱，而且门第较高，自己又很能干，收租总是亲自出马。而且三代人都守寡，都只有一个独苗儿子。"[②] 对于白酱丹和林幺长子而言，为了能够发财他们仍然坚持绞尽脑汁去淘金。"白酱丹意味深长地向秃头瞄了一眼，唯唯否否地哼了一声。他明白，那秃头有一半意思是在提醒他的，但他在心里暗笑了。因为他深信不疑，只要不是传闻，只要是他肯干，任何泼妇他都能

① 沙汀：《淘金记》，人民文学出版社 1962 年版，第 1 页。

② 沙汀：《在其香居茶馆里》，文化艺术出版社 1989 年版，第 38 页。

够应付。”[①] “这是林幺长子。在刘糟牙棚子里同白酱丹的偶然相遇，虽然叫他感觉到厌烦和不痛快，生恐他的图谋让对方看破了，或者占了上风。但是到了夜里，他不再担心了……但他是个急性子人，而且，深知寡妇难于说话，他必须在她回来之前把他的计划推进一步。他到处找何人种，就是为了这件事的。他要请他到郭金娃馆子里大吃一台，那么，那个毫无社会经验的青年人，一定会是他的囊中物了。”[②] 所有的一切仍如战争发生之前一样地进行着，战争并不能改变这个镇子上的一切，相反有很多的事情是照旧在进行着的。正是这样的一种设计，才使得作品更具有真实性。战争对于镇子上的大多数人而言，并不能改变他们所有的一切。人们也并没有因为战争而全部变得爱国热情高涨，这样的描述才相对的真实，因为战争没有掩盖所有的一切，而且战争的影响还需要时间的验证，人们对于战争的认知也是在不断地发展之中，很多的事情都需要一种过程，战争的影响同样如此。在战争还没有切实影响到人们的生存时，人们并不会很快认知到战争的残酷，也并不会为了要取得战争的胜利而不惜付出生命的代价。沙汀正是意识到了这样的一个事实，所以他描写战争并不是以一种激情来进行创作的，而是以一种冷静的思索来描写战争。所以文章中才能通过不同的矛盾冲突来展示人的本性，才可以塑造出成功的人物形象。

---

① 沙汀：《在其香居茶馆里》，文化艺术出版社 1989 年版，第 20 页。

② 同上，第 51 页。

## 二、人物性格的复杂与鲜活

在大多写战争的作品中，为了能够突出战争这一主题，会把一些人物的性格简单化、模式化，从而使这些人物传达出叙述者所要达到的目的。其实，这类作品大多因受历史的局限，而与现实有一定的距离，在现实的社会中人是很复杂，都有着不同的性格和心理，不能仅仅只是用所谓的简单的两个字“好”与“坏”加以区分。况且，所谓的“好”与“坏”的标准也是很难界定的。较之战争时代的其他作品而言，《淘金记》中的人物形象性格更加鲜活，而不仅仅只是一种模板般的人物性格。在这个作品中没有明确的“善”和“恶”的分界，没有明确的“好人”与“坏人”之分；没有哪个人物是彻彻底底的反面人物，也没有哪个人物是一个“高大全”的正面英雄形象。白酱丹和林幺长子都有他们工于心计的一面，但是我们却不能称他们为“坏人”。何寡妇虽然很泼辣，可是我们也无法定义为她为“坏人”，作为寡妇也自有她的可怜之处，而且她也很爱她的儿子，虽然有的时候她爱的方式并不对，可是我们也不能因此而否认她对于儿子的爱。而何人种这样软弱的一个人，我们也不能说他是善良的好人，只能给他定义为软弱。他在母亲的压力下，妥协并放弃了自己的梦想。在白酱丹和林幺长子的挑拨之下，他摇摆不定。《淘金记》这本书中的人物都是生活中普通的人，有优点也有缺点，他们的人性中有着自私和邪恶，也有着爱和善良，可是谁也不是伟大的人物，整部作品中的人物形象的塑造呈现出的是一种立体的和丰满的形象。

《淘金记》打破了所谓成年人构筑的一种童话。所谓成人童话即使指虽然成年人在写作或是对于一些问题的见解上都有自己的一种深度，然而有时也会将一些问题在无意识中给予简单化。在很多战争题材的作品中，作家一味想要更好地表达自己的一种爱国立场而往往会为了突出这样的一个主题而违背事实地去创造一种概念化的“扁平人物”。“扁平人物”和“圆形人物”两个概念是英国的爱·摩·福斯特在作品《小说面面观》中提出的概念。“十七世纪时，扁平人物成为‘性格’人物，而现在有时被称作类型人物或漫画人物。他们最单纯的形式，就是按照一个简单的意念或特性而被创造出来。如果这些人物再增多一个因素，我们开始画的弧线即趋于圆形”①。简言之，“扁平人物”是一维、简单和静止的人物，“圆形人物”则是三维、复杂和发展的人物。“扁平人物”并不是有血有肉的一个真实和鲜活的人，而只是作者为了达到自己的创作目的而塑造出来的人物。这些人物只是一个个符码，缺少一个人应有的灵魂。

体现在战争题材作品中更多的是两种人物，一种是所谓“高大全”的英雄人物形象，这些人物大公无私、正直而纯粹，完全没有个人的私欲，他的所作所为都是为了别人和国家，而且从来不会犯错误，所有行为都是高尚的，是所有人的楷模。这样的人确实是完美的，但是给人的感觉却并不像是人而是神。另外一种人物形象是与“高大全”形象截然对立的一种形象，即所谓的“小人”。他们是作为“高大全”的对立面被创造出来的，所以他们是一无是处的，集所有的人类缺点于一身，自私、贪婪、忘恩负义等等，所有带有贬义色彩的词语都可以用来形容这样的反面

① ［英］爱·摩·福斯特：《小说面面观》，苏炳文译，花城出版社 1984 年版，第 59 页。

人物。无论用多么坏的词语来形容他们都是不为过的，所以他们成了另一种符号。给人的感觉也不是一个血肉丰满的人，而是一个骷髅。因为我们只能看到他的恶，而从来找不到他们的善。这样一种人物形象的设置其实也是有问题的，所存在的问题跟“高大全”人物形象是一样的。叙述者在叙述事实的时候忽略了一点，作为人，其实他们是有着多方面的性格特征的，而且是一个复杂的集合体，而并不可以一刀切来分为“好”与“坏”或是“善”与“恶”，更多的应该以一种切近生活的真实性来叙述作品而不是将其作品构筑成一种成人的童话。无论是“高大全”的正面人物还是“集所有缺点于一身”的反面人物，都是叙述者用过分简单化、符号化的手法塑造的人物形象，身上缺少了人应有的深度和复杂性，所以他们的形象是一种不能站立起来的“扁平人物”。在《淘金记》中，我们看不出明显的所谓的“善”、“恶”两大人物阵营。他们都只是一种复杂的混合体，无论是白酱丹、林幺长子还是何寡妇我们都不能给予他们性格一个很贴切的总结，他们的性格都是一种复杂的呈现，虽然有些读者可能不喜欢白酱丹的工于心计，可能不喜欢林幺长子的老谋深算，或是不喜欢何寡妇的泼辣……可是却不能在他们任何人的身上冠以“坏人”的罪名。

《淘金记》不仅没有“善”和“恶”两大阵营人物的设计，同时作品中的人物形象也很鲜活。因为作品中的人物没有被冠以所谓的“正面人物”或是“反面人物”这样的帽子，因此作品所呈现出的人物形象的性格复杂且多面。作品中的白酱丹，他很有计谋，他善于抓住别人的弱点从而控制别人。他为了可以实现在何寡妇家的祖坟附近淘金，预见到何寡妇的难缠，所以就想方设法的接近何寡妇的儿子——人种，利用人种的不谙世事以及一直不满于只听母亲安排的弱点，极力劝说人种要有自己的看法和作为，而不能只是受到母亲的约束。"'比如，你还可以这么样说'，他模拟地接着说，'我这样大的人了，难道就一辈子坐着吃，睡着吃么？就是外间人不笑话，自己也难为情呀！……'"①。同时，他还会利用每个人对于淘金的渴求，煽动彭三胖等人为自己的计划尽力。"'这倒没有多大关系。可是，丁酒罐罐的话，认真靠得住么'？'靠不住，我又不来找你了哟'！对于彭三胖的过分持重，过分机心，白酱丹多少是见怪了，他认真地紧接着说，又不以为然地转动了一下身子，'不相信，你明天亲自跑一趟吧，总不会有半个钱假的。老实说，好多人已经张开嘴了'！"②，"仿佛命定的一样，于是他很快地直觉到，他只有同旁人合伙了。他第一个想到的是本场的联保主任，那个把他当成智囊的龙哥。这是很自然的，而且他也不能不依仗龙哥的权力；但他又觉得龙哥喉咙太粗。其次想到的是彭尊彭三胖。这个人虽也胃口不小，但他可以控制，而且他们又是亲戚。然而，这也有不妥当的地方，龙哥知道了会说他们出卖他的。这是一种袍界的最大忌讳，而且因此弄坏人事关系"③。白酱丹很会处理与关键人物龙哥的关系，这样才能保证淘金的继续进行。这不能不惊叹于他对于不同的人采取不同的对付方法的能力和不达目的誓不罢休的那种执著。他虽然很聪明，可是还是错误地预见了何寡妇的祖坟附近有出金率很高的金矿，并且尽自己的所能周旋何寡妇，然而最后却得不偿失。这样的一个人我们不能单纯用他很聪明或是愚蠢之类的形容

① 沙汀：《淘金记》，人民文学出版社1962年版，第49页。

② 同上，第36页。

③ 同上，第27页。

词来概括他的性格，而只是可以证明他并不是完人，不可能做到万无一失。白酱丹还有一个很大的忌讳就是他的外号“烂药”，他对于这个称呼厌恶至极，这也是他致命的弱点，所以林幺长子在挖苦他的时候就紧紧抓住这个缺点不放松。虽然白酱丹并不富有，可却整天着一身很讲究的行头。因此我们可以看到他是一个很爱面子的人。对于林幺长子而言，他与白酱丹有过节，可两人却是棋逢对手，他与白酱丹都具有敏锐的观察力，同时也很有计谋，只是林幺长子比白酱丹稍逊一筹而已，因此林幺长子有一种“既生瑜，何生亮”的感叹，所以两人时时在暗地里较劲。一见面，为着面子都会不动声色，可是往往是暗藏杀机，话里有话。同样林幺长子也会利用一些微妙的关系来达到自己的目的。为了牵制何寡妇，他可以接近与何寡妇有矛盾的亲戚，他利用何寡妇的亲戚与她之间的矛盾来威胁何寡妇。但在最后计划失败之后，就对何寡妇的那位亲戚不再理睬。这一点他和白酱丹有很大的相似之处，都善于利用外来的力量来达到自己的目的。林幺长子和白酱丹的关系也非常的微妙，曾经他们关系很好，白酱丹还曾经帮助过林幺长子不断高升，只是由于一场矛盾，使得两人化友为敌，时时怄气并且相互讽刺。

《淘金记》中另一个比较重要的人物形象是何寡妇。她虽然是一个寡妇，却是一个比较强势的女人。一个女人撑起何家的家业，而且还将大权紧握手中，总是感觉她的儿子还是个孩子，并且总想控制儿子的人生。一方面她是一个很爱儿子的母亲，另一方面她又是一个控制欲很强的女人。作为一个母亲，她对儿子有一种自发的爱。无论是想竭力阻挡他人在祖坟附近淘金还是勉力支撑何家家业，她所做的一切都是为了儿子。另一方面，她又是一个控制欲很强的女人。寡妇的身份使得她深知自己把何家撑下去不易，所以更怕失去。在儿子打算继续读书时，她担心自己无法控制儿子，竟然用大烟和女人这样的东西来麻痹人种。即使在人种已经成人时何寡妇却仍然将他作为一个孩子看待，总认为他不成熟，不谙世事，只是让他整天沉迷于大烟中。所谓人种不谙世事，只是不想让他超出自己的控制而找的借口，因此就这一点来说，她爱儿子是不错的，只是用错了方式而已。在她看来可以防止人种离开家门，然后替他打理好一切的事业就是对儿子最好的爱，只是她没有考虑到，即使给一个软弱无能的儿子留下金山银山都总有用完的一天，而只有教给儿子如何谋生才是让他很好地生活下去的正确方法，也许这也是何寡妇她们那个时代大部分的女人疼爱自己儿子的方法。所以我们就不能对这样的一位妇女只是给予一个好的母亲还是坏的母亲的评价。她也一直为自己的儿子将来的生活谋划着而且是不辞辛劳的忙碌，只是她从来未意识到自己爱儿子的方式是错误的，那么我们又应该用怎样的词汇来形容这样的一位母亲呢？这是一件不容易的事情，因为在她的身上有着复杂的性格，并不是一个或是几个形容词可以办到的事情。

《淘金记》中的三个主要人物，无论是白酱丹、林幺长子或是何寡妇，他们每一个人的性格都非常复杂，他们的性格有很强的可塑性和很大的想象空间。每个人都可以读出他们不同的性格，从而读出不同的人物形象。沙汀的高明之处就在于他没有将他们的性格固定在一个框架或是模式中，只是提供这样的几个人物代码而已，读者可以根据自己的理解和爱好，去发表自己的见解，文本处在一种很开放的环境之中。

## 三、戏剧性的故事情节

沙汀在设计《淘金记》的故事情节时，仍然延续了讽刺的写作风格。《淘金记》的故事情节具有很强的戏剧性。故事起因是白酱丹和林幺长子以及大部分淘金人都认为何寡妇祖坟所在地是一个出金率很高的地方，所以白林两人才会不惜代价，甚至采取欺瞒的手段也要在那片土地上开金矿。开始时两人各自怀着各自的心思小心翼翼不敢道破，所有的一切都是在瞒着对方的情况下进行的。然后就是利用各种手段争取最先拿到人种的承诺而取得开矿权。遭到何寡妇断然拒绝后就背着何寡妇开始动工。何寡妇求助一些有威望的乡绅来阻止开矿的继续进行，并且情愿对白酱丹买的工具等开支作赔偿，于是便达成了停开矿的协议。可是白酱丹不甘心便动员龙哥，龙哥也想从中得到好处，就伙同白酱丹一起勾结官员。那些官员听说有大量的金子可以开采，也想从中获得好处，就撕破了以前的停开矿的协议。何寡妇在乞求不成功的情况下，也主动提出自己参股，不想把好处白白留给别人，于是她也投资淘金。故事到这里已经很具有戏剧性了，本来何寡妇和白酱丹是水火不容的对立双方，到这里却成了合作者。更具有戏剧性的情节是，当白酱丹终于通过种种手段获得开采金矿的权利时，却因为战争的缘故而筹不到资金，使得以前所有的一切努力都付诸东流。而更具有戏剧性的事情是，此时上面的人下了通知要求赶紧将淘出来的金子献给曾经帮助他的上级官员。我们不难想象此时的白酱丹处于一种怎样的尴尬境地。从头忙到尾，挖空心思得到的却是这样可笑与可悲的结局。

就全篇而言，所有的人物都成了小丑一样的人物。白酱丹和林幺长子费尽心思计谋开矿，何寡妇不顾一切阻止开矿，彭三胖等一些人谨慎地决定是否参与开矿，龙哥和上级官员为了得到好处极力支持开矿，而到头来只是一场空。他们所有人的忙碌都是毫无意义的，因为所谓的金源丰富的金矿的存在是令人质疑的。白酱丹并没有像他所宣言的一样很快就挖出金子。加上战争引起的粮食价格的飞涨，投资者基于利益的考虑拒绝提供淘金的资金投入。所有的忙碌都只是为了一个有可能并不存在的事情而争吵而忙碌，所谓的问题都只是一个也许并不存在的问题，为了一个也许并不存在的问题而争得面红耳赤是多么的可笑与滑稽。而这一切都源自人类自身的贪欲。白酱丹和林幺长子之所以想方设法开矿，就是因为想大发横财。彭三胖等人之所以在最后仍然作出艰难的决定选择参加开矿，就是受不住金子的诱惑。龙哥和高级官员参与到这样的一种活动中，只是想从中获利。何寡妇其实也是受到贪欲驱使，她开始不同意开矿，是因为这样的行为有可能破坏祖坟的风水，进而可能影响到何家整个家族的发展，所以才极力阻止。而当开矿之事已成定局的时候，她自愿要求成为股东之一，也是受金子的诱惑。这就揭示了一个问题，人类往往是在贪欲的驱使下，自己给自己制造麻烦，结果是得不偿失，竹篮打水一场空。同样，这种叙述的戏剧性也是对普通生活的真实性的一种还原。人类的本性就是这样，往往在贪欲的迷惑下，分不清所谓的真实与虚伪以及分不清事实的真相，而只是被贪欲冲击得没有了理性。把本就不存在的问题当作问题，自己给自己寻找麻烦，更可悲的是其他的人也都盲目地跟风，使得整个气氛都变得疯狂而不可理解，可笑而可悲。

《淘金记》最重要的是作品叙述对于战争采取的一种疏离态度。这样的疏离态度一方面并不是完全脱离战争这样一个时代的主题，使得作品在当时的战争状况下也可以被人们普遍地接受。另一方面，对于战争的一种疏离态度也使得作品可以更多地关注到生活中的普遍真实性。伟大的作品，都是关注人性抒写的作品，只有这样的作品才可以成为经典，而且可以受到大家的普遍认可和接受。《淘金记》虽然是战争题材的作品，但它却并没有局限于一般战争作品的叙述窠臼，而是以一种冷眼看战争的态度，以冷静而理性的思索还原了战争背景下的生活的普遍真实，揭示出了人性中的某些不因环境和时代而改变的特性而使得《淘金记》经受住了时间的考验，而成为“流变中的经典”。

# 第三章　吴组缃大后方农村写作的艺术特色
## ——以《山洪》为例

早在清华求学时期，吴组缃就创作了《菉竹山房》、《一千八百担》、《天下太平》、《樊家铺》等一批享誉文坛的小说。1943年出版长篇小说《鸭嘴涝》（后改名为《山洪》），描写抗日战争时期皖南山村中农民的民族意识觉醒的曲折历程。

### 一、现实主义笔法的探寻

在中国现代文学史上，吴组缃经常是与“左联”成员一同提起的，但是他并不是其联盟成员，只是在小说创作和主题上很是接近而已。在抗战初期文学强调服从于“救亡”这一时代中心，强调的是文学的功利性、宣传性，表现了现代文学于民族命运血肉联系的特质，这正是现代文学作为振兴过程中落后国家的民族文学所特具的优越性与生命力[①]。但是时局变化激烈，在皖南事变之后，国内政治形式发生急剧逆转，国共两党之间的矛盾加

① 钱理群、温儒敏、吴福辉：《中国现代文学三十年》（修订版），北京大学出版社 2011 年版，第 345 页。

剧，民众的心理在战争的延迟中渐渐疲惫，战争初期的激昂宣传固然不再适合当时的社会心理和时代氛围，人们在现实中意识到了战争的残酷性和取得胜利的艰巨性，正视在战争中暴露出的各种消极面和封建社会残留的弊病。作家们也意识到应该改变一味描写英雄主义的文章，民族意识的抬头促使作家在生活中体验真正民众的疾苦，揭开充斥在国统区农村的黑暗和污秽，同时也慢慢意识到国民性中的不足之处。这样的小说有很多，比如萧红的《旷野的呼喊》、姚雪垠的《差半车麦秸》等，吴组缃的《山洪》也是这样的一部作品，其价值在于及时抓住处于萌芽中的民众新意识，运用较为口语化的群众语言，生动描写了乡土生活。小说对农村和山乡人的接近意味着在战争时代下，拿着笔杆做武器的作者开始深入现实的农村生活，用现实做素材书写作品。

吴组缃在 1940 年 1 月 22 日的《新蜀报》上发表了关于“暴露与讽刺”专题的文章——《一味颂扬是不够的》指出：“唯有能够真实地反映全部现实的文艺，才是今日所需要的文艺。一味的颂扬是万万不够的。”社会的阴暗面要有“暴露”和“讽刺”，真实反映现实而不避讳生活的黑暗面是他写作的宗旨，但同时也应当考虑“暴露”和“讽刺”两者所对待的对象不同，因而态度也不同，正确的态度才更能推进向正确方向的前进，这就是吴组缃对待当时现实主义笔法的观点，全面辩证地看待既存的社会现象，这是具有进步意义的。

吴组缃坚持用现实主义创作方法反映 30 年代破败的农村[1]，用严肃的眼光审视和重现生活本质，作品不多但都深刻地反映了

① 钱理群、温儒敏、吴福辉：《中国现代文学三十年》（修订版），北京大学出版社 2011 年版，第 236 页。

皖南山区的真实生活，刻画了生动的人物形象。吴组缃从一开始就自觉避开了革命浪漫式的题材，创作大都是与社会现实问题相关联。他的小说人物几乎都是他所熟悉的生活原型的再加工。吴组缃在分析茅盾的作品《春蚕》时这样分析现实主义："一般的说，文艺作品的创作过程有两种情况。一种是先有生活，从生活中择取题材，加以分析研究，提高加工，而后再获得主题。即由感性到理性，然后又回到感性中去表现出来。或者说这是由具体到抽象，由个别到普通，由特殊到一般，而后反过来表现出来，一般现实主义是这样……另一种是像茅盾先生这样先有主题思想，而后再去找生活，找题材。这是由理性到感性，而后表现出来。也可以说是先有理论，而后去找生活，由抽象到具体，由一般到个别。"① 在吴组缃的《山洪》中，作者是采用的后者写作，他对皖南农村的生活很了解，很有可能是在生活中面对落后山村中的人们产生了一些感悟，由梳理这种感慨而生的情感而上升至理智的分析。但是在特殊的创作年代，作者面对社会的动荡变化，仅仅是由这种单调的生活而到生活的重现，极易被其表象所迷惑，写作前若是没有明确的主题，作品的创作会被束缚在一个"小框框"中，吴组缃的《山洪》是坚持了社会需要什么就创作什么的理念。他曾说过："写小说也要像蚕一样，把蚕叶吃到肚里，经过去提炼、积累并酝酿成为丝的溶液，然后吐出丝来做成茧。"② 农村在几千年积淀下的社会体制面临着崩塌，各种陋习和沉疴也急需清扫；农民也许会意识到改变的需要，可是信息的缺失和闭塞使他们面对动荡的社会时必然产生迷惘和误导。吴组

---

① 刘勇强：《吴组缃文选》，北京大学出版社 2010 年版，第 218 页。
② 同上，第 46 页。

缃就是在生活中选取了真实可信的素材，加入自己的思想而提出共产党所倡导的反抗。在抗战过程中，这种爱国主义教育是当时社会所需要的，有很高的社会价值和文学意义。在《山洪》中，吴组缃也是秉持现实主义的手法描写“鸭嘴涝”的人民，力求切入真实的生活环境来深刻地表现饱满的人物形象，以描写一个小村落或小范围的场景，以管窥豹来表现社会现状。

1942年，吴组缃致函与张天翼详论文学与政治关系的思考，认为作者自己早年自称现实主义者，其实只是理想的现实主义者，文学只可与政治平行着走，并需保持一相当距离，作者当以执著所接触之现实生活为主要之点，不赞成文艺家在政治口号之下从事写作。比较小说不同年代的版本，可以发现作者在语言的选择上进行了很细化的改动和删减，但最能表达小说最初构想的还是它产生的年代。在新中国成立之后，吴组缃为了表现大后方农民在抗战过程中自我思想之改变并且成长的过程，深化爱国主义的教育，主观地将在人物的消极方面的描写进行了较大范围的改动，删去了主人公和其他农民形象在原版中带有的小农思想和局限性方面；可以说这种改动是纯粹迎合社会政治性的风潮，而不是从作品的文学性上考虑，所以这种变动削弱了对人物形象的定位，革命对人物的影响在前后对比中也不再明显，小说的主旨淡化在这种文学于政治的交集中，所以本文所讨论的是其改动前的版本。

## 二、小说简介

《山洪》原名《鸭嘴涝》，作者在1940年初冬开始创作上篇前七章，1941年1月到3月，连载于《抗战文艺》；1942年春，作者完成小说的后十章。《山洪》上篇在抗日战争进行得如火如荼的时候诞生，作者在写完前七章后，“皖南事变”发生，其发生地正是吴先生的家乡安徽省泾县茂林村东南处，这样的现实似乎给作者带来了对战争的残酷性和黑暗性更深刻的体会，小说既揭露了残破的封建营垒自身的弊病，也展示了战争中破产的农村和农民的内心世界的变化，被誉为当时最佳的爱国小说，具有时代意义。

《山洪》在开篇第一句话便把读者视野锁定在“黄山山脉里的一个小村落里”，小说中人物大都是在皖南的山村中一些日出而耕、日落而息的农民，他们单调的日复一日的生活被战争打乱后，在生活和思想上发生了一些变化。小说描写农村的风土人情、社会人事继而反映整个社会。吴组缃小说的故事背景经常选定在他自己熟悉的家乡——皖南，这一时期的作品可以说是有代表性的第二代乡土小说，将动荡年代中的农村生活和日益凋敝的社会现实描写得十分透辟，他对于这里的乡情和人情不仅熟悉而且更是饱含真情。

这个叫做“鸭嘴涝”的地方，地处偏僻，人们聚族而居，生活自给自足，封闭落后，无法畅通地与外界取得联系和交流，信息闭塞。所以在抗日战争已经进行得如火如荼的时候，山村中平静的生活才被打破，但是人们获得消息总是依靠道听途说，自己无法真正判断真假，更不能确定自己正确的立场。人们是如何提高其抗战意识，农民的形象在作者笔下是如何塑造并且发生转变的呢？故事是从描写乡亲们知道要抽丁去前线这一消息开始，先是听闻上海抗战的消息，讲和还是抵抗众说不一，山乡人民的心就已经不再平静了；听到离家不远的太湖一带战事吃紧，南京政府对于主战讲和还是举棋不定，紧接着就是南京大屠杀和芜湖失陷；接着又传来收复宁国、广德州的消息。瞬息万变的战事看似远离这个山村，但是这里的人们还是一直极力地从各个方面打听最新的战况，战争其实离每个人都很近，这个穷困偏僻的渔村也没有逃脱乱世烟云，在日本帝国主义的疯狂侵略下，战事就在眼前，山乡中的宁静终被打破，这里世世代代的山民需要紧跟时代，改变自己的固守思想，积极投身到抗战洪流中。

吴组缃曾说过"《山洪》写的溪口村，写的是我姨妈家"，那里的人们和小说中的农民一样是靠着打鱼和养蚕为生，"他们打鱼的清弋江是很出名的，这条河很漂亮，河水不像长江那样浑浊，一点泥沙也没有，清澈见底，连水里的鱼和石头都看得很清楚"[①]。吴组缃对这片他成长的土地有着深深的热爱，在战争中产生的小说是真实记录着苦难中的人们和他们的思想；这是体现作者现实主义思想的作品，从客观描写的各种现实生活里提取具有社会意义的主题，而不是臆想出来的附加某种主观说教意义的文本。《山洪》重点不仅是揭示农村的落后或是社会的黑暗，而是反映在战争中人们思想的变化过程，旨在描写农民在游击队——即在"皖南事变"中遭陷害遇难的新四军的前身——组织下如何从迷茫、无知和逃避转化为积极抗战，并视其为己任的过程。

## 三、象征手法在作品中的体现

在一部现实主义作品中加入象征手法似乎有悖于作者初衷。象征主义主张将现实的事物抽象至人的直觉来体现，不崇尚理性

① 吴组缃：《中国小说研究论集》，北京大学出版社 1998 年版，第 424 页。

和具体的分析。黑格尔认为："象征一般是直接呈现于感性关照的一种现成的外在事物，对这种外在事物并不直接就它本身来看，而是就它所暗示的一种较广泛较普遍的意义来看。"[①] 在吴组缃的小说中体现出的象征主义，是对现实所见所闻的直白的比喻或是利用借代等修辞体现，正如《山洪》小说的题目一样。小说于1943年3月其单行本，列为"抗战文艺丛书"第三种出版。在两年之后，拟再版《鸭嘴涝》时，曹辛之建议更改书名。当时有人建议以两个字包含"人民潜伏力量初发动之意"，于是重新取名"惊蛰"。老舍以为不好，为之取名"山洪"，以为醒目、响亮，切合内容，字面也较为大方，于是《鸭嘴涝》更改为《山洪》。这并不是作品中要描些到山洪，而是这种抗战时期民族意识的觉醒所迸发出的力量和山洪暴发时的威力在人们的思想中有相通的联想，从而刺激到读者的神经，给人以形象的启示。

《山洪》中描写的环境主要是战争时期的山乡，象征手法的应用主要体现在人们心中对战争的印象和环境的描写上。小说上篇刚开始，因为近来传闻宁国府和广德州的战事吃紧，战争就像是"黑影"笼罩在人们心头，压抑着烦躁的心，"鸭嘴涝全村的男男女女，仅除了不懂事的小孩子，人人心里也无不是被一个莫大的不可设想的黑的影子压罩着"。主人公章三官是卷入这"黑影"下的一员。当他在大哥家吃饭，和奶奶、大哥、癞癞头围在饭桌前时，都沉默不语但又各自心事重重；他们同样都是担心征兵抽丁一事，奶奶希望这是假的，不可靠的消息，兄弟二人也是闭口不提，最后由小孩子道破。在这个时候，对每个人来说战争是可怕的，是打破他们平静简单的生活的事情，就像奶奶想的

① ［德］黑格尔：《美学》第二卷，商务印书馆1979年版，第10页。

“希望这回的消息是假的，或者是和自己一家人绝不牵涉的”。所以，为了不必要的麻烦，大官和奶奶都训斥三官和保长家儿子斗嘴，认为不可逞一时之快而惹祸上身。但是在小说的下篇，对于三官来说战争已经不是压抑心头的“黑影”了，种种单调雷同的传闻更加让他在现实生活的空气中，不断地感受到麻木和冷凝，并日益厌倦。“战争对于他如同一头神秘可怖的怪兽。以往，他常常在脑里揣想着它的不可捉摸的形貌，有时候他也想见到有什么璀璨如丝锦光华如朝曦的憧憬，将随同那巨兽以俱来”，“他从来没有想象到它会有一天真的来到自己的跟前。可是突然之间，它疾风骤雨地来了，张牙舞爪地来了，来得如此其凶猛，来得如此急遽不可测，他做梦也没有想到。它弄得无可措手，弄得简直丧了胆”。这一段很形象地描述了三官的心理，对于战争他是没有很透辟的了解，但是生活中接触到的人和事，渐渐使他明白了面对战争不能再逃避，人们思想的觉醒也能有巨大的摧枯拉朽的抵抗力，哪怕自己就是帮忙挑下行李也是态度改变的开始。

战争引起的弥漫硝烟无法事无巨细地描绘出来，利用象征手法，生动深刻地写出了人们对于“它”可怖的感受力，就像是“黑影”压制着人心，可是总归会有一天，“黑影”会消散，“巨兽”会被打倒，在人们民族意识抬头的潮流中，战争的爪牙会在坚硬的民族气节和刚强的山民意志下坍塌。《山洪》中现实性和象征性的巧妙结合，赋予了小说本身和描写内容的真实性和普遍意义，提高了作品层次，升华了在战争中萌发的伟大民族精神这一主题。

## 四、人物形象的塑造

《山洪》和作者其他小说一样，创作构思的出发点和中心是人物、人物命运。吴组缃的创作个性首先系于人物与人物命运的独特性。对于时代气氛的总的感受，使吴组缃选择了他的人物——在内外两面的挤压下辗转挣扎着的灵魂。小说的人物众多，因为都是聚居生活在一起的农民，有着相同相近的生活经历和人际关系，如果在人物的性格上没有描写的差异，那么作品中的人物很难给读者留下深刻的印象。吴组缃在其《如何创作小说中的人物》一文中阐述了人物对于小说的重要性："什么是写小说的中心？我个人认为就是描写人物（他的人和他的生活），因为时代与社会的中心就是人。没有人，就无所谓时代与社会；没有写出人物，严格地说，也就不成其为小说。把人物真实地活生生地描写了出来，时代与社会自然也就真实地具体地活生生地表现出来了。"[①] 小说就是依靠各种人物形象来表达作者宣传爱国精神的意图。

吴组缃擅长于描写人物之间的对话和利用丰富的心理活动来刻画人物，在人物出场和对话语言上巧妙安排，使每个人物无论是在形象的定位还是思想转变的过程中都很自然。对于人物出场，吴组缃有自己的安排。他认为写小说，在有了内容之后，下笔之前，得先布局。这个布局就是在小说叙述中合理安排人物，有关于作者的思想观点跟作者对于生活的体验和认识能力紧密地连接着，并且服务于小说的题材和主题。

---

① 吴组缃：《苑外集》，北京大学出版社 1988 年版，第 34 页。

小说《山洪》中陆续出场的人物有章三官、富黄瓜、来宝儿、皮猴子以及章大官、四狗子、寿官、东老爹等，对于主人公章三官的描写，小说一开始没有进行全面详细书写，而是随着陪衬人物的出现，在时间和空间上进行延伸，并通过倒叙回忆把章三官这个人物形象描写的更为立体。

章三官是一个普通山民，身上优点缺点共存。他最大的愿望无非是能在别人尊敬的目光中过自己平常的日子。战争面前，章三官仅仅是一个能干朴实的农民，比见识短的农民有自己的想法，有些不完全进步的思想，遇到事情会想方设法去解决；他虽然有满腔热情，但还是慢于他所处时代的进步观念，时常封闭于小农经济的自私保守的传统思想。在他身上体现的矛盾性是可以理解的，几千年的封建思想使这种顾小家的小农思想根深蒂固，战争爆发他最先想到的是自己的个人利益，自己的家人和生活；但是三官又因为受镇上“有文化的王先生”的影响，也慢慢意识到了自己和同乡人们的狭隘眼光，在战争进行的过程中，自己的思想和看法也慢慢改变。“抽丁”对他来说是一个冲击，百般担忧焦虑，才会千方百计逃避。比如他在意识到自己逃避抽丁和抗战有所不妥时，有点难为情，但并非是从根本上认识到战争和每个人的关联；他也没有很高的积极性，更多的是他认为自己不应当与“和尚头”和“财宝官”一样没见识而且有不体面的行为，他有时候只是想做给别人看，这种虚伪是真实的。他想要维持一家的安稳平和但是又不愿自己显得懦弱无能，所以他的转变是慢慢地在这两种思想的制衡中发生的；当现实的残酷提醒了他“不抗战就要当亡国奴”，并且与抗战部队的接触也使他明白了“国家有难，匹夫有责”的道理，他才逐渐成长。吴组缃坚持自己不可一味颂扬的观点，这样描写农民思想转变的过程才是真实和难能可贵的。小说从描写农民关注这场战争，和战争发生牵连到积极投入到战争，在这个过程中，虽然没有对战争本身进行全景式的概述，也没有具体地分析某场战役，但是通过人物的塑造反映出了当时社会的状况，表现出人们在新四军即共产党的领导下，惊醒觉悟继而奋起抗争的全过程。

小说开始的时候在描写完鸭嘴山的周遭环境之后，引入读者视野的就是正在用力做农活的三官，外貌的细腻刻画呈现出一个山乡典型粗犷的青年男子，看似并没有多少与众不同的地方。随着陪衬人物的出场，如来宝儿、三官的侄子，作者通过外人的视角慢慢展现出三官的性格侧面。从亲密的叔侄关系可以看出来宝儿对三官的崇拜和依赖，在小孩子真诚的眼里，三官是不同于其别人的，在他心里，“小爹”三官是个高大的人物形象；而富黄瓜的出场一是带来了战争战况的信息，二是引出了经常和三官对立的“保长”。在人物的对话中，作者写出了各主要人物对于战争的不同看法，主战还是讲和形成了对立的两派，这时候的山民即便是三官也是迷惘的，都没有一个准确的战况信息来源。后来小说中出来的人物，有的人物能展现三官过去的生活，比如自己的新娘和其他家人，在人物对话中可以勾勒出三官的性格特点，也看出年轻力壮的三官是憨厚但却不乏主见的；有的人物在引导三官的思想转变有至关重要的作用，比如镇上的王先生和东老爹等以及后面出现的部队上的人。对于战争的积极性，三官就先是由于个人虚荣的驱动然后到真正深刻认识这个过程慢慢成长的。

人物出场的安排使小说条理清楚，结构简洁，出场的人物或通过对话或是内心活动都向主题靠近，作品中农民的思想意识不是单一的局限内的点，而是连成在一起的面，这种全面详尽的特征发生的转变才能揭示出农民觉醒反抗的意识，那种死中求生的斗争精神才会真实。对人物从细微处着手的描写突出了小说的主旨，小生活的改变才有可能映射出大环境的新生，战争如不期而至的洪水猛兽袭击了广大民众的生活，人们经历了一个思想成长的过程，从对战争恶行的排斥和逃避到正确认识和接受现实，动荡的社会中，人物的命运也是社会的命运。

## 五、描写的艺术手法——语言

小说是语言艺术形式的展现，在塑造众多人物形象时，作者一是采用人物之间的对话方式展现，按照作者对不同阶层和人生经历的了解，对各阶层人物语言的掌握是准确塑造人物的重要途径；再一种是洞察人物心灵而采用心理活动或者寓情于景的透彻描写，以心理语言展现人物真实的性格。作者的语言是一种别致流畅的语言，简洁犀利，通俗易懂。

小说中的人物依序各自登场，通过人物的对话展现人物性格是可取的。别林斯基说过："如果争论的双方彼此都想占上风，努力刺痛双方性格中的某个方面，或者触及对方脆弱的心弦，如果通过这个，在争论中暴露了他们的性格，争论的结果又使他们产生新的关系，这就已经是一种戏了。"[①] 在《山洪》中，人物在对话时有这种带有冲击力的语言设置，有的对话即使看似平常无奇也是人物性格的侧写，例如这一段日常聊天的片段：

"不抽丁，你倒说的好！东三省同北边早就抽丁了！中国人打头阵，高丽台湾人打二阵，东洋鬼子躲在最后末。东洋鬼子才作怪哩！你这老人家不晓得啊！"

---

① 谭沛生：《论戏剧性》，北京大学出版社 1981 年版，第 36 页。

“没听说过。——这倒是个毒主意喽。”

“早就有这个了。”三官低着头，毫无兴致地插着说：“还说要出连环保哩，出来毛病的话，就满门抄斩。”

“怎么不高兴，高兴得很！”寿官向四狗子反击着：“不抽丁，哪个打仗？依你说我们等着做亡国奴就是了？”

“军队没开回来，这几个月我们也一样地吃饭过日子，也不见得就真的当了亡国奴！——你晓得个什么天高地厚喃。你当你在干矿上，抽丁没你的事，到下半年你也满十八岁，我看你……我都懒得同你说！”四狗子低着头望着地上说，吐着吐沫。

四狗子和寿官的对话，三官偶尔搭话。四狗子和寿官两个人物都是主人公周围重要的角色，这段对话是发生在三官对两人的态度发生转变倾移的时候，曾经投契的朋友四狗子渐渐疏远，所谓的“友情”渐渐移到寿官身上了。但是这段对话是客观描述的，没有将情感偏置某一方。作者把更多笔墨放在了三官听完对话后的心理活动，他认为寿官对于抽丁一事的无动于衷是“可恼”的，但是对于四狗子幸灾乐祸，对于大军漠不关心，即使当亡国奴也无所谓的态度是“可鄙”的。这样对话和人物心理语言的自然连接使叙述更加真实自然，一段人物的对话就可以引发一个事件来推动故事的发展；而心理活动则是展开人物对于此事的真实看法，能深入内心，多层次他描写人物，而不是局限在人与人之间的交流表面上。

作者可以借用任意人物的视角或充当事件的旁观者，通过对其他人内心想法的展现，描写主人公的状态，展现其思想在每个阶段的变化。比如三官在获悉自己有可能逃脱不掉抽丁一事时，外表看似平静，但是心里却是异常烦躁，所以对自己新娘头上戴着白色发卡极为不满，大为恼火，很粗暴地说：“白棉线挂在头上，你是咒哪个死？……依我的火心，我就一斧子砍掉你的！”之后作者切入到新娘的内心，是通过她得知三官对于“带白色发卡”的态度的反常。对于这种禁忌，平日里三官是不会很在乎，甚至觉察不到的；但是在面临抽丁在即，自己有可能被逼上战场丢掉性命的时候，“白色发卡”就俨然成了诅咒。三官当下的心情，仅仅从那日常粗鄙的语言中无法全面表现出来，借助于十分了解他的新娘的心理活动，那种对抽丁去前线的迷惘和焦虑从小事就被展现无遗了。所以小说中人物的对话语言和心理活动的描写穿插交错就使得人物形象更为饱满。

人物内心活动是隐秘的，作者却直白的进入其中，详细地描写出来：“三官从来没有见过这样壮阔动人的光景，他骤然觉得胸口热辣辣的，有东西向上翻腾，不住地向喉管阻塞；他的心急跳着，像被一个广大无比的东西压迫着。他直挺挺地站着，忘了恐惧，忘了忧虑，忘了表兄和奶奶，并且忘了自己的存在。他仿佛具体地觉触到一个实在的东西，这就是‘中国’，他觉得从未经验过的怅惘与悲伤。”作者以全知全能的视角介入主人公的心理和思想，这种叙述手法满足了读者对他内心想法的好奇，易于展现人物的思想活动，表现其思想的转变过程，回应作品主旨。

在语言结构和方式上的精心安排之外，《山洪》的语言还极具有张力，“涵容丰富而凝练，探入幽微而细腻”①，可以说是体现了作者深厚的文字功底，小说语言雅俗共赏。

试看《山洪》中的一段文字：

“菩萨不管被窝里的把戏，他们的事我不晓得……我也是结

① 唐沅：《吴组缃作品欣赏》，广西人民出版社1989年版，第103页。

巴子数卵子，我没有本事答出来”，“你是天上神仙不管人间烟火事”，三官说着打船沿上跨到二哥跟前，“我来打桨罢，你这个弄法是半夜里下扬州，日头落山还没跨阳沟。”

这段话是二官和三官就抽丁一事的对话，两人因为性格和生活环境的不同，对事对人态度自然不同。二官对待事情是乐天知命，万事不挂心头的性格，所以在这种简单的对话中可以看出二人的区别；三官的急性子和经常自以为是使得他的语言有很强烈地抒发自己的情感。

在人物的对话中，具有地方特色的谚语和俗语经常出现，比如，“够赠你家表亲的了——上水船好比爬滩”、“我肚里直打鼓，脚都弹琵琶”、“我说也是刨葫芦刨不动刨冬瓜，吃东西拣软处咬，真不是好种干的事”。这种带有浓郁乡情特色的语言看似白话通俗，但却是经过作者仔细选择来用的，对于不同阶层和性格的人，在说话的时候，语言的不同也是可以看出来的。身为保长的章延福财力较为丰厚，见识也比村里的一般人要广，说话时少不了一些官腔：“我晓得有些人是不作兴我，背后嘀咕嘀咕的。当时我都不听，我是地方为重，我是要替章家祖上挺挺腰杆。皇帝坐在金銮殿上，也免不得百姓说冷话。”“四个丁，四百；四个扶子，八十。四百八十，五十一个人摊！公公道道！可是话要说在先，别的保里我不管，我们保里是要出钱都出钱，要拈阄大家都拈阄，我不喜欢大雨里下田嘞，拖泥带水的。”他在大伙议事的时候显然是一个领导者的姿态，颇有心计。对于抽丁一事他说是“屋顶上盖瓦，一个压一个”，任务是来自于师区和团区这些上级，作为保长的他巧妙地将责任抛给他者，抛给村民们，无论如何也不能接触到上级领导。

但是方言在小说创作中的应用并不是随心所欲的，它有一定的局限性：方言口语各有其严格的窄狭的地方性，许多离奇乖僻的俗语即使有上下文的联系也很难被非本土的人理解；各地因其特殊的物品与人物以及特殊的生活习惯而创作出某些特殊的语言；过多地使用方言俗语会使小说的推广产生阻碍，小说中人物形象的塑造也会局限于地方性。所以在《山洪》中，作者在选用土语俗语时，进行了语言的拣选加工，既带有家乡的风情民俗，也将更多的描写文字通俗化，以免语言晦涩影响阅读。

吴组缃的语言还有一个特点就是虽然以冷静客观的语调，但是细腻精致的语言却格外具有表现力，极大地讽刺了社会残酷的现实。《山洪》中作者的语言客观冷静，在现实主义书写的指导下，力求在讲述时感情不偏颇，平静客观地描写。叙述者基本上采取了对生活以冷静的谛视的态度——一种寓主观情感于客观描写之中的艺术手法。① 在小说中对于三官和保长、来宝儿和长庆儿之间的争吵嬉闹，作者是客观地叙述，不会明显表明自己的观点，但是读者还是可以从行文间感受到作者的意图。另外即便是描述东老爹这个人物的时候，也没有极尽赞美之词。东老爹是鸭嘴涝山民中德高望重的长者，他在战争面前能尽己所能，虽是“半截身子入土”，仍为战士服务，是一个作者要推崇的角色。但是在描写他的时候，只是平静无常的话语，无论是东老爹自己的话还是别人的转述都是情感上不起波澜的，这种语调是无声胜有声，更能衬托东老爹这一人物的高大，达到教育的意义，让其他同乡的人在对比中自省，意识到自己的目光短浅、思想狭隘、不识大体。

在没有人物对话的片段中，吴组缃采用清丽优雅的文字来作

① 张丽华：《吴组缃小说的叙述艺术》，《杭州师范大学学报》2010 年第 4 期。

背景铺叙。比如在小说开始引入村落时，作者这样写道："大河从上面重峦叠嶂之中弯弯曲曲转了出来，迎面碰着鸭涝山，屹然高耸突出这丑怪的岩石，好像遇着一个蛮横的凶汉，两手撑腰，仰面向天，有意伸出一双脚关住去路要和这远来的过客闹是寻非。大河奈何不得，只有把河路让开，转而向北，绕了一个弯，再继续向二百里外的大江里缓流而去。"其实只是描写村落外的河流，但是作者赋予了山川、河流以生命，一片生机盎然，写出了这个山乡村落的偏僻和平静，和战争袭来后的村庄可形成对比。在下篇开始作者也有一段鸭嘴涝的景色描写：远处近处的山头长时被云雾封锁着，有时牛毛雨时断时续的漫天飘落，有时候雨声淅沥；有时阴沉的天空忽然显得白亮，香炉峰顶那一团混沌的云雾破做一块块的棉絮，往来急走着；鸭嘴山上的树林虽在雨雾时候也迷蒙着湿烟，田埂和河岸的石路上泥泞狼藉。料峭的寒风到处吹送，吹着缓缓长流的河水，吹着鸭嘴山湿凝的树林，吹到河岸上简陋瓦屋的每个角落里，吹到鸭嘴涝每个人的褴褛的身子上。这样细腻的景物素描很自然地就过渡到对鸭嘴涝人们心理的描写，情景合一，以景色写情理。战争影响了人们的心理，雨雾环绕着鸭嘴山，在这片雨雾中的鸭嘴山村民自己也仿佛置身于迷雾中——战争的迷雾，人们在缭绕的战争烟云中摸索，试图找到前方的路。

吴组缃平实沉稳的语言功底在《山洪》中体现得淋漓尽致，即便只是口语化的描述也能在读者脑海中留下一幅幅关于这个皖南小山村的图画；他以精准而清丽的文字书写深沉的情感，在大后方压抑的背景下，写作是"戴着脚镣跳舞"，疏笔淡墨、冷峻客观地刻画人物，书写生活现实。

## 六、结　语

小说的主题是蕴含在活生生的人与事之中，溶化在作品的具体形象之中，而不可以游离在具体的形象之外。《山洪》通过对普通山民章三官和同乡们的描写，展现战争中民族意识的渐渐苏醒，沉睡的爱国精神被唤起后所产生的影响是无可估量的，就像一泻而下的山洪迸发出的能量，是当时的中国迫切需要的力量。当然小说中也有不足之处，因为吴组缃身在国统区，对新四军不是很了解，对农民开展的共产党游击活动也不是很熟悉，所以作者说："拿起笔来，好比黑夜行路，提脚不敢迈步，当时凭的是一点抗战激情和对故乡风物的怀念或回忆，勉强写下去……直到皖南事变发生以后，原有的构思失去了依据，才草草了事。"这也正是作者遗憾的地方。他在 1943 年出版的《鸭嘴涝·赘言》中说道："里面的濡滞和不匀称之处不说，就是情节结构，也远不是原来计划的面目。"在动荡的年代催生出的小说，似乎能在战争洪流中自持，但最终还是吞没在时代的大潮中。《山洪》的后半部分相比较于前面紧凑的情节和详实的内容，弱点十分明显，人物行事的动机交代不清，小说前后联结有欠周全。在大后方写作的文本中，《山洪》以它新颖的主题思想和对现实的刻画都具有一定的社会价值，在语言和人物形象上的艺术表现也是同样值得肯定的。《山洪》是一部最早出现的正面表现抗战，表现农民爱国意识觉醒的长篇小说，在它发表的当时，就得到文艺界的好评，在抗战文艺的发展史上无疑具有不应忽视的重要意义。①

① 唐沅：《吴组缃作品欣赏》，广西人民出版社 1989 年版，第 231 页。

# 第四章　分裂与整合——《吕梁英雄传》的人物形象塑造

## 一、总　论

《吕梁英雄传》作为一幅微型的战争景观图，是由马峰和西戎合著于20世纪40年代的一部解放区人民的抗战史诗。以中国传统章回体小说的形式，以晋西的吕梁山区为背景，讲述了武工队和民兵与侵华日军、汉奸伪兵、恶霸地主斗智斗勇的故事。

1947年1月30日的重庆《新华日报》刊出一则评论这样评价《吕梁英雄传》："这是一部从形式到内容整个属于人民的，从人民中来到人民中去的作品，作者组织那样庞大而又头绪纷繁的材料的能力，熟悉群众的生活及其语汇各方面的独到之处是令人敬佩的。"而马峰、西戎也曾表示过，《吕梁英雄传》的创作，在很大程度上受到了1942年毛泽东《在延安文艺座谈会上的讲话》的影响："关于这本书的写作过程……是学习了毛主席刚刚发表的《在延安文艺座谈会上的讲话》之后的创作实践。"可以说，《吕梁英雄传》作为一部在时代与政治气候下应运而生的作品，更多的是为了满足一种时代的期待视野，产生于战争的影响之下，具有很强的针对性。马峰对此曾作过这样的表述："当时并没有计划写成一本书，也是登一段写一段，不是一气呵成，因此在人物的刻画上，在全书的结构上，在故事的发展上，都未下工夫去思索和研究，以致产生了很多漏洞和缺陷……”在当时战事的紧迫之下，文学作品的创作必然会受到客观现实的诸多限制，从而产生了诸多的弊端。例如茅盾在对于《吕梁英雄传》的评价中便指出：“本书是用‘章回体’形式写的，然而，作者对于‘章回体’的传统作风是有所扬弃的。在近三十年来，运用‘章回体’而能善为扬弃使‘章回体’延续了新的生命的应首推张恨水先生。《吕梁英雄传》的作者在功力上自然比张恨水稍逊一筹，不过书中的对白纯用方言，却是值得称道的一个优点。这就大大的补救了人物描写的粗疏的毛病，而这种粗疏的毛病主要是由于未能恰如其分地刻画人物的音容笑貌。大概作者是顾及到当地广大读者的水准，故文字力求简易通俗。但是简易通俗是一回事，细腻又是一回事，两者不相仿而实相成，为了前者而牺牲了后者，未免也得不偿失了。同样的原因，作者因为对于每一场面的氛围描写亦嫌不够。这两点，可是本书的美中不足。”同时，马峰与西戎作为“山药蛋派”的成员，其创作原则，必然是要遵循现实主义，以农村题材为主，采用通俗文学的手法，创作出同时兼具强烈传播性与阅读性的通俗文学作品，这与他们生活的环境与所受到的环境的影响下产生的文学观是分不开的。可以说，《吕梁英雄传》是一个时代的产儿。

诚如茅盾所作出的评价一样，《吕梁英雄传》作为在紧急战时情况下对于战争的回应，必然只能以急就章的形式出现，为了使文章能够在群众中起到鼓动的效应，只能采取简易通俗以牺牲细腻刻画为代价了。对此，我们先从整个章回体的形式入手进行逐条分析。

从外在的章回形式看，分回标目，是章回小说形式外观上最明显的特征。古代多用六言、七言对句，全书的目次并不一定都要用字数相等的对偶句，可长可短。回目之设，既在提纲挈领，概括内容情节大要，也为叙事条理所必须，一般几个回目构成一个小高潮，每回之间衔接无间。在这部小说中，有着较标准的回目。《吕梁英雄传》共计八十回，回与回之间自然承接。它的回目均为对句，上、下句字数、句式、内容相对，基本上都能概括出本回的内容。

从情节特征看，这部小说都保留了章回体的特征，强调故事情节的曲折生动，首尾完整，注重通过行动来刻画人物，较少心理描写和景物描写。首先，它是按历史时间的先后发展来安排情节，有头有尾，情节完整。《吕梁英雄传》具体写了 1942 年吕梁山下一个村子里从鬼子进村到通过斗争敌人逃窜的完整故事。作者很注意通过设置悬念来增加传奇性。如对雷石柱这个人物从叙事方式而言，小说采用的是全知全能的视角。不仅知道情节发展与人物命运，而且清楚人物内心思想的深层活动。如《吕梁英雄传》第一回先介绍故事背景，交代人物来历，人物善恶分明，作者褒贬态度一目了然。开篇康家寨财主康锡雪的介绍，不仅包括他的年龄、长相、爱好、穿戴、出身、财产，而且直接评价“这人满肚子阴谋诡计，横行霸道。仗着有钱有势，与衙门里有来往，硬把桦林山这座天生天化的东西，霸成他自己的家产”①。在需要解疑释惑时常常以“原来”加以说明，以达到作者直接操纵情节发展的目的。从语言风格而言，这部小说都具有通俗化特征。章回体作为一种起于民间的文学样式．其语言风格一直保留

① 马峰、西戎：《吕梁英雄传》，作家出版社 1964 年版，第 4 页。

着雅俗共赏的特征，言不甚深，语不甚俗，这正是通俗小说的本质特征。这部小说的叙述语言都是由口头语言提炼而成的文学语言，呈现出口语化的特色，带有浓厚的山西方言特色。对白纯用方言，在一定程度上弥补了人物描写粗疏的毛病。文中娴熟地运用了许多民谚、俗语等，更生动形象地表现了群众的生活、情绪，带有大众化色彩。通过以上四方面的分析，我们发现，这部抗日英雄传奇扬弃了章回体不易为当时读者接受的诸因素，如回目的工整典雅、诗词曲赋的穿插等，而基本上保留了章回体为群众喜闻乐见的那些元素。这种取舍是由解放区读者的期待视野决定的。这些地区远离现代化城市，偏远、闭塞、经济原始、教育落后、文化消费基本以人民文学形式为主。这部小说从外在形式、情节特征、叙事方式、语言风格都充分满足了广大具有最低阅读能力的工农兵读者的文学需求。既满足了通俗与进步的时代标准，又满足了解放区读者的期待视野，其成功也就不难理解了。

## 二、形象学中的“他者”与“自我”

正如前面总论所言，《吕梁英雄传》注重通过行动来刻画人物，较少心理描写和景物描写，这是章回体小说乃至中国古典文学传统中一个极其显著的特点。人物作为行动的载体而存在，同时人物也通过行动而展现出来。这种“行动式的”人物形象，是研究《吕梁英雄传》人物形象不可回避的重要方面。

那么，“形象”在《吕梁英雄传》中，究竟发挥着怎样的作用呢？这里我们需要先了解形象学中“他者”与“自我”。形象学的出发点是，每一个“自我群体”不仅知道自我认同的话语，也了解认知“他者”的话语，并以自我区别于他者。我始终认为，一个文本中形象——不管是异国（他者）形象，还是本国（自我）形象——不单单是作者本人思想在作品中的投射，更是一个集体想象的产物。文学中的异国形象不单单是单纯的对现实的复制式的描写（这在实际操作中，也是不可能的），而是被放在“自我与他者”、“本土与异域”的互动关系中研究的。巴柔曾说：“我想言说他者，但在言说他者时，我却否认了他，而言说了自我。”① 这表明，形象的塑造，不单单是一种“言说”与“被言说”的关系，而是一种互动的对话，“他者”形象的塑造，也传递出了我自己的某些形象特征，是对我自身和所处空间的补充和外延。作者往往是以本国“集体想象物”作为衡量的标准，来度量“他者”（及其他者所代表着的文化）并加之自己的喜恶判断。这其中，透露出的是自我及其周围世界的集体意识。这其中存在着一种双方的差异，也正是进行形象研究的重要价值所在。

作家生活在一定的社会环境里，思想必然受到所属文化的影响和制约，在他们心中早已有了深深的文化烙痕（不管他们愿意与否），因此，他们会带着“社会集体想象物”的印记走入对另一文化的审视，同时，对于自身形象的表现，同样也会带上“集体想象”的色彩。不管是对于何种形象的塑造，这都是无法避免的。

通常，研究者们都会关注到“他者”的形象塑造，因为形象学自一开始，便注重于文学作品中异国形象的分析研究，只不过其发展轨迹，由最初的法国学派的以实证的方法“求同”转向了

① 孟华：《比较文学形象学》，北京大学出版社2001年版，第124页。

当今的“存异”，多是考察描述形象之“异”的具体表现，文本中的他国人物形象，相对于原型有什么不同的特点；考察“异”是如何发生的，形象的生成、传递、接受是一个多重变异的过程，作者是如何塑造的，读者是如何解读的；思考“异”何以会发生，集体是如何想象的，以及深层的文化原因何在。

同时，我个人认为，在关注于“他者”的形象之外，也不能忽视对于“自身”的关注。我始终认为，“他者”与“自我”是一种对话的关系，在审视和演说“他者”的同时，也在无形之中言说了自我，不仅通过“他者”来反衬出自我，即便是在“自我”形象的塑造上，也反映出了作者，乃至作者所在的群体的一种集体想象。如果仔细分析文本中“自我”形象的塑造，同样也能看出自身深层的文化内涵。例如鲁迅对于国人的形象塑造，对于“我”——往往带有他自身的情感带入——的表现，又比如海外华人文学中塑造的各色华人形象，往往是比“他者”更为直截了当地展现出了群体自我的精神世界。可以这样认为，“他者”是一面折射镜，而“自我”是一面平面镜，从不同的角度，逐层地反映出根植于创作者内心的、最深层次的情感体验与理性思考。

以这个角度来看《吕梁英雄传》，虽然说这是一部采用传统手法创作的章回体小说，在当时的政治、社会、战争环境下，带有很多为现代读者所不能理解的彼时色彩，但是，不可否认的是，在这部作品中所表现出的“他者”与“自我”形象的塑造，仍能够从形象学的角度，解读出更为丰富的含义。从中不仅可以解读出作者的情感体验，也能从读者期待视野的角度，概括出整个社会文化的大背景。我们应该通过“他者”与“自我”形象的解读，来实现文本中两者真正意义上的交流。这就要求主题客观地、全面地审视他者，通过他者形象敏锐地察觉到“镜像化的自我”，并由此进行深入地思考，从宏观的角度来说，这是文化间客观、亲善的双向交流，即便是在作为战时文学而诞生的《吕梁英雄传》中，也可以作出这种更具有现代意义的努力。

## 三、分裂：各司其职的人物形象

曾经有研究者对于《吕梁英雄传》作出过“莎士比亚化”的评论，以说明人物形象是《吕梁英雄传》的重要命题之一。诚然，作为一部采用传统章回体小说叙事手法的作品，《吕梁英雄传》保留了章回体小说中以人物带动情节的特点，纵观整部小说，我们可以相当容易地剥离出组成情节的三方面矛盾：以雷石柱、康明理、孟二愣三个共产党员为代表的康家寨广大人民群众与以犬养为代表的日本侵略者之间的民族矛盾；康家寨人民与汉奸康锡雪、康顺风之间的阶级矛盾；在抗日统一战线内部及民兵内部的不同思想间的矛盾。这三类矛盾共同构成了整部小说的总体支架，并发展出一个个小的故事，环环相扣，形成一条链型情节。

这种链型情节的好处在于结构紧凑且线索清晰，不会造成复杂的阅读障碍，从而使阅读者能够在第一时间里快速理清人物行为间的逻辑，并毫不费力地体会到阅读带来的愉悦。这也是章回体小说能够成为大众文学的原因之一，《吕梁英雄传》采取这样一种方式，也诚如前面总论所言，是受到当时文艺政策与战时环境的影响。这种能够满足普通大众阅读需求的情节结构，必然也会对人物形象的塑造，提出相应的要求。

### （一）“自我”的分裂

说到小说或者纪实文学等艺术形式，它们的一个明显特征就在于形象性与虚构性。形象地再现某一时代或某一事件，会使这些历史的真实能更加深刻地印记在人们的大脑之中。对此，高尔基曾给巴·尼·苏罗日斯基的一封信中写道："不要把您自己强加在您的主人公身上，不要教训作为读者的我。要给我出色的、精确的、鲜明的形象，至于结论，我自己会思索出来的。"[①] 从而说明，一个人物形象对于一部作品来说，有何种重要的意义。那么，在以人物带动情节的《吕梁英雄传》中，又是怎样的一种形象塑造？

《吕梁英雄传》一共八十回，有名有姓的出场人物便有几十个，初览《吕梁英雄传》，最直观的感受便是人物的"标签"。可以说，一看到人物的姓名，便可以很容易地将之归入相应的阵营之中，例如，武得民——以武装力量赢得民心，雷石柱——中流砥柱，李有红——红色政权的象征，孟二愣——性格也如名字一般鲁莽而勇猛，康顺风——随风而倒，暗示着此人的狗腿立场，康败家——无能的败家子形象，乃至日本侵略者的名字也作为标签，代表了作者以及读者的"期待视野"：犬养、猪头。同时，笔者发现，在《吕梁英雄传》中有个很有意思的现象，那便是每一个人物的初次登场，必然伴随着身份的介绍。例如："村农会干事"张孝勤，"富农"李德泰，"读书人"二先生，"揽工汉"刘二则，乃至主人公之一的雷石柱的登场："十八岁上父母全死了，留下他孤单一人，苦熬苦受。暖天给人家揽工做活，冬天就在桦林霸煤窑上掏炭。"[②] 同时，这种身份也与人物的性格行为紧密相连，例如在"革命的彻底性"与"保家卫国的思想境界的

① ［苏］高尔基：《文学书简》（上卷），人民文学出版社1962年版，第459页。
② 马峰、西戎：《吕梁英雄传》，作家出版社1964年版，第28页。

崇高性”上，其程度的高低排列与身份对照，表现为“革命觉悟高→中→低”与“贫农→中农→富农（地主）”一一对应。面对敌人入侵，“妥协并狼狈为奸→在抵抗与顺从中摇摆不定→坚决抵抗保卫家园”的态度，也与“富农（地主）→中农→贫农”遥相呼应，似乎是作者给了这样一个标签，那么人物就按照这个标签演出与之相符的戏份。这种简单明了地表现出立场与作者喜恶的名字与身份（按照当时的政治环境应为“成分”）安排，使《吕梁英雄传》中的人物甫一登场便能迅速归入到作者预先安排好的角色位置中，并且，作者并没有在这一方面给阅读者留下思考的余地，阅读者一看到名字，也能迅速作出判断：这一人物形象是正是邪，处于什么立场，大概是什么性格，并且对于此人的最终命运能事先作出一个预判。这是作者全知视角对于文本接受者的一种延伸，读者根据自己的既往经验，能够按照作者给出的提示作出自己的预测，使整个阅读过程变成了对于自己预判的论证过程，而这种阅读方式带来的愉悦感，是通过陌生化造成读者阅读障碍的小说所无法带来的。正如在现代电影研究中曾有研究者指出，适当地告诉接受者剧情走向在某种程度上能增加观看者在观看过程中的愉悦感与满足感。同样的，在小说的阅读中，将阅读过程变成自我预判的论证过程，也能给文本接受者带来某种程度上自我肯定的满足感。小说创作中这两种情节表现方式我们不能简单地划分为孰优孰劣，作出一个高低之分，因为它们都给文本接受者带来阅读的快感，只是一个是在不断推理否定，而另一个是在不断地预判肯定，后一种用一个形象的比喻来说，便是知晓这辆列车最终会达到某个终点，而重要的是它将如何达到。

对于人物形象，从文学创作的角度而言，人们一般都是根据其饱满程度分为扁形人物与圆形人物，或者称作“简单性格”与

"复杂性格"。扁形人物一般说来，只具备一种气质，甚至可以用一个句子表达出来，性格固定，不受环境影响，环境的变动只会更显示出其性格的一成不变。可以说，在整部小说中，性格基本上不会有大的变化。这是一种甫一开始便已经成长定型的性格，文本接受者关注的并非是这个性格的成长，而是这种性格在情节的发展中，将会产生怎样的作用。扁形人物有两大优点，一是读者容易辨认，用不着读者分出精力去关注他们的进一步发展。二是容易被读者记住。因为，他们给读者留下的印象是一成不变的，但是，同样的，这两大优点恰恰也包含了扁形人物的弱点：人物特征太浅露，太简单，必然在阅读过程中无法给文本接受者形成接受挑战，不具备丰富的性格内涵，缺乏再思考，再创造的空间。这对于当今欣赏水平与思考能力不断提高的阅读者而言，这样的人物形象单纯，缺乏一种吸引力。同时，人物性格是一种静态的封闭结构，缺乏一种在文本中不断成长的可能性。而与扁形人物相对的是所谓的"圆形人物"。圆形人物是指文学作品中具有复杂性格特征的人物。这类人物在小说中往往都是多义与多变的人物。这类人物的特点是性格有形成与发展的过程。圆形人物基本特征是：圆形人物的塑造打破了好的全好、坏的全坏的简单分类方法，按照生活的本来面目去刻画人物形象，更真实、更深入地揭示人性的复杂、丰富，具有更高的审美价值。这种塑造人物的方法给读者一种多侧面、立体可感的印象，往往能够带来心灵的震动。圆形人物的性格比较丰满、复杂、立体感强。这种人物往往有一个比较稳定的性格轴心，同时又呈现出不同的性格侧面和性格层次，这些不同的性格侧面和性格层次相互交错融合，构成一个独立的、气象万千的"世界"。圆形人物是作者花大笔墨着力描写的对象，其性格轴心及多侧面、多层次的性格特征，是在不断变化的环境和复杂的矛盾关系中显现出来的，因而人物性格稳定而不凝固，给人一种流动感。这是一种动态型或发展型的人物塑造方式。

概括起来，我们可以这样简单下个定义：圆形人物是指人物性格比较丰满，表达出了人物的复杂性和多面性。反之，扁形指人物性格刻画比较单调，好人就好到底，坏人就十恶不赦，缺乏人物性格的变化和人性的复杂。那么，这里有一个疑问产生：在文学创作中，扁形人物是否还有存在的价值？作为文本的创作者，必然比文本的接受者更了解扁形人物与圆形人物的区别以及扁形人物的缺陷，为什么还要选择扁形人物？以及扁形人物在文本中所起到的作用究竟是什么，有何意义？这个问题，我们在《吕梁英雄传》中找到了答案。

在《吕梁英雄传》中，我们可以很容易地划分出主要人物之间的矛盾对立关系：

正义：雷石柱、康明理、孟二愣等——坚决抵抗侵略，保卫家园。

中间派：二先生、李德泰等——先前摇摆不定，最后在感召之下开始抵抗侵略。

邪恶：康锡雪、康顺风等——与侵略者勾结的汉奸。

邪恶：犬养、猪头、伪军等——侵略者。

在写这些矛盾关系中，不同的人物形象也“尽职”而彻底地分别担任了整个故事情节中应该出现的要素：

英明的领导者：雷石柱、武得民。

团队中的得力干将：孟二愣、康明理、张有义等。

破坏抗战力量的阴险反派：康锡雪、康顺风。

邪恶残暴的侵略者及其协助者：日军、伪军。

摇摆不定最终在共产党的带领下开始抵抗侵略的村民：二先生。

将功赎罪的人：康有富。

……

同时，正如前面所说，《吕梁英雄传》情节的链式结构，环环相扣，一个高潮接着一个高潮，大致的情节走向为：犬养率领鬼子扫荡康家寨，老百姓刘二则杀死企图强奸吴秀英的鬼子木村一郎；犬养策划成立以康顺风为会长的康家寨维持会，武得民秘密成立以雷石柱为队长的康家寨民兵组织，建立抗日民主政权；雷石柱智杀威胁老百姓生命安全的日军军犬，并设计“黄土战”救出被邱得世抢亲的姑娘梅英；康家寨民兵伏击犬养鬼子的给养车，得到了枪支弹药；游击队坚壁清野，粉碎了犬养的夺粮计划；康锡雪阴谋策划老虎沟事件，民兵孟二愣等四人被鬼子所抓；康锡雪再度实施阴谋，引导鬼子和皇协军在除夕夜扫荡康家寨；武得民、雷石柱等民兵到汉家山智取被鬼子抢走的粮食与牲口，救出孟二愣等人；武得民、雷石柱等民兵再进汉家山，策划邱得世起义，并胜利围剿鬼子据点汉家山，犬养及所部缴械投降……在“正义逐渐战胜邪恶”的总体走向中，不断出现邪恶势力的反扑与正义力量的消减，以形成环环相扣的紧凑情节。而《吕梁英雄传》中的人物，则能够准确地在情节的变化中找到相应的位置，推动情节的发展。例如武得民执行、贯彻共产党的抗日民族统一战线政策；雷石柱智勇双全，在需要计谋时承担着智将的角色；在需要激烈行为推动情节走向时，由性格火暴的孟二愣承担推动任务；在出现离间计，以体现人物思想成长的这种必要因素时，则由康有富完成这段情节的发展。

可以说，每一个人物都带着各自相应的性格，去共同构成了整部小说的情节框架。这与采取圆形人物的小说不同，在有着圆形人物形象的小说中，人物的行为是不固定的，他参与到任何情节要素中（在符合逻辑关系的前提下），呈现出一种多面性和复杂性，可以以“小人”之身成就“英雄的壮举”（如余华的《地主之死》）。阅读这种小说，读者往往无法准确判断人物的行动，或者说，对于人物的行动，不同的读者能产生不同的解读。而在《吕梁英雄传》中，不同的人物形象有着固定的、单一的性格与决不改变的立场，他们宛如钉子一般分明地钉在相应的情节线索之中，使文本接受者能很容易地作出归类，不必分出精力去探讨人物的行为而全身心地体验情节发展带来的快感。

可以这样说，《吕梁英雄传》中的人物，是一种“分裂”的自我形象。它将原本可能包含着复杂立场、有着复杂性格、处于成长中的人物进行分裂，分成正义的、非正义的、尚未成长的、已成长的，并且牢牢地固定下来，赋予他们不同的名字，并将之安排进相应的情节之中。武得民、雷石柱、孟二愣、康明理、康有富可以说是一个复杂性格的各个部分，而在《吕梁英雄传》中，被分裂成的不同人物，各司其职。这也就是扁形人物与圆形人物的联系所在。如果说，圆形人物是一个被打翻了的调色盘，各种颜色混合其中，那么扁形人物便是各个颜色各处一地，有着鲜明的特点，并且不会发生变化。《吕梁英雄传》作为一部传统的章回体叙事小说，又创作于为响应抗战宣传的战时这一特殊的背景之下，必然需要将创作重心放在简洁明了的情节展现而非人物形象的塑造之上。虽然这种人物形象的塑造方式在很多文学研究者看来，缺乏一定的深度与复杂性，但是，如果将所有扁形人物视为一个复杂性格的分裂，就会发现，这种创作方式在结构上仍然有着极强的技巧性，各个人物以简单的个体形式构成了一个复杂的性格公式。这是《吕梁英雄传》人物形象塑造的一大特点，也对扁形人物形象的研究，有着重要的意义。

（二）“他者”的异化

“他者”形象的塑造过程，常常与创作主体筛选出“他者”的某些特征以适用于自己的主观描述，操纵、控制“他者”，最终将之塑造成自己所期望的形象。尽管，“他者”的形象的塑造，是以实际客体为参照物，但是，在实际的创作过程中，必然会注入作者的思想与情感体验，因此，作为实际客体的参照物被弱化了，创作中的“他者”形象作为中轴，而围绕“中轴”所展开的情节，则是创作者主体的想象，这造成了客体的缺席，而文本接受者则往往会将“他者”形象等同于“他者”。

“他者”是以“被言说的沉默者”的姿态出现在文本之中的，由于创作者的经历以及所处的文化环境的不同，对“他者”的期待、欲求不同，因此，对“他者”形象的评价和态度也会不同。创作者便构成与“他者”之间的一种殊异的关系，也就是保·利科所提出的“主体的迷恋与审判”，即主体对“他者”的迷恋或者厌恶。在早期的形象学研究中，研究者们便注意到了隐藏于“他者”形象中的变异因子。如巴柔所说：“比较文学意义上的形象，并非现实的复制品（或相似物），它是按照注视者文化中的接受程序而重组、重写的，这些模式和程式均先存于形象。”①这就是说，这种形象是一种变异的形象，是情感与思想的混合。一切形象都是个人或集体通过言说、书写而制作描述出来的，但这种描述并不遵循真实的原则，这便意味着，并不会或不能忠实

① 孟华：《比较文学形象学》，北京大学出版社2001年版，第157页。

地描绘现实中客观存在的“他者”。因此，巴柔认为：“他者形象是在文学化，同时也是社会化的过程中得到的对异国认识的总和。”① 因此，对于“他者”形象的研究，必然包含了社会、历史、文化等等各领域，而“新的视域要求研究者不仅要考虑到文学文本，其生产及传播条件，而且要考虑到人们写作、思想、生活所使用的一切文化材料”②。对于“他者”形象的分析，应该将研究重点首先放到文本的创作者身上，因为文本的创作者必然代表着一方文化，在其潜意识中会有集体意识的存在。可以说，创作者所创作出的“他者”形象，在很大程度上代表了当时其所在整个文化环境中的群体的想象。正如近代“西方人的话语表现了西方对东方文化的漠视、贬低和拒斥，欧洲中心主义通过把欧洲以外的世界再现为愚昧、落后、懒惰，成为东方的同义词，因为需要欧洲的介入而界定为落后的从而服务于殖民主义事业”③。其次，我们也应当注意到，“他者”的形象塑造不是单向的，而是与“自我”的定位产生了互动的关系，我们能够通过对于“他者”形象的研究，反证出文本创作者是何以塑造出这样的形象，而“他者”的形象，作为一种知识与想象体系，在当时的语境下，又是如何生成的。

“他者形象是一种社会集体想象物。”④ 可以说，一部作品中的“他者”形象是这部作品的一个窗口，而透过这样一个窗口，能窥见这部作品所诞生时代的思想内涵。而文学形象的传递是一

---

① 孟华：《比较文学形象学》，北京大学出版社 2001 年版，，第 120 页。

② 同上。

③ 管新福：《赛义德的去蔽工作及其身后的文化悖论》，《当代文坛》2008 年第 3 期。

④ 同①，第 29 页。

个非常复杂而恒久的过程，有研究者认为，从宏观来看，至少存在着两个方面的变异：作家创作时间与原型的变异；与读者接受、还原时与文本形象的变异。而在《吕梁英雄传》中，对于日军形象的分析，可以看出这两个方面的变异的存在。《吕梁英雄传》作为一部宣传抗日战争的战时急就章，必然对于日本侵略者有着极其强烈的憎恨与厌恶，对于日军的侵略暴行，也要作详尽的披露。同时，为了增加民众对于抗战胜利的信心，对于日军形象的塑造，必然要作出某些程度上的夸大。从小说中出场的日军军官来看，首先是从名字的命名上如犬养、猪头等便表达出了创作者对于日本侵略者的强烈厌恶与鄙视。

在小说一开始，便淋漓尽致地展现出日军的残暴与阴险，一方面表现出当时日军在中华大地上犯下的滔天罪行，另一方面是正邪对立的矛盾不断激化，为剧情走向的高潮不断造势。日军不仅在康家寨烧杀抢掠，强征食粮，而且还培养出走狗汉奸，成立维稳会，抓走村民作为苦力去修筑碉堡。甚至连日军养的军犬，都是一副狐假虎威的残暴模样："……原来那狗是日本人专门训练过的，比狼还凶。只要看见谁停住手，马上就扑过来，浑身乱咬。前几天望春崖的两个民夫，就是叫这洋狗给活活咬死的。"而日本兵的行为则是："在一旁看见狗咬不住，气得'八格牙路'、'八格牙路'大声喊叫着奔了过来，又是皮鞋又是耳光，打得武老汉满嘴流血，白胡子都染成红的了。可是日本人气还不平，又叫来两个汉奸，把武老汉全身衣服剥光，绑在树上，专让洋狗去咬。那只洋狗扑上去，两只前爪乱抓，嘴巴上下乱咬，一霎时，武老汉身上的肉像棉花似的一块块掉下来，鲜血直流。痛得武老汉大叫大嚎，人人吓得面如土色。不一阵，老汉的肚子也被咬开了，肠子流了下来，日本人看看咬死了，这才叫上洋狗说说笑笑走了。”[①]

对于这种残暴行为的详尽描写，一方面展现了当时侵华日军的暴行，另一方面也正体现出了康家寨村民的艰难处境，为其后民兵组织的成立，抗争的胜利起了一个先抑后扬的效果，能使文本接受者在阅读到后来，心中的一口恶气尽数排出。

可以说，在《吕梁英雄传》中出现的侵华日军，第一个形象便是邪恶、残暴，宛如鬼一般的魔兽。他们贪婪、残忍而诡计多端。这种形象可以说在相当程度上符合了现实中侵华日军犯下的暴行。对于地处后方山区的普通民众而言，侵华日军的形象也是如妖魔一般（如“日本鬼子”这一称呼的诞生），没有一丝人性，代表着灾难与死亡。

同时，对于这种暴行，任何有良知的中国人都无法置身事外，保持着冷静客观的态度。因此，在文本中，作者尽最大可能表现出了对于侵华日军的憎恶与蔑视，除了前面所说的名字外，还有外在形象的描写上；也是尽最大可能地嘲讽与挖苦：“……日本小队长和独眼窝翻译官，站在门口台阶上，眉脸恼怒得像猪。”[②] 日军常常是空有精良的装备，而本身则是草包。例如原本带着军火，耀武扬威，却在遭遇民兵的伏击之后立马抱头鼠窜，狼狈不堪：“……敌人见势不对，以为山后有埋伏，赶快掉头上车，不料西山头上，突然‘啪啪啪’一阵排子枪，急雨般打了下来！鬼子着了大忙，‘哇哩哇啦’地叫着，有的往车下钻，有的往庄稼地里躲。领头的汽车，像一只发了急的牛似的，加足马力向前开，后面跟的没有过了桥的七八辆汽车，慌得早忘记看

① 马峰、西戎：《吕梁英雄传》，作家出版社 1964 年版，第 34 页。
② 同上，第 44 页。

前车的车印，乱开乱撞，正好引着了连环雷，一声巨响，早已红火黑烟冲天……”[①] 又比如，民兵切断日军据点的水源，围困日军，又假装成老百姓诱敌深入。而日军则恰巧中计，被打得落花流水。[②]

可以说，《吕梁英雄传》对于日军的类似描写，除了反衬出民兵们的英勇与多智外，还在很大程度上满足了当时文本接受者的期待视野——在英勇顽强的中国人民面前，侵略者被围得团团转，不得善终。

然而，这里却出现了一个悖论：原本残忍贪婪而强大的敌人，为何又能愚蠢到如此地步？日军的重兵镇守之地，能让民兵来去自由，而对于被抓的四个民兵的处置，更是形同儿戏，与开头对于民夫的残酷处置截然相反。如果侵略者真是这般愚蠢，民兵如此神勇，又何以让侵略者在中华大地上横行作恶整整八年？作者用尽笔墨，将侵华日军描写成一个残暴而丑陋的小丑形象，虽然在一定程度上满足了阅读者的期待视野，但是却在另一方面削弱了自身的说服力。

《吕梁英雄传》中的“他者”——侵华日军，在文本中，被作者简单符号化了两个极端——残暴阴险的恶鬼与愚蠢胆小的蝼蚁。这两种极端的异化产生的原因，有两个方面的原因：客观现实的限制与文艺创作的要求。一方面，残酷的现实使文本创作者不得不面对日军横行于中原大地，践踏人民的生命与尊严的客观现实，另一方面，战时文学需要使民众坚持抗战胜利的信心，又需要塑造出英勇顽强的民兵形象，同时丑化侵略者，满足阅读者的期待视野。这是“他者”在文本中的第一次异化，而阅读者在

---

① 马峰、西戎：《吕梁英雄传》，作家出版社1964年版，第259页。

② 同上，第386页。

接受文本之后，会通过自身的解读使“他者”发生第二次异化，彼时的阅读者满足了自身对于侵略者的憎恶鄙视的要求，并且将文本中的形象与现实中的侵略者形象等同起来。而此时（当下）的文本接受者，则对其中的悖论产生了思考，企图重新建立起一个尽量客观公正的“他者”形象。

如果将《吕梁英雄传》等战时文学和与其差不多同时诞生的处于另一立场的日本文学作品（例如石川达三的《活着的士兵》、火野苇平的“士兵三部曲”等）做一个比较的话，就会发现，不管是中国文学作品的日本人形象，还是日本文学作品中的中国人形象，抛开战争正义性等政治历史因素而言，形象的塑造在某种程度上走上了一条殊途同归的道路。皆是“他者”形象在文本中产生了变异，可以说，是“中国人眼中的日本人”与“日本人眼中的中国人”，这些形象都不是客观准确的，有些可以说是扭曲变形的，但是，可以从中研究出同一历史环境下，不同立场的文化体中不同的思考与情感体验，对于“他者”不同的态度，构成了阅读“他者”、诠释异国的最明确的表现。“他者”形象是个人或者集体言说异国文化的具体表现，形象与文化在“他者”的身上混合。而“他者”，并不是制作精美的屏风或是一堵密不透风的墙，仅仅能看到他的美或丑，却意识不到自我本身，“他者”应该是一面镜子，我们能看到镜子本身的精美或者瑕疵，透过它也看到自己的美丽与缺陷。如何以客观、公正的态度看待异质文化并通过“他者”审视自我，是形象学比较研究的重要目标，也是重要的意义之一。

## 四、整合：不同形象的排列组合

综合前面所言，可以知道《吕梁英雄传》中的人物形象——不管是“自我”形象还是“他者”形象——皆是被分裂与简化了的，也就是文学创作中的扁形人物。而采取这种人物形象塑造方式的文学作品，并非“吕梁”一家。从中国古代章回体叙事小说如《三国演义》，到现在的《林海雪原》等，都或多或少有着类似这种分裂组合的人物排列手法。如传统小说中的“五虎将”模式，在《林海雪原》中也有出现：少剑波是一个典型的儒将，杨子荣、刘勋苍等属于张飞、李逵一类的粗豪英雄；有的忠勇，有的义气，有的谋略过人，有的技能出众，有的憨厚老实。同样的，《吕梁英雄传》中的民兵组织，也以类似的团队形象出现：雷石柱承担了这团队核心的角色，武得民善于策划计谋，孟二愣性格冲动，是一个典型的张飞李逵式的壮士，张有义年轻英俊，风流倜傥，类似少侠人物，康明理曾经做过教员，带有一丝书生气，性格冷静理智等等，这些正是传统小说团体模式在现代小说中的一种体现。在这种团体模式之中，每一个人物形象的性格，都只有一个方面特别突出，甚至可以用一个字或者一个词加以概括，这种形象可以说性格鲜明，在某种程度上也可以说略显单薄，但是，当这些形象作为一个团体出现的时候，其性格之间便可以产生互补呼应的效果，正如在孟二愣冲动蛮干的时候，康明理能用冷静的思考弥补蛮干导致的可能后果，而武得民的策略，则又需要孟二愣、张有义这种勇猛的性格去推动完成。这种互补的性格使人物之间产生了紧密的互动，也更符合中国传统道德观念中兄弟手足、生死相许的美好情谊。

同时，极端的正邪对立，也使人物形象之间充满了张力。康锡雪、康顺风以及日伪军一出场，便是反伦理、反普通社会和日常生活秩序的邪恶的暴力象征。而与此形成对照的，是雷石柱率领的民兵队，代表着惩恶扬善、声张正义的力量。正邪之间鲜明激烈的对比与团队内部紧密的互动，共同形成了一个力量场，推动着情节的发展。例如犬养指使康锡雪、康顺风成立维稳会，导致了民兵组织的诞生；游击队粉碎了犬养的夺粮计划，而康锡雪则使用美人计离间了康有富，导致孟二愣等人被日军所抓，而武得民、雷石柱等人则到汉家山智取被鬼子夺走的粮食、牲口，并救出了孟二愣等人，康有富将功赎罪只身前往汉家山消灭敌人。小说情节始终处于一个事件连接一个事件，而在每一个事件中，人物性格相互衬托呈现充满张力的状态。在大的事件中安排这许多惊险、传奇的小故事，具有强烈的戏剧效果。《吕梁英雄传》在情节上采用节外生枝、险象环生的结构方法，与传统的民间说书艺术有着异曲同工之妙。

这种以形象性格的排列组合带动情节走向的方式，是扁形人物文学作品的一个特点。如果说，现代圆形人物小说是将人物性格隐藏于情节之下，那么，扁形人物性格在分裂与整合之后，形成一个一个楔子，将情节紧密地联系了起来。在这样的文本中，人物性格不是表现的目的而是表现的方式，他们共同形成了一个“性格结构”，而作为单独的个体，是无法支撑起一个情节或者一个复杂性格，但是，当他们组合起来，以一个相互呼应，相互拉扯的结构形式出现时，则可以用一种简洁明了的方式承担起推动情节的任务。同时，以固定的、简单的人物性格为基准，文本创作者能够尽可能地去进行情节的创造，简单明了的人物性格与人物关系，受普通大众欢迎的传统“五虎将”团体模式，环环相扣紧凑的情节，也更容易受到文本的隐藏读者、当时生活在农村、处于社会底层的普通老百姓的欢迎。这是由《吕梁英雄传》的传统章回体小说形式以及当时的社会背景所决定的。

《吕梁英雄传》在内容构思、人物塑造上都含有明显的政治宣传意图，这是由当时特殊的社会历史背景所决定的。在当今这个文学创作自由、多元、私人化的时代，也许会觉得这部小说因种种原因已成为过去，而使大部分追求阅读挑战的阅读者失去了兴趣。然而，正如接受美学的理论所展现的，任何一部文学作品都不可能是一个自身独立、向每一个时代的每一个读者均提供同样观点的客体，而是随着时间的流逝，在不同的时代，被不同的读者解读出各异的含义。而对于《吕梁英雄传》的人物形象的分析，可以看出，扁形人物作为人物形象的一个类型，有着其存在的意义及对于文本的价值，这是一种与圆形人物相平等的文学创作手法，不能如往常一样，简单地归纳为好与不好。而对于“他者”形象的分析，则是进一步地推动形象学比较研究的发展，不能简单地从实证主义的角度出发去论证“他者”的真实原型是怎样，而是在“他者”与“自我”之间建立起一个对话的机制，于“他者”之中审视“自我”，于“自我”之中反观“他者”，这样才能实现两种不同文化间的真正意义上的平等客观的交流。而以人物形象的排列组合方式推动情节发展的创作方式，在今日的文学领域，不管是从结构主义的角度还是解构主义的角度，都仍然有着很多可以言说的地方。《吕梁英雄传》作为一部诞生于战争年代，担负着政治宣传任务的作品，在今时今日，仍具有一定的研究意义。

# 第五章　沈从文自身以及笔下大后方“乡村人”的抗战

## 一、边地湘西的歌者和文体作家

沈从文被公认为现代文学史上杰出的作家，在湘西这片神奇的土地上，沈从文创造出了一个淳朴、自然、和谐、诗意的王国，充满了生命力和热情，尤其是对湘西下层民众生活方式的描写渗透了作者大量的感情和心血，使得他的小说带有某种对生命膜拜的意味。在一些表达对下层群体遭受不公平待遇的作品里，他没有尖锐地讽刺和指摘，没有愤世嫉俗地批判当时社会的黑暗和反映阶级斗争的激烈，沈从文笔下的人物如柏子满足于用辛苦得来的钱挥霍在妓女身上，即使遭遇到严重的挫折后开始有所感悟，仍然跳不出如流水般任性、自然的个性，处在“自在状态”下向前自行自乐，字里行间透出的是哀婉的味道。《丈夫》中的丈夫忍受妻子在外卖身养活家里的残酷事实，以“丈夫”为代表的群体对现实的隐忍态度加深了作者对生命忍受深重苦难的哀叹，以及唤起读者对下层民众的同情。沈从文以看似轻淡的笔墨，写出了令人心颤的故事。他的作品除了人性，还有“神性”。沈从文终生追求发现美、表现美。发现了“美”亦即发现了

“神”，生命之最高意义，即是“神在生命中”的认识。[①]

沈从文被称为“文体作家”，他创造性地运用和发展了一种特殊的小说体式：文化小说，或称抒情小说。这类小说的内容多是描写当地乡土人情和社会风俗，带有浓厚的历史文化意蕴，人物的性格塑造和感觉、情绪重于小说的情节和背景，这和作者不重分析，而靠感觉感知世界有重要的关系。构成湘西世界的每部作品几乎一直都是在作者头脑里存在的总体体系中的一个和弦或者环节，所有的作品彼此相连，相互映照、衍生，在意境和社会氛围上有机地融成一片，作者的个人气质与所要表现作品的文化氛围交互映衬，和谐地构造出了一个宁静、安详、自由的世界。沈从文“力图体现存在于湘西世界自身中的时代感，复原湘西人物的世界认识，世界想象。这不能不造成沈从文的湘西世界与同时代类似题材的文学创作存在巨大的差异”，他的湘西世界从本质上说并不是一个现实社会，而更像是一个无关人间烟火的“化境”。

## 二、“乡下人”形象，都市人与乡下人的对立

沈从文自命为“乡下人”，在自在生命形式的探索上，他有着“乡下人”朴素的义利观，不为外界所理解，正是在不断地思考中，沈从文反省了中国国民和整个民族优良的品性和弱点，但他不是保守的，在保持自身长处的同时，以新的姿态投入到新的人生竞争之中。他对乡村生命形式的探索，都是以都市人生作为

---

① 沈从文：《美与爱》，《沈从文选集》第五卷，北京十月文艺出版社 1988 年版，第 178—181 页。

参照的，对乡村美好人性的书写映衬出了都市人的虚伪和市侩，引发对人生的深沉思考。他对都市文明的批判，与他笔下纯净、自然的乡村世界对立，都市人与乡村世界的人也处在两个世界观的对岸。

沈从文笔下的乡村与都市的对立，与他哲学思考方向有很大的关系，他很少从政治角度而更多的是从伦理、民俗对人性进行思考。当然这同他传统的伦理与民族的封闭性、保守性不可分。在他对“乡下人”的反省中，提出了如何改造他们落后思想的方法，城市的“下乡宣传”是有必要的，但是要注意方法，一味地强行灌输和例行公事般地执行是不负责任的，也是没有功效的，向乡下人宣传抗战的理论和思想要关注他们的思考方式和现有的理论基础，一点都不了解“乡下人”的心理就开始展开工作是不切实际的做法，这不仅不能拉近城市人和乡村人的对立，相反加深了他们之间的对立。沈从文在湘西世界中寄寓的是将其与都市世界相比较提出改造国民顽固、落后性格的意图，这一点他与其他作家相比有很大的不同。这也是沈从文的文学得不到积极响应和宣传的一个原因。在创作完《边城》后，沈从文“沉默”了一段时期，小说创作数量明显下降。那是他寻求创作上的新突破的时期。《主妇》、《王谢子弟》、《贵生》、《大小阮》、《生存》等就是这一时期的作品。与前期相比，这些小说在思想内涵上发生了细微的变化，乡下人在时代风云变幻下的生存境遇成了作者关注的重心。自抗战爆发至昆明时期，沈从文的小说创作明显更多是从乡下人的角度叙写。在现代文学史上，一些现代作家具有一种优越感，对百姓是采取俯视的视角，认为他们有奴性，需要改造，他们是怀有怜悯之心对其进行宣传和教育的，和百姓之间始终隔着一条难以跨越的沟壑。但是沈从文对于这种看法不以为然，他是怀着极深的感情来表达对湘西人民的热情和喜爱的，他对农民、兵士、终生漂泊的水手船工、吊脚楼的下等娼妓，以及童养媳、小店伙等等，都怀有不可言说的同情和关注。在他的一些作品中，他对因不熟悉下层民众的心理和生活而对其轻易下定论的言论和作品提出了异议。

在写都市人与乡下人的隔离和距离的《乡城》中，以其明确的态度和语言表达出了作者的顾虑和隐忧。这是一篇写抗战时期的“下乡宣传”，沈从文在附记中明确点出宣传队方法的失当和认识的偏差，婉讽了一厢情愿“下乡宣传”的城市人对乡村的隔膜。沈从文是有意要打破这种城乡“情绪的隔离”状态的[①]，他认为给那些贴近土地的“自然之子”的不应当是同情而应该是爱，只有怀着对他们的爱和关心，真正想要了解他们，才有可能听到他们的心声，明白他们是什么，需要什么，而不是一味地把自己的意志强加到他们身上，仅凭一腔热情是做不了什么的。沈从文看重的就是他们身上的美好品行，自然、淳朴，他不从政治和阶级压迫角度叙写和观察，而是从人性的角度，对待他们的态度是虔敬的，几乎是仰视的。在全民抗战这一重大历史事变的震撼与洗涤之下，沈从文在整个心理状态以及文学理念和创作方向上都有了巨大的转变与调整。这一时期的沈从文是在积蓄改变的力量，准备作重大的突破，体现在他正努力超越前期固定视野和群体创作的范围，把创作目标和视野放宽，锁定在整个时代氛围和浪潮下，尝试以各种方式表达一个独立自由作家立场的文学体式。自 1938 年 5 月开始，沈从文受聘到昆明的西南联大任教。

---

① 赵园：《沈从文构筑的湘西世界》，《论小说十家》，浙江文艺出版社 1987 年版，第 134 页。

当时，西南联大是中国的自由主义知识分子栖身和活动的大本营，沈从文虽然仍坚持自由独立的知识分子立场，但受当时的社会氛围和处境的影响，在立场、观点和认知方式上显示出朝着知识分子、学者化方向靠拢的痕迹，创作路子也极大地拓宽。从这一时期他发表的议论性文字和散文来看，他的关注范围明显扩大：从家乡人文地理到国家危机，从前方战事到后方民族心态。不过，他与当时一些著名的自由主义知识分子还是有所区别的，单以政治观而论，他是“保守”的，正如金介甫所说：“沈向往的也不是现代民主政治，而是‘原始的无为而治’。”① 从文学创作理念上，他与当时的大部分作家也存在明显的差异。

抗战爆发后的初期，整个国统区文学的基调表现为昂扬激奋的英雄主义。“救亡”压倒了一切，文学活动转向以“救亡”的宣传动员为核心。全民族进入整体抗战之中，昔日政见和文学理论、观点不同的各家各派作家，此时也捐弃前嫌，融入到大的时代潮流之中。1938 年 3 月 27 日，在武汉成立的全国文艺界抗敌协会提出“文章下乡，文章入伍”的口号，鼓励作家深入战争生活，文学必须充当时代的号角，必须直接反映现实，必须为普通民众所接受，因此大量的城市宣传队下乡宣传，这一时期的文学形式也大多是通俗简单的“大众化”作品，如大鼓词、街头剧之类，文学基调也是昂扬激奋的。② 但是在这样一种普遍昂扬乐观的文学潮流下面，潜伏着一些不利于文学发展和民众改造的现象，所谓的“下乡宣传”完全脱离了现实依据和背景，城市人忽略了乡下人的知识程度，一厢情愿地输入，毫不理会乡下人是否

① 凌宇：《沈从文传》，北京十月文艺出版社 1988 年版，第 150 页。
② 同上，第 164 页。

能够接受，以及消化的程度，这种宣传完全成为一种程式化地活动，失去了原来设定的意义。沈从文在炮火下的西南联大任教时，创作了多篇战争题材小说，包括《黑夜》、《动静》、《过岭者》、《乡城》等，这些作品体现了他一贯坚持的京派作家的文学观点，反对文学成为政治的附庸与宣传工具。《乡城》讲述的是一个服务团一行 80 多人，到一个不满 400 人的小县城去宣传抗日。但是服务团的学生来演讲、唱歌、写标语，老百姓根本看不明白，不清楚说的是什么，给百姓代写的信件他们看不懂，信里也不提庄稼、雨水、大黄牛和小猪的情形，墙上贴的许多标语用的都是“美术字”，歪歪斜斜，不大认识。宣传在他们看来只是一个任务，只需要完成一个既定的指标就可以了，不在乎成效和结果，对乡下人是否明白也毫不在意，下乡宣传仿佛成了一个空洞的活动。在当时，写这样的作品是需要极大的勇气和胆识的。在这篇作品中，城乡对立、乡下人与城市人的对立的问题贯穿于整个文本，青年学生宣传抗日这一事件和乡下老太太的鸡以及她的晚年命运形成一种对峙，对此沈从文表现出了对战争的深层思考，共同抗战是需要彼此了解，情感上是需要相通的，只有知道彼此是什么和需要什么，才能开展所谓的宣传活动，仅凭热情和雄心壮志是成不了什么事的，城市人秉持一种高高在上的优越者的姿态，试图来改造乡下人的“愚昧”，但是对他们要改造的乡下人又并不了解，在他们之间就形成了鸿沟和对立，沈从文体会出一种沟通难以达到的悲哀和孤独感。他正是从乡下人的角度表达出了与时代潮流不同的声音，在当时的激进作家看来，他的这一做法是保守的，是不与时代同步的，再加上文学理念和方法论上的不同，沈从文处在一个尴尬的历史境遇中，对此他不得不选择沉默来对抗声讨，反映在小说创作上就是作品数量的减少，他在历史的洪流中反思自身的创作和以后的道路，这一时期的他是迷惘的，他在艺术理念方面的重新探索和深刻领悟，是在抗战的大背景之下进行和完成的。

## 三、在西南联大期间的贡献与遭受的非议

沈从文1938年任西南联大北京大学教授期间，得以接触抗战大后方民众的热情，体会到国难当头众志成城的高涨情绪，同时他也是落寞的。大后方是抗战前线的供源和储备区，同时也是群众发挥集体力量的关键地区，许多作家在此真正接触到实际抗战生活，融入到群众当中，响应党和文协的号召，把文学当成抗战的传声筒和宣传工具，用文学的力量把群众召集起来，尽自己的力量为抗战、群众服务，文协强调抗战时期的文学服从于“救亡”这一时代中心，由此更加深了不同文学流派和团体的论争。由于抗战时期的文艺逐渐陷入一种程式化和通俗化的状态中，脱离了作者个人的独特方向，而成为单纯宣传的带有功利性的工具。1938年12月1日，梁实秋在重庆《中央日报》主编的副刊《平明》面世，他在类似发刊词的《编者的话》里有关于“于抗战无关的材料，只要真实流畅，也是好的”的类似言论，引起文艺界的广泛声讨，在之后的几个月里，文艺界对梁实秋可以说是群起而攻之，而梁实秋字里行间也流露出对那些积极热情的以文学为武器宣传抗战而不考虑文学艺术性和感染力的作家的不满。[①] 当时受抗战影响，阶级矛盾、民族矛盾空前激化，文艺界论争的意识形态化比较明显，崇尚自由主义的知识分子处在一个

① 凌宇：《沈从文传》，北京十月文艺出版社1988年版，第189页。

十分尴尬的境地，坚持自由主义文学只能使自己陷入与当时主流话语不相融合的艰难境地。尽管种种论争使双方的矛盾激化，分歧加深，但是这一部分自由主义知识分子并不是反动的，这些分歧只是文学观念上的争论，迁移到大后方之后的他们同样融入到抗战储备之中，艺术观上的分歧并不能阻止他们对抗战的支持。沈从文同样处在这样一个尴尬的境地，他敏锐地捕捉到大后方文学功利化的动向，站在“乡下人”的角度对这场战争和当下的形式进行了深刻的思考，他并没有置身于抗战文学动员之外，他始终关心着文学发展的动向，并因文艺理念和创作观上的不同卷入文学界论争当中。从文艺观上看，他反对把文学功利化，反对仅凭一腔热情不顾现实的改造国民，尽管他不赞成文学的功利化，反对文学成为宣传抗战的工具和政治宣传品，但不表示不支持抗战。在西南联大的这段时期，沈从文通过新的探索和思考之后找到了一种新的创作方法和道路，文学作品也与前期风格不同，在积极反映现实生活和抗战生活的同时也保留了属于个人的风格和特色。这一时期发表的《乡城》、《长河》、《王嫂》等作品是他面对战争现实对“乡下人”生存形态和生活处境的反思。他在《一般或特殊》所说的另外一些作家“好像很沉默，很冷静，远离了‘宣传’空气，远离了‘文化人’身份，同时也远离了那种战争的浪漫情绪……这几种人的行为，从表面看，都缺少对于战争的装点性，缺少英雄性……然而他们工作却相同，真正贴近了战争。目的只有一个，对于中华民族的优劣，作更深的探讨，更亲切的体认，便于另一时用文字来说明它，保存它”。沈从文即是在做这种贴近战争、支持抗战的工作，转移途中停留长沙时，他感受到作为中华民族的一份子自己身上肩负的责任，虽然无法到前线亲身参加抗战，但是在大后方他依然可以运用手中的笔，为全民族抗战效力。从表面看，他没有激进的思想和抗战的言论，似乎是保守的，然而他在西南联大这样的大后方贡献自己的力量，外界对他的偏见是认为他在国难时期安坐书斋只做学问，他们认为只有奔赴前线或者如左翼作家一样书写抗战宣传作品，积极鼓励群众参加抗战才是爱国的表现，这种“偏见”带有普遍性和逐步扩张的趋势，使得一些作家和学者遭受不公平待遇，并使战争在制造物质废墟的同时，也制造着某些精神废墟。沈从文在深刻思考自身出路的同时也在积极用自己的方式为抗战尽力。他在西南联大讲授“各文体写作”和“中国小说史”等课程，在此期间他忍受住了“左或右的打击”，林蒲在《沈从文先生散记》里这样说：沈从文的路子是寂寞的，他在默默地固执地走着他的寂寞的路子。尽管受到各种不公平待遇，沈从文依然坚持自己的人生原则和文学理想，在西南联大坚持培养新的文学青年，他宁愿少些创作，而把大量的精力放在教育和培养新一代青年的身上，受他教益的文学青年，后来大多在中国现代文学史上有杰出的成就，如汪曾祺、林蒲、赵瑞蕻、马瑞麟等。汪曾祺曾经说过：“沈从文对学生的影响，课外比课堂上要大得多。”[①] 沈从文经常去金鸡巷联大学生的住处聊天，无形之中形成了一个文艺沙龙，给文学青年潜移默化的影响。

文艺界对沈从文的批判始终没有停歇，沈从文在 1939 年发表了《一般和特殊》，在 1942 年发表了《文学运动的重造》两篇文章，在这两篇文章里他详细表达了自己的文艺观。他认为，抗战时期文学的宣传固然重要，但更重要的是社会的进步，一味地强调功利性的目的使文学走入狭隘的境地，作家并不需要像其他

① 凌宇：《沈从文传》，北京十月文艺出版社 1988 年版，第 256 页。

战士一样冲锋前阵、血染战场，默默守护在文学的岗位上用手中的笔认真耕耘，写出有实际历史和现实价值的作品来才是最重要的。对此左翼作家称之为“反对作家从政论”，并对之声讨。在第二篇《文学运动的重造》里他继续阐述自己的观点，指出在抗战爆发后，文学艺术的商业化和政治化现象更加严重，认真写作的作家默默耕耘，文学因与过多的商业和政治活动搞在一起而变得污浊，失去了本身的庄重性，加之成为宣传抗战的传声筒，文学本身的惊醒和指引作用受到质疑，他希望通过作家的共同努力，把文学从各种桎梏中解救出来，净化被污染了的文学，使之重新发挥号召和指引的作用，使文学作品从“普通的宣传品”变成“民族百年立足的经典”。在发表了这两篇文章之后，受到左翼文学阵营的激烈批判，并被视之为与梁实秋、朱光潜等人一样反对作家抗战的反动文学思潮。沈从文有着“乡下人”的固执和坚持自由、淳朴本性的性格特点，尽管遭受来自各方的压力，他依然坚持自己的文学主张，独自支撑着一方自由、执著的天空，这也不可避免地造成了他在中国现代文学环境里的孤立。但是沈从文的文学并不是反动文学，他坚持的是宣扬和传播可以改造国民和具有历史存在价值的经典。对反动文学的声讨是他义不容辞的责任，这也是他在埋头教书和培养文学新青年的工作之余为抗战作出的重大努力。在1940－1942年间，西南联大的教授中间出现了一个新的文学流派，由陈铨、林同济、雷海宗等人组成的“战国策”派，他们在相应出刊的《战国策》杂志以及重庆《大公报》开辟的《战国》副刊上发表反动文论，他们以“历史形态学”为依据，将抗战时期的形势比作中国古代战国时期的混乱，没有正义和秩序可言，是争夺权力的时代，从叔本华、尼采的“权力意志”、“超人哲学”出发，认为社会的进步是由少数人决定的，否认民众的集体力量，公然阻挠全民族抗战的统一战线的成立。[①]“战国策”派的出现，是国民党对内制造摩擦、压制民主的诡计，“战国策”派也是国民政府宣传反动文学言论的阵地。沈从文对这一反动文学流派和其发表的相关文章展开反驳，如1940年5月，陈铨在《战国策》第4期上发表了《英雄崇拜》一文。文章以尼采的超人哲学为依据，指出中国抗战要胜利就必须有少数英雄的存在，只有这些少数英雄才能保持生命的自由，只依靠民众是不能免除战争灾难的。陈铨的文章一发表，沈从文立即写了《读〈论英雄崇拜〉》一文来反驳他的观点。陈铨的“英雄观”出于尼采的超人哲学，这种英雄并不与中国实际情况相符，不适合中国国情和历史境遇。文章还指出了陈铨对“五四”以来中国文化传统的曲解，明确带有“清末民初遗老口吻”，沈从文论证了“五四”以来中国社会及政治各种流弊的产生并不是民主和科学的过错，而是集权统治下的不自由，因此解决的道路也不在英雄崇拜，而是民主和科学精神。《读〈论英雄崇拜〉》是抗战时期最早出现的反对“战国策”派的论文，他提倡民主，反对英雄崇拜的言论说出了广大群众的心声，是进步的，是抗战大后方文学重要的一股战斗力量。但是，由于沈从文和陈铨、林同济同在西南联大任教，彼此又很熟悉，况且在《战国策》杂志创办之际，沈从文还在上面发表过文章，于是便有人出来中伤他，说他是“战国策”派的成员。沈从文曾经复过询问此事的信件，收在《沈从文文集》第十一卷中的《给一个军人》的回信。在信中他说：“你看过《战国策》，怎么会把我和陈铨先生的主张并提？怎么会以为我是和他同在赞美超人英雄？我只记得陈铨先

① 金介甫：《沈从文论》，《钟山》1980年第4期。

生先写了一篇《英雄崇拜》，我写了篇文章驳他，把我和他并提，是一些莫名其妙的人在小刊物上写杂感的技法，与事实完全不相符的。”①

1944 年 2 月下旬，昆明《观察报》副刊《生活风》由沈从文主编，每天一期，共出七十期。6 月 11 日起，副刊改名为《新希望》，沈从文有感于当时昆明的报纸对副刊的重视程度不够，“没有用副刊教育读者的习惯，没有把副刊当作本省青年作家练习写作的场所，让充满鲜明地方性的优秀作品出现”。他在主编《观察报》副刊时，极其注意培养文学新青年，并主张摒弃“抗战八股式文章”，鼓励有代表性和个人特色的优秀新人，反对取悦世人的娱乐性作品，积极奖掖新人，发表他们的优秀作品。西南联大的学生、文学青年杜运燮、陈敬容、袁可嘉、马冯华、沈来秋等的作品，著名诗人卞之琳、费孝通、杨周翰、闻家驷、王逊等人的作品，冯至的长篇小说《伍子胥》、林间楚的系列短篇《昆明旅》等都发表在副刊上，《观察报》副刊成为昆明抗战时期有影响力的报纸文艺副刊之一。②

在云南昆明的这几年，同样也是沈从文一生中曲折艰难的时期。沈从文在遭受来自各方的误解和打压时并没有灰心丧气，对文学和民众失去信心，也没有因此沉寂和堕落，他凭借异于常人的从容和淡然的心态接受，并始终不忘关心中国文学的发展，时刻思考中国的出路。抗战进入相持阶段后，沈从文像其他民众一样，生活陷入到极其艰难的境地，虽然日子过得艰辛，但是全家

① 沈从文：《给一个军人》，《给驻长沙一个炮队小军官》，《沈从文文集》第十一卷，北京十月文艺出版社 1988 年版，第 364 页。

② 任兆胜：《乡下人的第四段旅程—沈从文抗战时期在昆明》，《吉首大学学报》（社会科学版）1997 年第 1 期。

人精神很好。沈从文理解当前的局势，国家在战争，前线在流血，个人生活艰难是预料中事，但是昆明城里国民党统治下的种种落败令他痛心疾首。各种腐败、消沉现象浮出水面，生活的艰辛没能遏制住他的思考，国民政府的腐败堕落，大小官员的仗势枉法，文化检察机关压制民主，控制社会舆论，更可怕的是钞票在暴涨，人民的一切生活都在围着钞票转，甚至读书人也开始迷惘和堕落，抛弃了美好的梦想。前方战场虽然屡屡失利，但是人民的斗志仍然昂扬，因为这场战争之后支持我们的是伟大的理想和信念，如果有一天连这种信念都被战争抹杀掉，那么我们这个民族还怎么在世界上立足？沈从文对社会上各种腐败、堕落现象进行了深深地思考，他没有被表面上的东西所迷惑，剥开那一层东西他看到了腐朽，他认识到民族还应进行一场精神上的修复活动，将社会上所有污浊的东西彻底清洁出去，恢复精神的纯净与清朗，这在一定意义上是偏理想的想法，在当时的环境下是不可能实现的，但这恰恰反映了沈从文对战争的深沉反思和对民族、国家命运的关心。这一段时期沈从文把大量的时间和精力放在写信和回信上，解答各种疑问，这些回信表达了沈从文对抗战必胜的坚定信念，鼓励那些在各个劳动岗位上的朋友或陌生人，包括下级军官、士兵、大学生、银行职员、小学教师、文学青年等在艰苦努力中为民族抗战效力。信中有对抗战形势和前途的分析，有对国家、民族危急时刻自身人生观的解读，有对抗战中文学运动的作用和意义的阐述，以及作为一个文学工作者对人生的建议，这些信件的其中一部分结集为《云南看云集》并出版。他在回信中耐心鼓励失去人生方向和对战争胜利失去信心的人们，在给一个银行小职员的回信中他说道：“你不要因为职位卑微就感到自卑，不要因为事情平凡就感到自轻。国家正在苦难中挣扎，凡做一个有中国国民良心和气概的人，总都要明白国家从困难中翻身，得忍受个人那一份不可避免的牺牲，虽事事受挫折，但不丧气，不灰心，一定明白个人出路问题小，民族兴衰国家存亡问题大……个人可死去，国家民族却不能灭亡……”[①] 在提到文学运动的意义时他指出，要用文学作品燃烧起下一辈文学青年的情感，为抗战增加士气和抵抗力，不能把文学当做宣传的工具，或者某些所谓的文艺工作者所做的那样，文学应当成为精神上的指路灯而不是政治工具，好的作家应该能耐得住寂寞，在自己的岗位上奋斗终生，好的文学工作者应当有教育第一流政治家的能力，而不是像一些作家一样，只靠从第三流政治家那里讨生活，忘了自己作为文学工作者的责任，忘了手中的笔是一件怎样的武器。沈从文的这些言论受到当时很多人的批评，认为他不切实际，从而对他加深了误解。在 20 世纪 30、40 年代，沈从文一直被国民党视为异己，而左翼文学阵营也把他视为陌路，国民党的报纸称他“站在反革命立场”，而在沈从文卷入的文学论争，“京派”与“海派”之争，关于“反对作家从政论”等等争论中，沈从文又被左翼文学阵营视为异己，说他是“对大多数应社会要求而写作的作家们”做“敌意的挑战者”，以及“停止抗战论”的制造者，沈从文对这些不切实际和有失公允的评论采取淡然的态度，从容地坚持自己的人生原则。左翼作家阵营对沈从文的批判其实是生命哲学观的不同，沈从文关心现实政治，明确表现战争的作品并不多，但是在云南昆明这段时期，他还是写出了一些反映战争的小说，如《大小阮》、《过岭者》、《菜园》等，但是这些作品在他整个的文学创作中所占比例是非常小的，更何况他的观

① 金介甫：《沈从文论》，《钟山》1980 年第 4 期。

察角度和方向并不是如左翼文学阵营的作家一般正义堂皇，他更多的是从体认生命的角度，从人性的道德、伦理角度去探索，没有过多涉及对革命者正面的歌颂，从表面看来，没有鼓励民众和士气的高调、昂扬，因此与左翼作家阵营不能不说存在着某种距离，但这不足以说明沈从文不支持抗战，分歧只是缘于文学创作理念的不同。沈从文抗战期间在大后方文学创作中依然贡献出了自己的一份力量。

## 四、在昆明时期的文学创作《长河》以及相关回信

在昆明这一段时期，沈从文创作了长篇小说《长河》的第一卷，故事的地点依然设在他热爱的湘西农村，美丽的沅水上游水码头吕家坪，背景是抗战爆发后的湘西事变，那里的“新生活”是指国民党的一系列破坏活动，这些事件给湘西带来无穷的灾难。沈从文又一次深痛地涉及了“苗民问题”，乡村人民的淳朴、善良、自然的本性在战争和国民党的压迫面前被一次次地毁坏和磨灭。小说风格依然是田园牧歌式的优美恬淡，作者有意以此来冲淡战争给湘西带来的混乱和恐慌，所以前边几章的乡村依然是宁静、淡然的，乡村人是美丽、善良、质朴的，他们在面对人生忧患时态度镇静从容。保安队是吕家坪恶势力的代表，隐喻着国民党对内用暴力扰民的邪恶做法，老水手对“新生活”的唠叨，夭夭对“新生活”到来前的淡然，在面对恶势力的欺压时，乡村人内部已经生长出抵抗的力量。此时大的背景是国家处于危急存亡时刻，中日矛盾激化，战争迫在眉睫，而国民党却依然实行“攘外必先安内”的政策，顶着打鬼子的名义，四处调兵，欺压

百姓，消除异己。面对这样一种现象，乡下人有着无从解释的困惑，打鬼子为什么在湘西徘徊，鬼子又不在湘西。另一方面，他们爱国的热情也在燃烧，“……船上有个美国福音教堂洋人对我说……日本会派兵来，你们中国明年一定要和他们打仗。……要打鬼子大家去”。“我明天当兵去打仗，一定抬机关枪，对准鬼子光头，打个落花流水”①！1936年，由龙云飞、石维珍、龙云超等人发动苗民起义，组成湘西民族抗日救国军，蒋介石从江西紧急调集军队，企图一面扑灭苗民起义，一面兼并当时占据湘西的地方势力，沈从文的弟弟沈岳荃指挥的1500名官兵在一次战役中受伤惨重，他自己也因伤回家疗养。他一面疗养，一面招募补充新兵，准备以“荣誉团”名义重返抗日前线。沈从文重返沅陵的那段日子，看到了湘西内部存在的民族抗战的隐患，通过一路的所见所闻，他明白了全国性抗战的意义。战争向中国腹地蔓延，湘西成为通向大后方的战略要地，在这决定民族存亡的紧要关头，一方面，蒋介石仍然坚持对内的兼并压制政策；另一方面，湘西本身复杂的民族和历史文化背景也使得此时的情况异常复杂和难以解决，大量的下级军官和数百万的兵士赋闲在家，上万支枪支散落民间，湘西能不能安定、团结抗战，关系到整个抗战大后方的安定。② 沈从文以他敏感、正义的心灵敏锐地感知到了湘西不同于中国其他地区的复杂情况，并对此深感不安。他认为目前最要紧的是湘西地方应该从全民族利益出发，以抗战大局为重。沈从文这次返乡对时局变化加深了了解，对湘西乡村人的

---

① 沈从文：《给一个军人》，《给驻长沙一个炮队小军官》，《沈从文文集》第十一卷，北京十月文艺出版社1988年版，第384页。

② 凌宇：《沈从文传》，北京十月文艺出版社1988年版，第169页。

生活和心理有了更深的认识，在同乡大老之间他的知名度也扩大了，一是他已成为一个全国知名的作家和知识分子，另一方面他走南闯北，见过不少大的世面，对当今风云变幻的时局有比较透彻的了解。沈从文充分利用他们的这一心理和自身的优势，通过向他们讲解北平、南京、武汉、长沙见到和听到有关时局发展的消息，说明战火已沿着长江向内地延伸，湘西将在后方战略物资供应和兵员补充方面占据重要地位。这也为湘西人报效祖国、为民族尽力提供了一个最好的机会。作为湘西人应该顾全大局，以国家、民族利益为重，安定后方，以湘西健儿勇于在战场上流血牺牲，来洗刷尽千百年来强加于湘西民族地方的耻辱。近乎两个小时的谈话，达到了一个共识，那就是“家乡人责任重大艰巨，务必要识大体、顾大局，尽全力支持这个有关国家存亡的战争，内部绝对不宜再乱。还得尽可能想方设法使得这个大后方及早安定下来……”这次谈话对湘西后来局势的发展有着重要影响。不久，龙云飞等人领导的苗民起义军从抗日大局出发，接受了国民政府的改编，开赴抗日前线，在湘北一带与日军浴血奋战，取得著名的“湘北大捷”。但是湘西由于自古以来便被世人误解为匪类之辈，遭受了不少不公平待遇，沈从文在送走弟弟沈岳荃之后，便开始着手写作《长河》，通过这篇以两年来湘西事变为背景的小说介绍湘西的具体情形。《长河》表现了湘西在国难来临之际高涨的爱国热情和他们受到的来自国民党及各种地方势力的欺压的现实，湘西特有的民族问题在混乱时期的冲击下逐步激化，各种矛盾像洪水一样冲击着湘西这片美丽的土地，这些矛盾不仅影响着湘西地方的安定，也对中国抗战命运构成威胁，它的发展和解决，更加关系着中国抗战胜利的前途。不过另一方面，沈从文又写了湘西独有的生命哲学和处世态度。开篇有一个很生动的例子，外来者将橘子“不卖”误解为“不许吃”，说明外来者对湘西世界的误会，尤其是来自城市的人，自以为有较高的知识教育水平，把这种自然、淳朴的性格叫做愚笨，实不知自己是在完全不了解湘西农村的情况下妄作的结论。沈从文看到了城市人与湘西农村人之间认知和心理上的差异，旨在用自己的笔墨和心血书写心爱的乡村人在面临国难之际对国家命运的关心和对恶势力的坚决反抗，更好地使湘西与民族国家的抗战结合起来。湘西问题并不是一个特例，而是一个具有普遍性的现象。沈从文希望通过湘西这一个个例来说明乡村世界与都市的不同，这些类似的问题也会在别的地方发生，一如他在《长河·题记》中所言，“虽然这只是湘西一隅的事情，说不定它正和西南好些地方差不多，虽然这些现象的存在，战争一来就给淹没了，可是这些类似的问题，也许会在别的地方发生。”从一个更深的哲学的角度，沈从文也在《长河》中审视了“战争中人与人之间关系的重造”这个问题。他两次回乡，目睹了现代文明给湘西带来的巨大变化，现代文明并没有使湘西变得更加的文明和智慧，大量腐朽思想的涌入使得湘西人抵挡不及，物质与精神面临堕落的危险，即使是在国难之际，湘西人朴实的爱国观念支撑着他们的生活信念，国民党所谓的“新生活”和恶势力的欺压也并没有压垮湘西人正直的信念，沈从文在为此感到欣慰的同时也有着一丝丝隐忧，因为这些可怕的恶势力还在不断腐蚀着湘西乡下人的精神灵魂。沈从文用他一贯独特的视角和淡然的笔墨书写着乡村人在抗战中的困惑和成长，他用对乡村和乡村人无比热爱的诚心表达着他们在时代的冲击下依然保持淳朴本色，用实际行动支持抗战的事实，与其他作家和他们笔下的农村抗战相比，湘西世界的人们似乎是漠然的，正是湘西人民一贯镇静、淡然、从容的性格和态度使得他们的思考更深入、更加人性化。沈从文在总体上来说是一个十分本色的作家，他生活的经历和独特的阅历使他在中国现代文学史上处于一个独特的位置，进入抗战以后在西南联大这样的知识分子群体中，因为文学创作理念与理论的差异，他一直处在尴尬的边缘，在经过艰难的思考与具体实践过程中，他更加坚定了以一个“乡下人”惯有的独立性在左翼、右翼政治势力与文化力量之外给自己开辟出一个独立的知识空间，期间遭遇的迷惘、困惑与非议也非常人能够忍受。沈从文独特的视角和诚实的文字为抗战大后方写作带来了一阵清新。在全民族统一战线已经形成的 1938 年，不少文学创作沉醉于盲目乐观氛围的时候，沈从文用他沉静的眼睛和对农村深入实际的了解写出了反映乡村人在抗战中的复杂心态的作品，显示出他特有的清醒和胆识。即使是在抗战中，在国民抗日情绪和爱国热情高涨的时刻，沈从文依然保持他哲学家般深沉的思考，继续对生命的形式进行深入探索，表现出他对生命的尊重和对乡村人的关心。《长河》只完成了第一卷，按照他本来的计划，要写四卷，写到苗族起义军接受改编，蒋介石把他们送到抗日前线，而这是蒋介石的一个阴谋，企图借用日军的力量将苗族生力军一举毁灭，实现他称霸湘西以致全中国的欲望。但是，第一卷完成后，在香港发表时就被删掉一部分，1941 年重写发表，又有一部分章节不能刊载。全书准备在桂林付印时，国民党认为其“思想不妥”，被全部扣压，全书由开明书店出版时，已经是 1948 年。①

沈从文在撤离北平时，有朋友曾经告诉他，延安欢迎和支持十位作家去写作，沈从文也是其中之一。到长沙时。他特意到八

① 凌宇：《沈从文传》，北京十月文艺出版社 1988 年版，第 171 页。

路军特派员办事处，找到徐特立询问延安的情况。得到的回复是，能去的自然是极好的，但是要是实在有特殊原因留在后方战场仍是十分重要的，后方的安定团结是支持前方作战的重要资源库，关系到整个抗战的胜利，在后方写作不仅能鼓励士气，给易于陷入恐慌和迷惑的民众以安慰和解释，还能写出贴近普通民众生活的优秀作品来，因此在大后方作战仍是非常重要的。沈从文在得知这样一个事实后，便决定到云南农村去，坚守住抗战的坚实堡垒。在教学与写作之余，他花大量的心血鼓励来自各个职业岗位的人，在信中针对他们的困惑和担心予以解答，这看来是微不足道的小事，但却足以说明沈从文对中国抗战必胜的信心和在大后方以一个文学工作者的身份为抗战所尽的一份力。在《给一个广东朋友》的回信中，沈从文表达出对中日战事前途的乐观态度，认为凭着“五四”以来增强的民族气概和自尊心、自信心，在全中国人民的众志成城的努力下，中国一定能够取得抗战的胜利。在《给驻长沙一个炮队小军官》的回信中，他提到国难之时个人牺牲不可避免，要有信心和勇气相信战争一定能取得胜利，信仰是要靠韧性来维持的，云南局势虽然紧张但可贵的是士气很旺。那些在城市中传播谣言的，多半是居心不良的商人，他们企图在大后方制造恐慌，以满足自己攫取巨大利益的阴谋。事实上生活在昆明的学生和百姓虽然生活很苦，但是精神却不坏，他们时刻准备着为国家献身，或者以自己的方式为国效力。沈从文就是在回这些信的同时，坚守着自己的文学理念和人生原则，在辟谣的同时安定了人心，为大后方抗战尽了一份力，后方的安定团结直接关系到前方的抗战杀敌，因此这是处在后方的文学工作者们艰巨而义不容辞的责任，沈从文虽然遭受不公平待遇而惹人非议，但是他依然坚守正义和诚实的品德，在时代的狂流中屹立不倒，更给身后的普通民众树立了榜样。

## 五、结　语

拂去岁月的尘埃，我们应该以实事求是的态度来看待半个世纪前的沈从文，他正直、淳朴，有责任心，真诚、认真地改善自己，时时以“乡下人”的心态来感知世界。抗战中，他和大后方人民一起经历了战乱和国难，经受住了战争的严峻考验，在艰难的处境中坚持自己的操守和文学理念，即使由于文学观念和政治观的不同受到来自多方面的攻击，遭受各种不公平的待遇，但是他依然在国家危难之际心系民族和人民的命运，用手中的笔和无尽的智慧指引新一代文学青年树立伟大、美好的理想，同时创作不同于其他作家风格的抗战作品，用冷静、诚实的头脑思考着国家未来的命运和现今风云变幻的局势，始终以寻找民族百年经典文学并发扬光大为目标，在物质匮乏的时代使民众的精神不空虚，保持昂扬向上的斗志，对国家民族的抗战胜利有坚定的信念，对中国抗战必胜持怀疑态度或者陷入恐慌的民众以精神安慰和鼓励，指引着他们正确的方向，树立起他们抗战必胜的信心。

# 第六章　田涛抗战小说《希望》的伦理学阐释

## 一

文艺来源于生活，反映着时代。在一段时期内，文学作品的社会功能往往与它所处的时代环境密切相关。在新文学的最初二十年里，文艺的主要任务是启蒙，唤起国人的智慧，改造国民的品性，促进社会的进步。但抗战的爆发，改变了一切。民族的生存危机迫使国共由对抗转向合作，也迫使不同阵线的作家把精力集中到抗战救亡的燃眉之急中来。这时文艺的主要任务，变成了救亡。中华文艺界抗敌协会在成立宣言中，明确了抗战时期文艺界的主要任务："我们必须喊出民族的危机，宣布暴日的罪状，造成全民族严肃的抗战情绪生活，以求持久的抵抗，争取最后的胜利。"①

抗战文艺，是救亡的文艺。这不仅仅是战争的需要，更因为抗战中激烈的社会变动改变了每个作家的生活，被卷入抗战的漩

---

① 《中华全国文艺界抗敌协会史料选编》，四川省社会科学院出版社1983年版，第12页。

涡。北京、上海、武汉、广州、香港等文化重镇相继沦陷，知识分子群体纷纷辗转撤退到大后方。战争破坏了他们的家园，打破了原来安定的生活结构，鲜血与暴力时刻撞击着作家的神经。抗战的大环境，冲乱了知识分子的小生活，任何一个作家都不可能无动于衷。“民族的生死存亡的问题已经直接拍到自己的生活上来了。旧的生活方式是不可能继续了，另一方面，新的生活中，抗战的一切千变万化的境地中，却有着非常非常丰富的内容，那是艺术创作活动的非常丰盛的养料。”①

正因为抗战为文艺创作提供了不可多得的感悟和素材，为原本安定的生活增添了新的元素，为作家的创作开拓了新的天地，因而对于抗战文艺，我们不能机械地去理解。它固然背负着救亡的使命，但亦有独立的审美价值。抗战文艺也许是一个战争的号角，但这响声本身也可以是富于音乐美感的。在抗战的大背景下，吟风弄月固然不合时宜，正如萧乾所批评的那样，“那不中用的水，只要配上点什么化学玩意，就立刻变成了伤感的泪了，晶莹而且光润。这泪如果挂在冬青树上，也还不失为一种珠形装饰，但洒在台儿庄、娘子关上，却抵不过一匹战马颈项上的半颗汗珠。”② 但过度强调文艺的抗战使命会导致一大批口号式作品的出现，使文艺本身的审美特征大打折扣。若能做到将抗战的大环境与普遍的人性结合起来，揭示战争对传统文化体系的冲击，在不偏离时代主题的同时，能作一些具有普遍价值的深入思考，一边负担起救亡的使命，一边又能兼顾启蒙，可谓两全其美。这

---

① 巴金编：《抗战文艺期刊选集·第二辑》，书目文献出版社 1982 年版，第 31 页。

② 同上，第 387 页。

样的作品，在大后方的小说创作中能找到很多。

在大后方的作家群体中有一批勤奋的作家，一直在默默地耕耘着，而且颇有收获。但由于年代久远，他们却被渐渐遗忘了，本文的研究对象田涛，就是其中的一位。

田涛，本名田德裕，笔名津秋，河北望都人。在《大公报》上发表处女座短篇《利息》，作品颇受凌淑华、沈从文、萧乾等文艺界前辈的赞许，因此被吸收成为北方左联反帝大同盟的会员。1936 年，田涛发表短篇小说《荒》。1937 年参加抗战工作，在郑州的《大刚报》主编文艺副刊《阵地》和《抗战文学》。1938 年，田涛加入臧克家、于黑丁领导的第五战区文化工作团，在大别山一带进行抗日宣传活动。1939 年，他被聘为《珠江日报》战地记者，创作中篇《子午线》和《潮》。1940 年，田涛的第一本小说集《荒》出版。1941 年，辗转进入重庆并完成了长篇小说《底层》和《沃土》。抗战胜利后，出版了《在外祖父家里》、《田涛小说选》、《田涛中篇小说选集》等作品。

田涛抗战时期的小说创作主要有：长篇小说《潮》（第一部，1943 年）、《地层》（1944 年），中篇小说《子午线》（1940 年），短篇小说集《荒》（1940 年）、《西归》（1942 年）、《牛的故事》（1942 年），以及《希望》（1944 年）、《黑玫瑰》（1946 年）等。这一时期的作品，以长篇小说《潮》和短篇小说《希望》最为典型。《希望》里的何升云，虽然投入到了全民族抗战的大潮中，但是却因为抗战工作没有前途，违背了父亲的期望而被家庭所不理解，自己也陷入到彷徨的境地。在他的抗战小说中，我们看不到口号式的宣传，也没有坚毅果敢的平面化的战争英雄，他笔下的人物形象朴实、丰满，有常人的喜怒哀乐，融入了作者深刻的理解和同情。田涛虽然也采用了战争作为题材，但绝不为了战争而创作，就像他自己所说的："我不能主观随意地违背历史，我也没有随波逐流地做生活的奴隶。"①

《希望》是田涛抗战时期短篇小说的代表作品之一。主人公何升云家境一般，他是家中唯一一个大学生。父亲何成洵是一个典型的专制家长，为儿子感到骄傲，也对他抱有极大的期待：希望他学业有成，有所作为，好光耀门楣，老有所养。母亲何老婆子虽然也希望儿子能功成名就，但更多的只是想早点见到几年没有见面的儿子。她慈爱，贤惠，但却没有主见，唯唯诺诺，是个典型的传统家庭妇女。这个大后方的边远小镇，战争的影响十分有限，但何升云的归来，让整个家庭体验到了战争所带来的灾难——这灾难与战争本身、与民族存亡无关。何升云落魄困窘的拖家带口回到了家里。父亲无法忍受儿子的落魄现实，加上邻里的闲言闲语，便对何升云百般奚落。倒是母亲看了枯瘦的儿子，陌生的儿媳和孙子，有些心疼，又有些喜悦，上来嘘寒问暖。何升云深知父亲的心思，自己也觉得愧对父母。何父知道儿子到部队做宣传工作，不予理解，认为大学生应该去做更加重要的事情。但是何升云坚信自己选择的道路是正确的，以后也会坚持下去，但同时也受到传统伦理的束缚，觉得有愧于父母而备受煎熬。而何升云的妻子，一个受过新式教育的现代女性，好不容易从传统的禁锢中挣脱出来，因为理想而与何升云结合。面对惨淡的生活现状，又觉得不服气。但是作为一个母亲，作为一个妻子，她感到了自己身上背负的沉重的责任感——传统伦理的作用又悄悄地显现出来了。这对怀抱理想的夫妻相对而眠，却都各自心情沉重，他们没有找到出路，等待他们的还将是无止境的煎熬。"两

---

① 田涛：《沃土·后记》，花山文艺出版社1983年版。

只眼睛望着黑暗的夜色”，小说在一片沉寂的氛围中结束了。

小说虽然取名叫《希望》，但读来让人压抑，不住要感叹：希望在何方？这种迷茫的情调，不是主流救亡文学所鼓励的。郭沫若提倡“没有对于敌寇极端的憎，没有对于祖国极端的爱，也就没有真正抗战建国的文艺”①，而《希望》中只有底层人民生活的常态。但它是否就与战争无关了？小说关于战争的内容几可忽略不计，但战争却是整个故事的导火索。如果没有战争，也就没有了这个故事。

田涛没有刻意去鼓励什么，贬斥什么，他只是在客观地揭露特殊环境下理想与传统的冲突。抗战时期的小说，多是热情有余，深刻不足，而田涛的小说，不见热情，也不见得怎么深刻，却是能感动人心的。原因在于他能够感同身受地“将乡间的死生，泥土的气息，移在纸上”②。这种充满乡土气息的写作手法，使他能敏感地从普遍的生活常态中去挖掘出细腻的感情来，还原出生活的本来面目。因为这些都是些普通的场景，理所当然的事物，我们读来便有亲切之感，又因为作者本身巨大的情感投入，使得他能抓住一些情感上微妙的波动，令这些平常的情节都变得生动起来，不流于肤浅。

而生活常态的背后，往往暗含着某种运作的机制——集体无意识。关于集体无意识，德国哲学家勒邦为我们提供了一种较早的论述：“我们的有意识的行为是某种无意识的基质引起的。这种无意识的基质主要是由遗传影响在心理中形成，经由无数代代

① 《中华全国文艺界抗敌协会史料选编》，四川省社会科学院出版社 1983 年版，第 126 页。

② 鲁迅：《鲁迅全集》第 6 卷，《中国新文学大系·小说二集·序》，人民文学出版社 1988 年版，第 255 页。

相传，积淀成了构成无意识基质的共同特征……绝大部分日常行为，都是由我们尚未观察到的某些隐藏于背后的动机所造成的。”① 这里“绝大部分的日常行为”，就是生活的常态，而这个支配常态的“集体无意识”，有另外一个与此相当的范畴——“伦理”。

现代新儒学的代表梁漱溟认为中国是伦理本位的社会，中国缺乏宗教，以家庭伦理生活来填补。可见，伦理之于中国，正如宗教之于西欧，是必不可少的，而中国伦理的核心，是家庭。中国人就家庭关系推广发挥，以伦理组织社会，国人讲伦理，处理晚辈与长辈的关系，是“孝”，处理个人与国家的关系，是“忠”，“忠”是“孝”的扩大版。《周易·序卦传》有言：“有天地然后有万物，有万物然后有男女，有男女然后有夫妇，有夫妇然后有父子，有父子然后有君臣。”社会乃至于国家是家庭的扩大版。冯友兰先生认为：“家族制度，在过去就是中国的社会制度。”由此可见，在古代中国，家庭伦理是整个社会伦理的基础。

以儒家思想为内容的传统家庭伦理，在维护社会稳定发展中起到了不可替代的重要作用，千百年来积淀在人们的日常行为之中，成为人们必须遵守的准则。但是自近代以降，随着西方民主自由思想的输入，和新文化运动以来胡适等人倡导的疑经疑古运动的蓬勃展开，在接受新思想的知识分子中，儒家传统家庭伦理已经不再坚不可摧。但是在民间，传统的力量依然以集体无意识的形式顽强存在。

在小说《希望》中，何升云与妻子红霄，都是受过新式教育

① ［奥］弗洛伊德：《论文明》，徐洋等译，国际文化出版公司 2000 年版，第 144 页。

具有新思想的知识分子，为了抗日救亡而奔波劳累，却不能得到父母的理解。儒家伦理虽然也强调个人对国家的义务，在家庭利益与国家利益之间有一个约束的机制，但一方面，近代以来儒学的式微，让这个机制渐渐失去作用；另一方面，生活在底层中的人民群众更多关注的是自己当下的利益。在这个背景下，家庭伦理失控了，父亲何成洵并不关系国家的利益，而只图能得儿子的“济”。日本侵华战争让何成洵烦闷不已，仅仅是因为把辛辛苦苦供养出来的大学生儿子拖上了战地，而且对何升云奔赴国难的作为，他并不理解，觉得都是些“没趣的玩意”。面对这样一个失控的家庭伦理体系，何升云与红霄都感到了巨大的压力。这压力不仅仅来自外部，也来自深深根植在自己心底的集体无意识。他们虽受到过新式教育，懂得民主自由，具有新思想，可仍然不足以消弭传统巨大的影响力。但是抗战的大环境，自己所受过的教育，又无时无刻不在提醒着他们，要听候时代的召唤，为民族的利益牺牲掉一切。在内外双重的伦理重压之下，这对新式夫妻作出了走上抗敌的前线的选择。但是与此同时，他们也都饱受着煎熬。

要深入理解小说主人公的心境，我们必须首先搞清楚，这个压抑他们的伦理体系的内容是什么，以及它们是如何对小说人物造成影响的。本文拟从三个角度来进行分析。首先，是作为封建专制家长的何成洵与何升云的关系；其次，是传统妇女的代表何老婆子与何升云的关系；最后，是觉醒的知识女性红霄与丈夫之间的微妙关系。

## 二

在家庭关系中，父母与子女的血缘关系最为关键。一方面，人生而有父母，血缘关系是最自然最基本的人际关系；另一方面，家庭的存在本身也就是为了延续生命，两性因为生命繁衍的需要而结合。因而子女与父母的伦理关系，也应当是家庭伦理的核心部分。

伦理是双向的，它往往以义务的形式被规定下来，父母养育子女，子女则要对父母尽“孝”道。传统儒家的“孝”道，包括以下几方面的内涵。第一，保身待命。“身体发肤，受诸父母，不敢毁伤，孝之始也。”（《孝经·开宗明义章》）人的生命受之父母，并不属于自己，而如果自己连生命都没有了，也就无所谓“孝”道了。第二，唯命是从。“孝子之养老也，乐其心，不违其志。”（《礼记·内则》）“不得乎亲，不可以为人；不顺乎亲，不可以为子。”（《孟子·离娄上》）不能违背父母的意志，要绝对顺从父母的想法，甚至是“天下无不是的父母，父叫子亡，子不得不亡”。第三，赡养尊亲。在物质上要给予父母基本的生活保障，孔子认为这是毋庸置疑的基本要求。“今之孝者，是谓能养。至于犬马，皆能有养。”（《论语·为政》）禽兽犹能如此，人就更加不必说了。物质给养是根本，但这还远远不够，还要让双亲精神愉悦。“孝子之有深爱者，必有和气，有和气者，必有愉色；有愉色者，必有婉容。”（《礼记·祭义》）对待父母要和颜悦色，诚心诚意。“孝子之至，莫大于尊亲。”（《孟子·万章》）第四，光耀门楣。“立身行事，扬名后世，以显父母，孝之终也。”（《孝经·开宗明义章》）。而这四个方面，最重要的又是唯命是从、赡养尊亲这两点，这往往被看成是“孝”道的标准。

何升云对父亲的专制愚昧是很不满的。从两处我们可以看出他的态度来。一处是小说的最后，听到隔壁父亲的抱怨，何升云对红霄说：“其实我们回来，完全是为了这几个孩子，若不然谁肯回到这里来受他的气呢?”从这里我们可以得到何升云心里对父亲的态度，是有点厌烦的；再就是他采取了逃避，所以并不想回来面对。小说的一开始，何老婆子的对话中有这么一句：“他若是再被你吵跑了，以后恐怕永远也见不到他的面啦。”这里有个“再”字，可见这对父子的矛盾由来已久，而且从这句话中我们可以看出，何升云与父亲的关系已经僵化到一定程度了。何成洵对儿子也是相当的冷漠，在儿子没回来之前，与何老婆子谈论儿子的境况，“斜过红眼珠子望了老婆一眼”；当他领着儿子回来的时候，又“翻着红丝眼睛，看了老婆子一眼”；当和老婆子与儿子媳妇一起寒暄的时候，他又将“红丝眼睛望着屋墙的一角，不停的吸着烟斗”，最后好不容易和儿子搭上了话，一言不合，又是“翻几下红丝眼睛”。小说从头到尾，只要何成洵一想起与何升云有关的事情，眼睛就必然要变成了红色的。这是一个标志，愤怒的标志。小说一开始就为这个标志赋予了感情色彩：何升山因为找不到哥哥的信，惹怒了何成洵，被痛骂一顿，“何成洵说着，又瞪一瞪眼睛，满眼的红丝网翻起来”。这个标志，足以说明何成洵对儿子的态度了。

尽管父子关系如此紧张，但是何升云从未在言语行动上正面顶撞过父亲，而是采取了敬而远之的态度。在他跟着父亲走回家的时候，丝毫没有家人久别重逢的气氛，即使心有芥蒂，总算是父子，但是他们生疏得连何老婆子也看不出儿子已经回来的征兆。“但她却没有留意到何成洵背后跟着一个黑瘦的人影，还有一个披头散发的女人”，这种冷漠让人心寒。何成洵第一次与儿子谈话，何升云的反应是“抬起头来，似笑非笑的表情，也是一个尴尬的样子”，与相处了二十来年的父亲谈话，竟会有“尴尬的样子”。他心里对父亲很反感，但是不想表现出来，还得强作笑脸，因为他不愿意忤逆父亲，不愿意做一个不孝顺的儿子。

以上所述，集中在主人公如何解决孝道中的对父母唯命是从这个伦理要求与现实隔阂之间的矛盾，我们看到何升云身上仍然背负着沉重的传统伦理负荷，他明明知道父亲的想法是愚昧和落伍的，对其强加给自己的压力感到很不满意，但是他并没有选择与之决裂，而是采取了折中的态度——表面上唯唯诺诺，暗地里却有所挣脱。让何升云身不由己的，不仅仅是深埋于自己心中的那个关于“孝”的集体无意识，还有外界对于“孝”的期待。这个期待的内容，就是上面提到的第二点内容：赡养尊亲。实际上，小说强调的只是第一个层面：物质上的赡养。何升云的家乡，地处边远地区，在贫苦的乡村，生存问题始终居于首位。何况时值战争的艰苦岁月，因而物质上的赡养能力成为人们对于“孝”的主要期待。

对于赡养的期待，既来源于父母本身，又来源于社会舆论。父母对子女的抚养，在一个文明的社会体系内被规定成为一种义务。因为人在幼年时期并不具备生存的能力，在动物界父母对子女的抚养表现为一种爱的本能。在人类社会，这种本能以伦理的形式被固定下来。这种伦理表面上看来好像是利他的，但是正如王海明先生在他的《新伦理学》中所说的那样：“道德的终极标准便不可能是道德的直接的普遍目的，而只能是道德最终的普遍目的，亦即道德终极目的，说到底，亦即增进每个人利益”[①]。伦理的终极目的也必须是“增进每个人的利益”。表面上看来，抚养是一种义务，是一种无偿的付出，但它一旦以伦理的形式固定下来，就意味着其中一定包含功利色彩。“义务论是谬论而功利主义是真理”[②]。因为伦理道德，“不可能是自律的，不可能是为了道德和美德自身，不可能是为了完善每个人的品德；而只能是他律的，只能是为了道德和品德自身之外的利益、幸福，为了增进每个人的利益。”[③] 伦理以幼年缺乏生存能力为基础，把父母的抽象的爱转化成具体的抚养义务，从而强化了父母对子女的责任，这种抚养义务之所以能深入人心，在一切文明社会中扎根，正在于它的逻辑方式是同样有利于付出方自身的。人一旦由于年老丧失劳动能力，他的生存就会受到威胁，儒家伦理虽然也强调“老有所养”，强调社会对于老年群体的义务，但这种义务是不牢靠的，严重依赖于社会的繁荣程度。于是根据相同的逻辑，子女对于父母的抽象的爱，也被具化成具体的赡养义务。而社会伦理体系，也在这一对义务中达到了逻辑上的合理性。

伦理之所以成为伦理，是它必须为一个社会整体所接受，所遵循。儒家的家庭伦理就是这样一种被中华民族遵循了近两千年的价值体系，它根深蒂固，深入人心，影响到社会生活的方方面面，因而也容易不自觉地反映在作家的文本中。不管田涛有意与否，《希望》中对这组伦理的表达是深刻的。我们可以从两个方面加以分析。父亲何成洵所代表的，是伦理机械的具体的一面，

---

① 王海明：《新伦理学》，商务印书馆 2008 年版，第 466 页。

② 同上，第 502 页。

③ 同上，第 503 页。

而母亲何老婆子所代表的，则更多的是伦理被强化之前的原始形态——母爱。前者现实而冷酷，后者理想而温馨。

机械的伦理规范，是何成洵唯一的真理，原始的父爱反而隐而不显了。他供何升云读大学，用意很明显：供儿子读书，将来好挣钱来养活自己。在何升云无法用钞票来回报自己的时候，他就满腹牢骚，觉得不仅仅白花了钱，还耽误了时间。这时间不是自己的时间，而是儿子读书的时间，他认为子女就是赚钱的机器，早知读书白白浪费时间，还不如用这个时间去挣钱实在。这种想法也确实得到体现了，“所以他的第二个儿子何升山，只让他在初级中学里读了一年半，决定不让他继续读书了，就叫他在家里帮忙他招呼各佃户的租粮征收，写写信，记记流水账”。何成洵虽然专断，冷漠，整天到晚神情郁郁，唉声叹气，但并非一点父爱都没有，在内心深处，他还是牵挂着儿子的。所以他才会反复读着儿子的来信，“想查查那封信上他们什么时候到家，我好去接他们”。当何升山找不到哥哥寄回来的那封信时，他恼羞成怒，“瘦高的颧骨几乎和他的鼻头相平了”，“心里有说不出的不快”。而当何升云回来的时候，第一个见到的也是父亲，小说并没有作详细的交代，但我们可以猜测这大概不是巧合。从这些细节中，我们可以看到，作为专制家长的何成洵，虽然不理解儿子，表面上对他十分冷漠，但心中还是在挂念着他。只是这种父爱，已经被僵硬的伦理框架给异化了，何成洵只能把它深埋在心中，表面上他还是在顽固地坚持着自己“得济”的初衷。

如果说何成洵是被伦理制度所异化了的专制家长的典型，那么何老婆子则是充满原始母爱的象征。父亲给了何升云夫妻巨大的精神压力，而母亲则让他们体会到了家的温暖。何母究竟是怎样的一种人？且看小说何母刚出场这一段的描写：

> 何老婆子，虽然有两只旧式粽子脚，但头发却是受过新潮流的冲洗剪过的，只是剪得不时髦，左看右看，头发都往后齐齐的背着，很像那秃毛鸭子的屁股。

受时代环境的影响，何老婆子剪了个新式的发型，但是“剪得不时髦”，小说一开始就向我们透露出这样一个信息：她仍然是个传统的家庭妇女形象，更能代表她精神气质的，是那“两只旧式粽子脚”。传统中国妇女在家庭关系中，属于从属地位。自董仲舒以来，儒家就一再强调妇女对于男性的依附，“在家从父，出嫁从夫，夫死从子”。（《白虎通义·爵》）“男尊女卑之序，夫妇有倡随之礼，此常礼也。”（《二程集·周易程氏传·归妹》）主张女性对男性的“从”、“随”。在男尊女卑的传统视野下，何母没有何成洵那样变态的自尊心，因而面对乡亲邻里的闲言闲语，还能说出“外面的闲话尽他们说去，咱们不听”这样的话来。她在传统伦理体系中地位不高，压力也不大，因而得以保持了人性中最原始最纯洁的母爱。

在对儿子的期待上，何母没有何成洵那样现实，相反的，她对何成洵顽固的态度颇有些不满：“我真不如早早死了才舒服，留下你一个可得儿子们的济吧！”可见在何母眼中，并没有对儿子有过多的物质上的要求。她的期望更多的是精神上的，希望何升云能“带来一个读过书懂事的媳妇，与两个聪明可爱的小孙孙，这以后她家庭里将不会如以往那么枯燥寂寞了”。可以说何母看重的是家庭的幸福和快乐，面对落魄的儿子，女性多愁善感的特质多次表现出来。一开始对何成洵只求“得济”的抱怨，完了就“那眼皮里两包泪水已簌簌的滚下来，把衣襟浸湿了”。即表现出在家庭关系中的从属地位使她软弱、无能为力，又表达了对儿子深挚的思念和牵挂。后来何母一边补衣服一边幻想着儿子媳妇回来后一家团圆的欢乐景象，不小心“眼前一闪，格崩一声”，把手指给刺破了，仍然要说：“我看这血就是喜事，你哥哥一定很快就回来的。”由于不知道何升云回来的具体时间，“她几夜没有安眠过了”，“心总是漂浮在半空里。坐在椅子里，也坐不长久，没有二十分钟，她又站起来走出去，用手遮着阳光，向着小街的行人中张望”，等到见了面，她的眼泪“又禁不住滚出来了”……小说中类似的描写还有很多，表现出何母单纯深沉的母爱。而且何升云对母亲的感情，也是强烈而真挚的。母子见面，“前面的黑瘦男子一望见她，眼泪已经扑扑滚下来了”，这是小说中何升云唯一一次流下眼泪的地方。即使是后面写他自觉有愧于妻子红霄，辜负了她的青春，也只是“眼皮里饱含一包眼泪”，并没有像上面那样“扑扑滚下来”。这对母子间的情意，是很真诚而感人的。但就在这种感性而纯洁的关系中，也暗示出母亲的另外一种期待：对情感的期待，对完美家庭生活的期待。这种期待虽然不涉及功利，但实际上是比何成洵的期待更加沉重更加难以实现的。这种由非功利的因素而引起的看似也是非功利的期待，实际上具有更大的功利性。因为要维系美好的家庭生活，物质支持必不可少。从这里也可以看出，无论是作为制度的伦理，还是作为伦理基础的感情，只要是存在于这个伦理体系内部，就不可能脱离功利的羁绊。就像上面所说的，伦理的目的，是“增进每个人的利益”，有伦理的地方，一定也伴随着利益。何母在感情的层面上，给何升云带来的压力，可能并不比何成洵小。

社会舆论对于赡养的期待，主要的内容也集中在容易量化的物质方面。梁启超在他的《饮冰室全集·读十月初三日上谕感言》中认为，舆论是“多数人之意见之公表于外者也”，并认为“舆论者，天地间最大之势力，未有能御者也”。伦理既然是整个社会所默认遵守的法则，它理所当然属于“多数人之意见”，舆论在维持伦理体系中发挥的作用，不可取代。杜威也认为，伦理的实现要经过三个阶段：“在实践上鼓励和劝阻某些行动”、“通过语言加以督促和限制”、“根据理性对这类行动作出反思判断”①。前两个阶段，都有赖于社会舆论。小说中虽然没有舆论的直接描写，但是也可以找到一些侧面的描写：“何成洵老头子面色仍是阴郁不乐，因为他到茶馆里去吃茶时，有许多街坊的熟人们都知道升云带着妻子儿子回来了，都问何成洵升云可替他带回来一些银子没有?”

邻里们的提问很现实，很直接，然而却最能体现大家的心态。对于养儿子是为了“得济”这一点，他们都是与何成洵保持一致的。这样的舆论环境，更加剧了何成洵的心病。邻里们的话可能并没有多少恶意，但是到了何成洵的耳朵里，就成了“嘲笑”了。因为在传统儒家伦理中，子女在物质上赡养父母是理所应当的，而何升云客观上没有做到这一点，乡亲们的疑问正中要害，也难免满脑子封建专制思想的父亲会生气了。

何升云的另外一部分压力来源于妻子红霄。小说在结尾部分，重点描写了何升云、红霄夫妻之间的微妙关系。相对于天然的父子关系、母子关系而言，夫妻关系的伦理色彩更加浓厚。因为前者还具有某种生物性的血缘基础，而后者则是纯粹的社会伦理的产物。虽然男女之爱也具有一定的天然因素，但是它并不足

① ［美］杜威：《杜威全集·早期著作》，第四卷，华东师范大学出版社 2010 年版，第 192 页。

以导致婚姻。黑格尔认为："婚姻是具有法的意义的伦理性的爱，这样就可以消除爱中的一切倏忽即逝的、反复无常的和赤裸裸主观的因素。"① 婚姻虽然可能以爱为基础，但是它本身是一种具有法律意义的伦理现象，因而，"婚姻实质上是伦理关系"②。

中国传统文化中对夫妻关系的理解，可以概括为以下三点。第一，"和"。"夫妻好合，如鼓琴瑟。"（《诗经·小雅·常棣》）"父子笃，兄弟睦，夫妇和，家之肥也!"（《礼记·礼运》）第二，"久"。"夫妇之道，不可不久也，故受之以'恒'。恒者，久也。"（《周易·序卦传》）第三，"礼"。包括两个方面：妇从夫，"男尊女卑之序，夫妇有倡随之礼，此常礼也。"（《二程集·周易程氏传·归妹》）夫敬妇，"三代明王之政，必敬其妻子也，有道。妻子也，家之主也，敢不敬与"？（《礼记·哀公问》）前面两点说明，婚姻作为一种非自然的关系，如果想维持和谐持久稳定，就必须以伦理的形式加以约束，第三点是儒家伦理对于夫妻关系的具体规定。

从小说文本中我们可以看到，红霄是一个接受过高等教育具有新思想的新式女性。她也曾在大学里读过书，也曾有过些"崇高的幻想"。但是，红霄虽然具有新式女性的一些特征，心高气傲，有自己的理想，可骨子里面，她仍然摆脱不了传统女性自卑顺从的品性。这一方面来源于她那源于传统的根深蒂固的性别意识，"我只恨当初脱生为女人，脱生了女人就是这么苦法"；一方面也出于伦理给她带来的沉重的家庭责任感，"我这一生算完了，孩子把我拖进监狱里来了"。小说特别强调了后面这一点。红霄

---

① ［德］黑格尔：《法哲学原理》，商务印书馆 1961 年版，第 177 页。

② 同上。

与丈夫何升云一样，具有现代意识的同时，也背负着传统的重担，这种复杂的心理结构使她时刻处于分裂的境地中，加剧了所受到的苦难。因为具有现代意识，她不可能做到旧式妇女那样的“嫁鸡随鸡，嫁狗随狗”，不可能严格遵守三从四德的教条，她虽然与何升云结成了婚姻关系，但是内心深处是不满的；因为传统的重负，使得她又无法放下传统的家庭伦理所提倡的家庭责任感，内心深处的不满无法爆发，只得忍气吞声，自怨自艾。理想因为家庭的束缚，无法实现，因为心怀不满，家庭生活变成了一片“苦海”。这种双层心理结构注定了红霄既无法享受家庭生活的幸福，又无法敞开胸怀去追逐理想抱负，只能夹在传统与理想之间，备受煎熬，找不到出路，“两只眼睛望着黑暗的夜色”。

小说中对传统家庭责任感的表达主要集中在何升云夫妇对子女的态度上。黑格尔认为子女是婚姻伦理得以巩固的纽带，“夫妻关系不是在它自身中而是在子女中得到它的实现；子女是一种他物，夫妻关系本身就是这种他物的形成，并在此他物的形成中归于消逝”①。他们虽然试图挣脱，但是“三个孩子比三条树根还难拔起”，这给他们带来了双重的矛盾体验：既体会到家庭伦理的不可或缺，又体验到它对于人性的摧残。田涛在这里并没有下任何价值判断，作为一个现实主义的小说家他只负责把这种客观的事实真相展现在我们的面前。

虽然小说中对夫妻关系的描写都集中在妻子红霄矛盾心态的表现上，但从中可以看到它给何升云带来的压抑。对于妻子的处境，他是很自责的，认为妻子的苦难是自己造成的，并且安慰妻

① ［德］黑格尔：《精神现象学》，贺麟、王玖兴译，商务印书馆1997年版，第14页。

子，“希望肚子里的赶快生出来，希望他们赶快长大，你也好赶快脱开这苦海”。显然，他虽然心存愧疚，但是对于红霄的苦难，他无能为力，摆脱苦海的希望也只是自我安慰而已，因为“到孩子们长大时，他们自己也都变成须发苍然的人了”。他注定无法弥补这种愧疚感，在父母的压力之外，妻子的境遇也像根鞭子那样在抽打着他的灵魂，使他备感焦灼。

从上面的分析中我们可以看到，传统儒家伦理给主人公带来的精神负担主要有以下两个方面。从父母与子女关系的角度来看，小说文本中的伦理环境没有很好处理家庭与国家的关系，是失控的儒家伦理；从夫妻关系的角度来看，小说主人公的行为表现出了一定的对于传统伦理的挣脱，但没有形成新的稳固的伦理心理结构，属于残缺的伦理。下面将分别加以总结。

第一，失控的儒家伦理——家庭与国家关系的失调。王海明先生在《新伦理学》中是这样定义伦理的：“伦理是具有社会效用的行为之事实如何的规律及其应该如何的规范。”[1] 这意味着伦理必须具有“社会效用”，伦理的目的只有一个——推动社会的进步。这就要求伦理必须能在维护个体利益的同时，兼顾个体得以发展的大环境。而实际上，任何一个成熟的伦理体系，都能够很好地协调个人与集体的关系。反映到儒家伦理中，就是“孝”与“忠”的关系，因为在古代，君王是国家的代表。著名的伦理学家李奇先生认为，我国自西汉开始强调以孝治天下，“愈是往后，对于孝与忠相冲突的事实的处理原则和评价，则愈强调‘孝’要服从于‘忠’”，“在忠孝不能两全的情况下，需要

---

① 王海明：《新伦理学》，商务印书馆 2008 年版，第 4 页。

全大义而舍私恩”[①]。这种倾向于集体主义的伦理观念也是符合现实逻辑的，毕竟国家的兴旺发达是家庭幸福圆满的必要条件，否则，皮之不存毛将焉附。可是在《希望》中，乡镇里的百姓仿佛并不关心国家大事，何成洵在民族危亡的紧要关头，非但没有关心抗战，反而在养儿子须“得济”这件鸡毛蒜皮的小事上斤斤计较。何升云是新式的知识分子，深明大义，响应了民族的号召，参加军队工作。但是在父亲看来，这些都是些“无聊的事”，是不值得大学生去做的。战争给他带来的唯一影响，就是把自己辛辛苦苦供养出来的大学生儿子拖上了前线。而邻居乡亲们的表现，更体现出民族责任感的淡漠在这里是普遍的现象。

第二，残缺的伦理心理结构——新旧伦理观念杂糅一体。伦理道德须通过自律得以实现，所以人必须具备一种心理机制去支持这种自律。这个心理机制，就是个体对于道德的需要。道德需要是指“主体意识到道德对其生存和发展的价值、意义后而对道德产生的一种心理倾向”[②]。客观而言，伦理道德是对人的一种约束，但是人可以从这种约束中获得精神上的满足。因而在一个稳定的伦理价值体系内部，生活中具有相对伦理素养的个人合乎伦理规范的行为不仅能够获得他者的赞赏，也能获得自我的肯定。

小说中何升云、红霄的悲剧来源于几点。第一，在他们的生存环境中旧的儒家伦理开始式微，变得残缺不全，不能为其提供一套合理的外在伦理价值判断标准。第二，他们本身的伦理素养是复杂的，一方面保留着传统的影响，另一方面又吸收了一些自

---

① 李奇：《李奇集》，中国社会科学出版社 2003 年版，第 146－147 页。

② 彭柏林：《道德需要论》，上海三联书店 2007 年版，第 13 页。

由平等的成分，因而没有形成一个统一的自我判断的标准，而同时具有两个不完整的伦理观念，而且这两个体系一个趋于保守，一个比较激进，是不可能调和的，用这种矛盾的双重标准去衡量自己的生活，必然要陷入到分裂中。第三，在复杂的伦理素养的前提下，他们的行为本身也掺杂着新与旧两方面的要素，既梦想着挣脱，又摆脱不了家庭的羁绊，总处在彷徨无措的境地中。思想与行动，始终都是分裂的，难以统一的，肉体上疲于奔命，精神上永不知足。

从上面的分析中，看到何升云、红霄这对新式知识分子夫妻在伦理压迫下所受到的巨大精神创伤。救亡文学因为其肩负的时代使命，必须要包含有一定的政治倾向，这样才能鼓舞人们的信心，起到抗战救亡的社会效应。表面上看来，这种文人式的多愁善感似乎并不适合救亡文学的需要。实际上并不是这样，伦理作为维系社会生活的必不可少的因素，在任何时代任何环境下都发挥着不可取代的作用，尤其是在民族危亡的紧要关头，一个社会的伦理状况往往最能体现出时代的精神特点。抗战时期，知识分子面临的不仅仅是救亡的历史使命，也同样面对着社会伦理的挑战，而伦理对于他们施加的影响是潜移默化的、无处不在的。这样，对于伦理的表达就成为抗战背景下知识分子心态的真实反映。唯其真实，小说读来才会有切肤之感。抗战文艺确实要求作品具有政治倾向，但过度强调这一点势必会导致作品的概念化、僵硬化，以牺牲真实性而换来的政治倾向性，往往难以引起读者的共鸣，使文艺作品的价值大打折扣。所以，“所谓有倾向的说法，绝不是概念的抽象的在作品的外表上来表现，而是要求在反映生活真实的基础上本质的形象的内在的由作品本身表现出来，越是在作品里隐秘的埋藏起作者的意见或理念，而让作品里的人物通过具体的事件和它的心理斗争过程表现出来，也就是所谓人物典型的性格被典型的环境所围绕驱使他们行动的真实描写，只有这样的作品价值才高，所发挥的力量才越大。”①

## 三

《希望》也是具有政治倾向性的小说，但与大多数救亡文学作品不同，它的政治倾向性是隐藏起来了的，我们只有通过“具体的事件和心理斗争过程”才能找到它的存在。小说一开始，就交代何升云大学毕业后“就参加到军队里去”了，这个选择是他与父亲矛盾的起点。何升云夫妻回家的时候，“都是穿的破黄绿军服，与他寻常从街头望见的大兵衣服一样”，而且，多年辛苦的战地生活让何升云瘦得连母亲都快认不出他来了。尽管辛苦，一谈起军队生活，他却充满自豪，“我身上都是肌肉，在军队里我每天可走一百多里路，还背着简单的行李”，说到“在战地里，整日整夜都是在疲乏中奔跑，和大兵没有什么区别，到一处稍安静下来，又要召集军民大会，贴标语，讲演，训练民众”，何升云止不住便“兴奋起来”，从这些细节中，我们都可以看出他对于自己所从事的事业的喜爱之情。文中还有一处隐藏的细节，就是他的两个孩子，一个取名徐生，因为“在徐州生的他，为了纪念那个地方”，一个取名记汉，“因为生他时在汉口”，而且他们“都是在兵荒马乱里生的，不满月就背起跑，后面有敌人追着”，让人不禁联想起抗战初期中国军队在徐州和武汉两地的殊死抵

① 夏衍：《中国抗日战争时期大后方文学书系》，第二编《理论论争》第一集，重庆出版社1989年版，第770页。

抗。对于何升云而言，能参加抗战始终是光荣的、值得自豪的。尽管在精神上，他面临着巨大的家庭伦理压力，但在行动上，他最终还是克服了诸多压力，参加到全民族救亡的斗争中去了，这更加体现了何升云这位从边远乡镇走出来的新式知识分子精神上的可贵之处。

现实主义文学的显著特点之一，是“塑造典型环境中的典型人物”。每一个时代，都有属于它的一批典型人物、典型情感，作家的历史任务之一，就是要把它们记录下来。战争提供了一种特殊的生存体验，提供了和平环境下难以存在的各种典型形象，无论是正面还是负面，都是作家不可多得的写作素材。而把它们尽量完整地表现出来，是时代赋予作家的使命。《希望》的价值之一，就是为我们塑造了一个在战争环境下挣扎于传统伦理和个人理想之间的乡村知识分子形象的典型。何升云这个典型人物的特点是：在思想上，徘徊于传统和现实之间，欲挣脱传统伦理而不可得，备受煎熬，最后不得不选择屈服，甚至逃避；在行动上，响应了抗战的号召，主动承担起时代民族赋予自己的使命，将个人的理想融入到时代的主潮中。这个形象来源于现实生活，来源于作家自己的生存体验，“抗战八年，我流浪奔波，历尽千辛万苦，在艰苦的磨炼中，我更坚强地追求光明，追求理想”，“当年的知识青年们，在恶劣恐怖的环境里，为抗战奔波流离，受侮辱被迫害”，因而作品人物的塑造是具有感人肺腑的艺术魅力。

# 第七章　《山谷》的空间叙事与文本分析

《山谷》较典型地体现了作家刘北汜简约清新、流畅自然而又韵味丰富的文体风格。小说创作于1945年的龙泉镇，在大后方农村书写中，它虽非名噪一时的大作，却有独特意境，展示了作家善于谋篇布局、营造气氛的才华。这部小说也可以被称为散文，甚至是诗歌，接近老作家汪曾祺的笔法，试图“想打破小说、散文和诗的界限”[①]，作者不满足于仅仅讲一个情节生动的故事，而是以诗化的风格来重现情感体验，这种体验将外部的客观现实描写与主观的心理流动调和起来，体现了作家刘北汜对现实世界的创造能力和对审美心理的高度把握。

刘北汜的这篇作品情节虽平淡但不失韵味，其中蕴含的真情实感，对乡村的贫困生活和人物的沉重命运的表达具有长久的艺术生命力。如果说在短篇小说中，小说的事件安排和布局是语言艺术的重要话题[②]，那么，《山谷》对在大后方农村修建机场工人的悲惨命运的叙述是通过特定空间中爷孙俩的视角表达出来，并且插以叙述者的声音，这使得这篇小说是有独特的艺术魅力。

---

① 徐岱：《小说叙事学》，商务印书馆2010年版，第163页。

② 同上，第206页。

其中对故事空间的渲染体现出隐含作者对本事件的形式进行加工的高超艺术技巧，其着眼点是对读者的阅读心理的把握。当读者沉浸于故事的氛围中，也常常无意识地认同了隐含作者对于文本中世界、人物、价值观念等的判断。

而故事空间在这篇小说中对于情调模式、人物塑造、情节发展等都有重要影响。本文就立足于探讨空间问题在《山谷》中的表达，主要从叙事与文体的角度，分析文本的空间叙事与文体特征，以及其叙事魅力对读者产生的艺术效果。

## 一、故事空间与情调模式

小说中不断出现的机场、山谷、城市等意象组合成空间意象群，渲染着特定时代下农村生活的悲苦氛围，强化了小说的情调模式。除了不多的爷孙对话，描述占据了文本的前台，大量的景物描写，心理描写，动作描写，颇具空间的画面视觉效果。叙述的时间流常被各种描述打断，使得叙述节奏较缓慢，衬托出沉重的心情。这正体现出诗化小说的特征，是较为典型的情调模式。

诗化小说是将小说、诗歌的一些不同特性结合起来的一种文学体裁，呈现出文类间性，弗里德曼认为这种体裁是随着意识流的出现而产生的新的文学产物。其特点是作家不再让事件拴住自己的心灵，而是在小说中像诗那样运用情绪的流动，内心的独白，以及放射性的结构，将其思维空间拓展开来，自由地表现自己的旨意意念。它的抒情性因素突破了严密的结构框架，冲淡了完整的情节密度。诗化小说具有诗的审美目标，是作家经过精心提炼而创造的某个独特形象、细节、特定氛围、场景的描写，充满浓郁的抒情气息，蕴含丰富的美学意味。这类小说不注重叙事功能，不以情节冲突来塑造人物性格，而是重视创造意境。它凭借诗的隐喻、象征和主情性，让时间、空间、心理变得交融浑然，情节淡化而富有哲理性的诗意美。它既有生活的具体实感、美感，又有引人思索的丰厚、深邃的思想内涵。诗化小说既强调震撼心魄的激情，又注重漾动性灵的抒情，将诗的基调、诗的韵致、诗的醇味与虚构作品的生活细节融为一体，是作家心灵同客观世界契合的结晶。情调模式在这种小说中代替了情节模式占据主导地位，由此小说被赋予动人的诗味和感染力。如从孙子的视角来描述父亲和爷爷时，使用农村常见的景物作比，既生动又真实，显出作者的功力所在，如“爸爸的一副粗重的巴掌，时常压在头顶上，像抚弄冬瓜似的抚弄他”，“爷爷的两只绑着草鞋的双脚像两只灰色小水牛脚一样在地上慢慢划着”，“爷爷弯下腰，一副鸭尾巴胡子在他脸前晃着”，这些语言体现出虚构作品的模仿功能，模仿当时的农村生活场景，极有情趣。

而这种艺术效果还与故事空间和文体空间的塑造有密切关系。在这篇小说中，故事空间既展示出客观的地形状况，又体现出隐含作者的主观意图，同时又是小说结构的参与者与情节的推动者，空间对于叙事来说并不仅仅只有背景的功能。如果说这里的空间还指的是物理空间，那么“如何介入文体空间直接关系到他如何进入故事空间”[①]。这里徐岱所说的文体空间指涉一个抽象的范畴，意为通过不同的语言形式营造出不同氛围，激发读者不同的情绪体验。相比之下，故事空间是根据叙述者和隐含作者的叙述而让读者可以在头脑中勾画出来的、故事发生的具体空间，是地形结构层面上的物理空间，处于虚构的时空体中，体现

① 徐岱：《小说叙事学》，商务印书馆2010年版，第297页。

出隐含作者的选择。

在这篇虚构作品中，从人物眼光所看到的山谷，通过叙述者的干预，将读者带到叙述者主观的情绪中。如果“以人物视角展现的空间，既是人物所处的真实空间，同时又是人物心理活动的投射”[①]。那么，以叙述者的声音，人物的视角展现出来的空间，则映射出二者共同的心理活动，这种心理活动强化了小说的情调模式。这是从爷爷的视角看到的机场及其周围环境，有明显的不同于观察者的、叙述者的声音：“他也就索性退到路边，尽情打量着舒展在大道两旁的这片棕色的大场子了。荒凉的小径变成了热闹的大路，棕色的大场子，运载石子的大货车奔驰在灰色的带子上，被碾路机压平了的旷大的机场像罩着雾，沿着地面几尺高的空际充塞着尘土，车马一经过，便一阵烟似的卷起来，庞大的机窝钻进了蓝天，遮住了黑色多岩石的山脉，只能让人仰望，走到跟前，它如同巨梯般搭着，不累，也不歇息。常有人们担着砂石爬了上去。”[②] 没有接受过教育的农村老人一般不会用这些词语来描绘机场，大量的形容词、准确的动词和比喻显示出说话人有较好的教育背景。尽管出现视角与声音不一致的情况，这个机场的庞大与人们的渺小却是叙述者和观察者的共同感知，读者也从中了解到容纳机场的山谷更为旷大，民工在这样的山谷面前毫无抵抗之力，从而为后面对悲剧的回顾打下了伏笔，也营造出悲凉的情调。当视角转换到孙子那里，从孙子眼里仰望到的机场仍然是叙述者的声音：这也是那么高，那么奇怪而庞大……庞大这个词语不常被儿童所用，“随即他发觉是过虑了”，儿童语言中不

① 徐岱：《小说叙事学》，商务印书馆 2010 年版，第 134 页。

② 刘北汜：《山谷》，江西人民出版社 1981 年版，第 67 页。

会出现这个较正式的词语，这是叙述者的声音插入到文本中，代替观察者行使着叙述者的权力，换句话说，孩子在看，叙述者在说。在小说结尾，在孙子知晓真相后从他的视角重新观察山谷，“隔着爷爷站立不动的黑色的身体，这时他才仿佛真的看清那个大山谷了，浸着黑黯的夜色，谷底像是渐渐变得大而深邃，迅速扩张着，翻着，陷落，摇晃……而最后，带着可惊的速度，仿佛突然便裂到他脚下了”。“他忽然意识到他并不像是站在山谷的边沿上，而是站到一个既已吞下了父亲，自然也能吞下他和爷爷，和一切人的巨大的嘴边上了”①。视角与声音仍然出现分离，叙述者的形象在视角与声音的交界处生动起来，他的价值观体现出文本的意识形态功能，也渲染着一种主观情绪。虽然叙述者在文本中的干预性较强，话语中透出的口气与人物语气有一定差距，但这种干预性并不妨碍读者对人物产生同情感，很重要的一个原因在于叙述者对空间因素的成熟把握。

观察者与叙述者虽不一致，但故事空间与人物心绪、叙述者心绪相互映照。采用人物视角展现故事空间的手法，能使故事看似客观的环境空间显现为与观察者心理活动、思想价值密切相关的心理空间。这种手法有助于小说家在塑造人物形象的同时揭示作品的题旨。② 而叙述者的声音有利于隐含作者自身感情的表达。在这部小说中，贯穿整篇故事的悲愁之感与阴郁的山谷互为映衬，其实也是隐含作者自身焦虑与悲悯心情的显现。他个人的视野、传统、文化、性格等很大程度上决定着对地形空间的建

---

① 刘北汜：《山谷》，江西人民出版社 1981 年版，第 81 页。

② 申丹、王丽亚：《西方叙事学：经典与后经典》，北京大学出版社 2010 年版，第 13 页。

构，然后用叙述者的声音表达在这篇小说中。物理空间与心理空间的强烈渗透奠定了小说的情调模式，隐含作者通过特定空间所营造的情绪浮现于小说的始终。

## 二、时空体中的山谷与城市

巴赫金谈论道，在一个象征意义上，叙事作品的时间与空间关系类似于爱因斯坦相对论意义上的时空概念，即，时间作为空间的第四属性。“文学作品中的时空，空间与时间的标示被融合在一个精心布置而又具体的整体中。时间，往往在叙述过程中显得厚实、具体，通过艺术构思显得清晰可见；同样，空间变得充满内容，与时间、情节和历史发展相呼应。这两个轴的叠加及其标示的融合显示了小说世界的时空特点。”① 巴赫金用这个概念来表示作为整体的时间空间复合体，包括事件、心理、历史、物体等。加百利进一步阐发道，时空体不表示可以在时空中发现的所有事物，而仅仅被定义为一种可以由作为运动与变化的空间和时间的整合范畴。② 他继而把时空体分为共时与历时关系，我们可以借用加百利的观点来分析《山谷》中的空间。他认为，空间背景自身的性质是由叙事决定的。静止是一种必定会有一个特定的空间背景的情形。小说中的城市在整个故事中是一个静止的空间，尽管父子俩曾在其中活动，但从整体的叙事来看，城市只是一个单一背景，处于城市中的父子作为人物就是静态的了。从山

① ［USSR］M. M. Bakhin，The Dialogic Imagination. Austin：U of Texas P，1966，1981，p. 84.

② 傅修延主编：《叙事》丛刊第三辑，中国社会科学出版社 2010 年版，第 101 页。

谷到城市的空间转换使得文本流出现转向，对山谷的详尽描绘与对城市空间的不充分描绘形成空间图像的不同效果，这种对比体现出隐含作者的文本选择，此选择并非是无意的，正如加百利所指出，空间中某些信息的缺失没有必要全部去填充，这种区分与再现世界中空间的真实存在无关，但与文本中空间的言语存在有关。对山谷空间的强调突出了民工的悲困境遇，而从孙子眼里观察到的城市更衬托出山谷的无情与恐怖。具有反讽意义的是，当儿子一想到父亲，便会想到繁华的大街，喧嚣的声浪，乡村少年对城市的向往与对在后方修建机场的父亲的思念联系在一起，形成一种奇特的张力，让孙子难过的是父亲突然不见后便没人陪着上大街望那些穿高跟鞋的旗袍女子和那些阔气的人们。他对于父亲的真实状况还一无所知，对于山谷的无情还不曾了解，只是怀着热望在山谷中寻找父亲，希望父亲还可以带他到热闹的城市中去。

在爷爷的记忆中，吞噬了儿子的山谷也是一个静止的空间，在这个地方，儿子已经永远被固定在这个位置上，被剥夺了行动能力和生命，成为了只存在于回忆中的人物。而与之同时停滞的是夺去儿子生命的彼时的山谷。但运动和静止是一个相对的概念。对于正在路途上的爷孙俩来说，山谷又是一个动态的空间。叙事按爷孙俩在山谷跋涉的时间顺序展开，间插着各自的回忆。但前方还有很多未知，并非如记忆那样凝固不变。小说开始于“在大路的交点上，他们停住了”。接着，在描述机场上的飞机堡后，爷孙俩在山谷中继续前行，孙子边走边回忆着与父亲一起去过的城市，爷爷边走边凝望着前面沉郁的山，随后他们走近一座深邃的峡谷的边沿，在此遇见三个乡民，从他们的口中，孙子知道了父亲已丧身的真相。他们从一个地点向另一个地点移动，只是目的地未被提及，应是山谷中的某处。出发点到目的地在空间中被具体化，空间中的运动轴被确定，文本世界中的真实行动构成了时空体中的动态空间。

## 三、故事空间与人物构成

《山谷》气氛沉郁稳实，描写细腻，作者尤其擅长精细入微的人物心理刻画。小说人物很简单，爷孙俩形象感人：爷爷性格暴烈但不失慈爱、承受老来丧子之痛；孙子稚弱单纯，全不谙世事。生存的艰难，沉重的人生，父亲的死和母亲拼力打工养家，这样哀痛压抑的生活画面，一点点地压迫着读者神经。爷爷眼里沉郁的山，轰炸山石的巨大响声，沉重的雾气，这些空间形象都构成一种人物的情感象征。

故事中出现的只有爷孙俩，但还有一个隐形人物——孩子的父亲，即老人的儿子。围绕他的去向，爷孙俩呈现不同的行动和心理，由此展开了故事。故事采用第三人称全知视角，既有从儿童视角对山谷的观察，也有从爷爷视野中看到的山谷的景象，又穿插着各自的心理活动。人物有着不同的情感体验和文化认知，爷爷是知晓事实的黯然，对埋葬了儿子的山谷有着复杂的感情，但不想在孙子面前流露伤痛之情，掩饰着为思念儿子流下的眼泪，不忍破坏孙子的希望。而孙子怀着热切的希望兴奋地以为要在山谷中见到父亲，这种情绪的张力间浸染着全知叙述者的同情与怜惜。事实的延迟揭示形成了悬念，达到陌生化的效果。场景描写与心理描写的渗透，作者对人物生活的熟悉加强了真实感。其实作者刘北汜本人很了解这些民工和石工，他在“重印题记”中写道：“我熟悉他们（在市郊修筑飞机场的民工和石工），我就生活在他们身边。他们的生活环境，也正是我所经历或耳闻目睹的。”这些民工，成百上千聚集在大后方昆明，居住在机场附近小镇上临时搭起的简陋工棚中，病倒后无医无药只能等死，对他们的艰难处境，作者遏止不住悲愤终于提笔而书，笔下人物既有其生活原型，也有经过艺术加工，而读者也因对故事人物的了解而产生同情感。他们的活动空间，也就是小说中沉郁的山谷，也是不少民工的葬身之所。

徐岱认为，故事中人物的活动空间可以进一步被分割为大空间（时代、社会背景）和小空间（具体活动场所、环境）。作为大空间的时代社会背景主要是指社会的基本结构，通常由政治、经济、文化等组成。本文的大空间是抗战时期“国统区的阴暗社会”，太平洋战争已打了几年，抗日战争也还在继续，国统区政治上的反动、经济上的混乱也进一步加剧。人们关心国家的前途、民族的前途，苦于为个人的生活出路奔波，心情又是焦躁不安的。在特定的大空间中，作者、人物、叙述者看不到出路的迷惘和感叹对本文氛围感的塑造有巨大的推动作用。而这种空间机制主要通过具体的小空间发生作用。小空间又可分为两部分：地域和地点。与大空间的文化性相比，小空间更显出自然性。这种地域性规定了叙事在艺术上的审美可能性空间，影响到诸如作品的风格、情调、氛围感和风俗性等等，意味着人与人之间关系的格局化。[①] 在本文中，小空间是石工和民工们以命相搏来修筑的机场，而这个机场处于更为旷大的山谷中，后者是一个吞噬了无数条生命的黑洞。这个小空间包容着人物的具体生活，塑造着他们的性格，也部分决定着他们的行动。华莱士说过，在现代叙事

① 徐岱：《小说叙事学》，商务印书馆2010年版，第292—293页。

作品中，“人物是一条导线，它使理清母题的乱团成为可能，并允许它们被归类和整理”[①]。人物之线包含三部分：行动，信息，个人特征。人物行动在这篇诗化小说中，是很简单的：爷孙俩行走在山谷中，而各自对于隐形人物——爷爷的儿子，即孙子的父亲，所掌握的情况并不相同。这个处于爷孙中间的隐形人物，他是民工群体中的一员，也是不幸丧身于山谷中的一员。虽未在文本中现身，只通过孙子对他的回忆还有爷爷想到他时抹泪的动作提及，但他却是文本结构的重要框架，他的去世即构成了小说的基调，也成为了情节的推动器。作为隐形人物，他的个人特征通过孙子的回忆来体现：一个乐观爱笑、疼爱儿子、脾气温和的乡民。他的命运同故事的小空间糅合在一起，和其他许多乡民一样，他上工的地点——山谷中的机场却成了他的葬身之地，由此这个空间的文本意义得以突显。而儿子的个人特征通过他的行动和话语表达出来，他是一个充满了童真之趣的小男孩，“他却不动，故意想违背一下爷爷的意思，随着爷爷拖拉的走出几步，他便把手从爷爷粗糙的手掌中挣了出来，跑向前面去。而且特意装作连爷爷的喊声也没有听见，一边跑，一边喊嚷，拍着不很响的脏污的小手掌。他的头发在后飘荡着，他每一跳动，它们便像是被风刮乱的黑色乱草似的，成了蓬乱的一团。他的有了破洞的衣襟也撤开来，兜着风，像要飞开一样”。一个淘气而又活泼的农村儿童呈现在读者眼前。通过孙子的声音我们又得知了爷爷从前脾气暴躁，但现在没那么严厉了，造成性格转变的原因孙子不知道，自然也未提及，而作为成人的读者根据叙述判断出事实真相

① ［美］华莱士·马丁：《当代叙事学》，伍晓明译，北京大学出版社 2006 年版，第 112 页。

后，了解了孙子最初不曾知道的东西：爷爷不想让孙子知道父亲去世的真相而痛苦，因而隐忍不语，老人把对儿子的思念和悲痛之情埋藏于心，“（孙子）突然望见爷爷眼皮的周围湿润了，晶亮的眼泪含在眼角间，像就会滚落出来”，却哄骗他说：“没有，你瞧，哪里有眼泪呵？”说着，却伸出手背擦着眼角。“爷爷当真哭了，但看到爷爷勉强笑着的神情，他想要明白究竟的企图便打消了。”孙子对于真相处于无知的一极，爷爷是知晓的一极，这二者的反差是结构技巧的一个重要组成。华莱士也说过：“对于理解叙事结构来说，作为独立实体的人物被赋予的无知和知识是至关重要的。”[①] 但在诗化的短篇小说中，不管是无知还是知晓真相，人物往往接近于福斯特的扁形人物，展示出来的并不是一个立体、全面的人物，只是从一个或几个细节里截取出快照似的突出印象，但可能同样真实。这一个或几个细节却与小空间密切相关。为了增加似真效果，伊迪丝·沃顿也认为有必要对人物对话和关键场景进行精心的构建，让人物在彼此关系中体现人物内心冲突。在她看来，某些场景描写产生的效果远远大于人物对话，但是，作家必须对这些细节进行有效的选择。[②] 由此看出，关键场景对于小说的真实性效果有重要影响。这篇小说中的场景选择较为典型，一为山谷，一为城市。而占据大量篇幅的山谷无疑为本篇小说中最重要的空间模式，从小说的题名，也即阐释符

---

① ［美］华莱士·马丁：《当代叙事学》，伍晓明译，北京大学出版社 2006 年版，第 113 页。

② 申丹、韩加明、王丽亚：《英美小说叙事理论研究》，北京大学出版社 2010 年版，第 148 页。

码，[1] 便可看出作者用心。从孙子的视角看那山谷：远处黑黝黝的山与天空的边缘构成一条显明的界限，遥远而不可亲近，如同山那边的父亲，走了那么久可总也见不到。再比对孙子视角中繁华的城市，不同空间折射出不同的文化涵义。

## 四、故事空间与情节/结构

对于空间的塑造部分决定着人物行动和情节发展。加百利认为："运动被作为一种特定的信息安排工具，在叙事文本中处于核心和统治地位。实际上，全部情节都可以被看成一种运动。情节被空间生成，成为一种把空间组织起来的动力……情节是文本中空间构建方面一位活跃的合伙人。"[2] 诗化小说的情节虽然不是那么跌宕起伏，但情节同样是叙事的要素之一，在这篇小说中，明线和暗线交相缠绕，却都与山谷有关，故事的发生地和走向都围绕山谷展开。明线是爷孙俩在山谷中前行，暗线是父亲/儿子在修机场时被炸死后家里的变故。

诗化小说虽仍是虚构，但这个虚构世界中的地理空间并非是"无生命的一个容器"，而是具有一种能动作用的力量，它塑造着作品的形态。这种形态主要指情节结构，因为谈论情节意味着同时考虑故事成分及其安排。[3] 情节需要在空间中展开，而对于故事空间的选择与描写或多或少地限定了情节的发展，同时也影响

---

① ［法］罗兰·巴特：《S/Z》，屠友祥译，上海人民出版社 2000 年版，第 79—85 页。他提及书名往往是一个原初的阐释符码。

② 申丹、王丽亚：《西方叙事学：经典与后经典》，北京大学出版社 2010 年版，第 140 页。

③ 同①。

我们对作品主题意义的阐释。空间不仅是具有人格化的力量，还突出了作家赋予作品的象征意义。按照布依尔的说法，叙事作品中的空间从来不是“价值中立”，很多时候，由于描述空间的话语方式不同，作品中的空间也表现为不同的意义。[①] 因此，在某些文本中，空间并不只是作为情节的背景，而是参与到情节设计中，推动着情节的发展。

山谷是本篇小说的故事发生地，也是寓意所在。对于山谷的描写在句子链中呈现，而隐含作者通过操控叙述语链来操控整部文本。叙述语链同时又引导着情节的展开。根据认知心理学，主体的接受活动总是受某种定势所控制，这种定势使我们在完成一个语句的思维之后，就预备好了下一句的接续——也就是和我们刚才思考过的句子可以连接起来的另一个语句。[②] 在孙子纠缠着问爷爷父亲的去向时，爷爷眼睛红了，这一句为后来的揭示打下了伏笔，可紧接着爷爷却又说父亲在后边山头上，在语链的流动中读者的猜想被否定，逆转了读者的期待视野，因而对有关父亲的去处产生疑问，直到烧纸钱这一段出现，读者才确定了自己的判断，才同爷爷一样知道了真相，收获到了阅读培植出来的叙事之果。这种陌生化效果与延迟的事实呈现加强了文本的艺术感染力和情节的曲折度，语链的动态景象增加了文本的流畅感，故事也得以生动起来。而孩子仍旧不知情，仍热望着见到父亲，这种悲痛与欢欣所产生的张力使得读者对爷孙俩产生同情之感，这也是这个故事隐在的书写策略。读者继续阅读下去，发现“在山头

---

① ［法］罗兰·巴特：《S/Z》，屠友祥译，上海人民出版社2000年版，第141页。

② 徐岱：《小说叙事学》，商务印书馆2010年版，第335页。

上”这个方位词的所指在爷爷和孙子心里有不同的理解，爷爷通过这个方位词含混的所指，间接地说出真相，不忍让孙子的希望破灭，而孙子对见到父亲的期盼更加强了故事的悲剧色彩，这种张力成就了小说独特的文本结构。

## 五、结　语

由于隐含作者对大空间、小空间的高度把握，这篇大后方农村小说呈现出独特的情调模式，这种模式以鲜明的个性化书写表达出来。同时，叙述者又通过爷孙俩的境遇描绘出在山谷中修建机场的民工的悲苦命运。透过对特定空间的选择，不仅强化了作者的主观意图，而且大段的空间描写突显出小说的风格特征。空间在这篇诗化小说里占据了重要地位，这也是本文的立足点所在。

# 第八章　论端木蕻良抗战小说中的关东文化及反抗者形象

作为“东北作家群”中的一员，端木蕻良的作品以磅礴的气势、独特的精神审美世界、诗化的语句、多样化的艺术手法，塑造了狂野、火暴的关东大汉，又以关东一带浓郁的区域文化特色而著称于现代文坛。特别是刻画了一系列抗战反战英雄人物形象，笔下高大的关东大汉，多是村民农夫、山林好汉，他们胡匪般的粗犷，充满野性、剽悍、勇敢的蛮性特征，呼啸森林，奋勇杀敌，在《大地的海》、《大江》、《风岭渡》等长短篇小说中，他们自觉或不自觉地以一种国家有难奋不顾身的爱国主义精神参加到整个民族救亡运动中。这种蛮性，天不怕地不惧，反对萨满教日神文化束缚，不相信它能带来好运，使端木蕻良的抗战小说打上了鲜明的地域文化的标签，又在艺术审美上迥异于中原文化，使他的抗战小说内涵丰富，别具一格。对于一个生长于东北、出身于满族贵族家庭的端木蕻良，他对所闻所见所触的萨满教文化是十分复杂的，既赞美又批判。本文着重分析端木蕻良抗战小说笔下的反战英雄人物，以及人物所折射出来的关东文化因子。

# 一、关东、关东文化、端木蕻良及萨满教日神文化概述

## （一）关东及关东文化

关东，主要是指辽宁省、吉林省、黑龙江省、内蒙古自治区的东四盟市（蒙东源于东北），地处祖国东北方，自古以来，就泛称“东北”，明以后又俗称“关东”，直到现在民间也用此称。在历史发展的长河中各朝各代对东北行政区划不一，名称种种，而形成一个具有特色的区域文化，历经千百年的沧海之变，终跻身于中华民族文化不可或缺的一部分。

在这特定区域所形成的关东文化，一般是指明清以来在东北地区所形成的区域文化，其核心以人为本。关东文化区别于中原和关内其他文化的特点，表现为以豪爽、旷达、质朴厚重、宽厚包容而绝少排他性为特点的关东人群体性格特征，这一特征来自于关东大地白山黑水的濡染，恶劣环境下的艰难生存，来自于多民族的融合，来自于汉族移民带来的儒家文化的影响，多元碰撞，兼容并包。作为儒家文化边缘地带的关东文化，在这特定区域中，形成了多种宗教文化，以中华文化传统的儒、释、道为主体，回教、萨满教以及基督教、东正教、天主教兼容并存，深深地影响了这一地区生活的关东人们。

## （二）端木蕻良与萨满教日神文化

端木蕻良系满族人，在童年时代耳濡目染萨满教文化。萨满教是世界上最早的宗教之一。“萨满教是原生性宗教，不是创生

的，是自发形成的。其历史中或许有非常著名的大巫师，但却没有明确的创教人；其主要的信仰与祭祀在氏族、部落、民族社会中，自发形成，代代相传。”① 该教具有较复杂的灵魂观念，在万物有灵信念支配下，以崇奉太阳神（日神）和鸟图腾，具有鲜明强烈的日神崇拜心理。而萨满教要表达宗教神事，主要是通过女巫跳大神活动，女巫被称为神与人之间的中介者。她可以将人的祈求、愿望转达给神，也可以将神的意志传达给人。萨满教企图以各种精神方式掌握超级生命形态的秘密和能力，请神——向神灵献祭；降神——用鼓语呼唤神灵的到来；领神——神灵附体后萨满代神立言；送神——将神灵送走。这样，请神（献牲）、降神（脱魂）、领神（凭灵）、送神便构成了阿尔泰语系诸族萨满仪式的基本架构。关东人认为通过跳大神，有病的人可以祛除、驱赶病痛，信仰万物有灵论与灵魂不死论。

由于关东地区自然条件恶劣，生产力水平低下，知识匮乏，人与自然界的抗争软弱无力，却不得不依赖于自然。在这种情况下，他们极易认为自然界的一切事物都有超自然力在支配着。而人行为的盲目性和行为结果的差异性又使他们感到人的行为也受着某种神秘力量的制约，因此神的意识逐渐产生了。当关东严酷的自然条件与犷悍雄豪的牧猎、渔猎生活方式结合在一起，便产生火暴热烈、豪放积极、勇迈爽朗、追求光明温暖、执著无畏的关东大汉与胡匪群性形象，而这种群体性格的人们就极易忠君爱国，极能参与到国民抗战的大潮之中。

① 孟慧英：《寻找神秘的萨满教世界》，西苑出版社 2004 年版，第 2 页。

（三）端木蕻良对萨满教文化的情感倾向

端木蕻良正是在关东文化、萨满教文化的环境中成长起来的。他的文学作品承载着辽宁一带的风俗人情、地方风物、社会景观、生活状况等等，具有浓厚的地域文化特质。他的抗战长篇小说《大江》就有大段对跳大神的详细描写：

这时，荒凉的村子，鼓声响了。

巫女的红裙，一片火烧云似的翻着花，纹路在抖动着。金钱像绞蛇，每个是九条，每条分成九个流苏往下流，红云里破碎的点凝着金点和金缕的丝绦。巫女疲倦了，便舞得更起劲，想用肢体坚持着摆动，把倦慵赶跑。金色的，红色的，焦黑的，一片凝链的，火烧云的裙袂，转得滴溜溜兜的圆。巫女家，把苦黄的脸仰着，脑后水滑滑的漾尾儿头，在脖颈上擦着有几分毛毛烘。巫女还是舞着，两耳垂的琥珀环，火爆爆的幌，带着闪光带着邪迷。巫女头上梳着吊马坠，没有定十三太保的半道梁的金簪子，只插了一梗五凤朝阳的银耳挖子。巫女舞动着，还轻悄悄的笑。巫女的车轮裙兜满了风，在眼前转过来，转过去，像一只逗人的风筝，在半天云里打转，迎着春风冶笑。①

人们陶醉于古老的巫术，认为九姑娘（花大神）的每次治病，没有一个是治不好的。女巫九姑娘在这里就充当了沟通神与人的桥梁。当遭受洗劫一空的主人公铁岭回到家时，九姑娘正给奄奄一息的哥哥成文跳大神，哥哥惊恐的表情，让铁岭感到愤恨，反感于巫祝对人命的漠视与戹杀，他不认为，跳大神能够治

① 端木蕻良：《端木蕻良文集》2，北京出版社1998年版，第359—360页。

好哥哥的病。特别是在他动手打了大神以后，他最后的希望幻灭了，哥哥的去世，激起铁岭的愤怒，自己又无法融入村民与乡村之中。愚昧的乡民仍在这闭塞落后的地方维护着原始的宗教信仰，任何对神的不敬，就是违背神的旨意，这更使铁岭觉得“家和枷一样，他必得跳出去不可，无论那儿都可以，但绝不是家里”①。端木蕻良一方面批判萨满教文化蛊惑人心，扰民心智，麻木人心，另一方面也欣赏它的娱乐功能。“可以说萨满跳神是出于娱神的目的，而用娱人的表现方式来娱神，而在娱神的过程中实现了娱人的客观效果。”② 跳大神这种边说边唱边舞边鼓的表现形式也确实能够刺激人们的情绪，使人获得感情的融通、感官的满足和心理的愉悦。端木蕻良毫不掩饰地流露出这种感情倾向：“这两个仙家第一流的忠仆，是针尖对着麦芒。说话是一口揸拉音，对答得又贴切又流利，村上远近人家大小孩子都爱听，到这里来看跳大神好像看一出大戏一样。”③ “在荒芜辽阔的农村里，地方性的宗教，是有着极浓厚的游戏性和蛊惑性。这种魅惑跌落在他们精神的压抑的角落里和肉体的拘谨的官能上，使他们得到了某种错综的满足，而病患的痼疾，也常常挨摸了这种变态的神秘的潜意识的官能的解放，接引了新的泉源，而好转起来。”④ 可见，作家对萨满教的描写，虽然痛斥宗教对人的麻痹与诱惑之心，但作者也流露出复杂的情感倾向。

---

① 端木蕻良：《端木蕻良文集》2，北京出版社1998年版，第384—385页。

② 陈伯霖：《北方民族萨满跳神的原始娱乐功能》，《黑龙江民族丛刊》1995年第1期。

③ 同①，第363页。

④ 同①，第63页。

## 二、端木蕻良抗战长、短篇小说视野下的反抗者形象

### （一）《大江》中的铁岭——一个真实、威猛、粗犷的民主英雄

《大江》中的铁岭是反对宗教的无神论的叛逆者。一个在风霜里漂泊了二十多年的关东汉子，多年生活在白山黑水之中，具有大山一样的粗犷、坚强、火暴的性格和顽强的生命力。在一次由日本人和朝鲜人组成的匪徒搜山中，浪人们洗劫空了铁岭收集回来的财富，多年的心血灰飞烟灭，一无所有。铁岭带着绝望的心情回到家中，希望家中的温暖能安慰受伤的心灵，然而同样令人失望。家中并未能给自已些许的温暖，乡民落后麻木、愚昧的思想，仍在执著地认为萨满教神俗活动能够带来好运和丰收。这种流露的体现与在严寒的冰天雪地、艰难的深山老林培育了无拘束性格的铁岭来说，他早已习惯终日与动物周旋和相伴于呼啸的狂风，这种生存环境格局一旦被打破，使他无法适从，这为他的出走埋下了伏笔。对于已经降临的民族灾难，愚昧的村民们仍在津津有味地观看跳大神，毫无察觉外面的关东大军的激战。这些朴素可敬的乡亲们也让铁岭失去了希望。面对家乡萨满教的不满与反抗，从客观上使他走上了一条与村民不一样的道路——抗日战争的大本营，脱离宗教的束缚和愚昧无知的群体，走向人生的觉醒。

铁岭的觉醒并非一开始就觉悟起来的。艺术形象的典型塑造是文艺创作最基本的客观规律。一个成功的人物形象，往往是一个时代文艺创作具有巨大生命力的重要标志。铁岭是一个思想狭

隘的农民，尽管与他家乡的人们来比较，他可算是进步的。然而对抗日战争来讲，他思想的陋习与觉悟仍然停留在二十多年的大山生活时期。他参加战争的方式是流浪式的，在流浪的恐慌中得到了成长。小说展示了战争背景下的一个个旋风般的场面和瞬间：首先是铁岭镇压北平一二·九学生运动的肉搏战。“铁岭打得非常得手，这是他出关以来，第一次得到精神奔放的好机会。他是以打人为乐趣的，他是出口伤人，举手打人惯了的。不打人，他心里难受。今天他是奉令打人，他好得意。”在营里，上级叫做什么就做什么，是个盲目乐观听从命令的士兵，根本不会去思考上级的指令究竟是何意，奉行的是机械作战方式。在对学生的肉搏战中，充分体现了铁岭在关东森林成长起来的那种蛮劲、狂野、勇猛的原始居民的性格特征，这种蛮性又在端木蕻良的笔下毫不客气地点出他思想的幼稚性、做事太糊涂、像一条蠢猪一样，以为凭着野蛮杀敌的作风肯定会得到上级的嘉奖，然而得到的却是连长的诬陷，不但诬陷他与学生勾结一起反对人民军队，更是冤枉铁岭充当内奸，因此被投入狱。也就在铁岭禁闭的过程中，他才意识到糊里糊涂的死掉是多么的不值得，甚至还没有“替国出力”，更愧对死去的哥哥的遗愿，新的认识让铁岭得到了重生，吸取了教训。其后他参加雁门关和平型关伏击日军的战役，改编山西土匪李三麻子的激战，一次次的战役使他山林的性格得到了极度的发挥，一马当先，攻占有术，军纪严明，英名远播，最后到保卫大江的战斗，都如旋风般地突显出来，与主人公铁岭的强悍粗犷的性格相辅相成，从而形成了端木笔下独特的民主战争英雄。

性格上的复杂性和变动性，不单使得铁岭的形象深入人心，更让人觉得他是真实而不是虚幻的人物。真实性不单是再现生活场景，而是高于生活的艺术。铁岭的性格是在不断变化的环境和复杂的矛盾关系中显现出来的。然而依笔者看来，铁岭的形象并不算一个十分圆满的圆形人物，显然也不是扁形人物。所谓扁形指人物性格刻画比较单调，好人就好到底，坏人就十恶不赦，缺乏人物性格的变化和人性的复杂，性格比较单一、突出、鲜明。铁岭有着中国旧式农民的一切弱点，脱离生产关系的游荡惰性，生活在大山严酷的自然环境中，单调又孤寂，刚开始投入到抗战中，他只是个热血青年，绝对地服从改造与被改造，只有在历史的改造中，经历了多次流血与火的考验，他才成长为焕然一新的英勇战士，保卫着大江。尽管小说赋予铁岭不同的反抗之路，但个性的张力和淋漓尽致的个性刻画在抗战的历史背景中，还十分欠缺，这不能不说是端木蕻良的不足之处。

（二）对《大地的海》中的赤地之子的刻画

端木蕻良在评价自己作品的人物时曾自豪地说："一些个梦呓者说我们的民族已经腐朽了，请他们睁开眼看看这个民族的各色各样的野力吧，多么新鲜，又多么剽悍！任何民族恐怕都少有这样韧性的战斗的人民！"[①]"野力"实乃黑土地培育和生长的一种原始强力，它是与人们初步觉醒、个性解放以及人们那种质朴的反抗精神联系在一起的。现代作家王统照评论《大地的海》时称赞它"给我们画出了伟大沉郁的原野和朴厚坚强的人民"。顽强的生命活力、大胆的反抗精神、强烈的求生意志构成了端木作品原始强力的精神内涵。"土地不仅仅是一种自然环境的客观之物，而且是他作品中须臾不能缺少的重要角色，是一种蕴含丰富

① 端木蕻良：《端木蕻良文集》2，北京出版社1998年版，第529页。

的形象：它辽阔、广大又带几分苍凉，充满着旺盛、强大的生命力量，是大地之母，是一切生命的源泉。”[①] 这位大地母亲既孕育了广大的草木庄稼，更孕育了大地的儿子——那些粗犷而单纯的农民。小说以诗化的语言描绘了“落土”的习俗和意蕴：“在母亲们意识到他们已经接受了生的指引，要走到人间来抛掷土块的时候，便含羞的伏着身子，告诉老娘婆，未来的儿子就要来了，请把炕席揭开来，好让儿子第一次亲着的人间的事物是土……她们知道土是喜悦这样的。因为只有土才是儿子的真正的母亲。”[②] 可见，土地崇拜的意识反映出东北农民与土地生死与共和难舍难分的关系，“地母”形象无所不在和影响广大。

作为赤地之子的艾老爹、来头、虎子、杏子等这些人物，无不从不同的侧面丰富和深化了人物的形象，无不倾注了对土地的崇拜与眷恋。作为老一辈地之子的艾老爹，主要通过他的娶妻、杀妻、报复杏子、怒摔小伙计、毁苗、袭警、振臂高呼等七个事件来展示了他呼啸般的性格——爱恨分明、粗暴、野性、剽悍、狭隘。他对土地有着非同一般的感情，一生都在大地的海里耕耘，有着非常强烈的“地母崇拜”。他在城市里遭遇不愉快的事后“他决定一辈子不再到城里来，发誓和这罪恶的窟穴完全绝缘”[③]。他觉得他的大儿子虎头离开土地到城里生活，成为广源烧锅的管事，人格卑劣，流氓奸恶，为人所不齿。当日本走狗伯吉和县长白雅齐狼狈为奸，勾结在一起践踏青苗时，艾老爹被激

① 逄增玉：《黑土地文化与东北作家群》，《二十世纪中国文学与区域文化丛书》，湖南教育出版社 1995 年版，第 79 页。

② 端木蕻良：《端木蕻良文集》2，北京出版社 1998 年版，第 15 页。

③ 刘中树主编：《镣铐下的缪斯——东北沦陷区文学史纲》，《东北学人现代文学研究丛书》，吉林大学出版社 1999 年版，第 211 页。

怒了。一个对土地爱得深沉，服务了一辈子的老农，看到这些恶霸，心不由得愤怒起来。他在土地上服务了一辈子，土地好比是他的儿子，捧在手上，痛在心中。他疾恶如仇，恨不得把他们杀死，以报答对土地的热爱。在对杏子姑娘上，艾老爹的态度迥异于常人，爱憎分明。"'杏子……姑姑……艾……爷爷……你不喜欢……杏子姑姑……'艾老头子像一个狂怒的人熊一样，全身的绒毛都匝风披散开来，脸上泛出紫红，猛烈的将小年儿头发上的花朵劈劈啪啪的掷了满地，然后用人熊般的大脚踏了半天。'以后不许和她在一起玩！'"[①] 他骂杏子是狐狸精，小娼妇，不要脸，他觉得他的两个儿子同时爱上杏子就是罪恶和耻辱，他无法忍受，便要棒打鸳鸯。不单如此，且不允许别人和杏子往来，认为伤风败俗。当侵略者带来的灾难已经降落在东北大地上时，艾老爹仍存有一丝幻想，继续以农民的"积习"和本性将种子与汗水撒到土地里。但是当他的土地被掠夺，青苗一次次被践踏，他几乎被动地参与了抗争并同儿子逃到荒无人烟的深山中时，当经历了一生中从未经历过的巨大的伤痛和事变后，面对着土地和自己过去的生活，艾老爹幡然顿悟，以农民的方式思考着、表述着对土地的新的认识和结论：

地，地，去他娘的吧，他妈的，害了我一生的地呀，地，地，地，他简直活吞了我们，让鬼种他去吧……我受它70年的骗了，如今我才能逃出它的手掌！……大地，怎样，我们侍弄它，抚摩它，松散它，奉承它……它怎样……到头来，活活地把我们淹死了，连尸首都找不到，大地就是海呀……告诉我们的后代，这里淹死了多少老年的农夫，年轻的，女人，小孩，让我们

---

① 端木蕻良：《端木蕻良文集》2，北京出版社1998年版，第83页。

永远逃出去吧……[1]

艾老爹这位赤地之子从对土地宗教般的热爱崇拜到对土地的恐惧与逃避意识，再到对土地关系的重新认识，标志着艾老爹，标志着关东农民、大地之子的真正觉醒。端木蕻良在小说中与其说着重描写农民为了土地和地主的矛盾斗争，不如说更主要地表现了农民们怎样“用他们粗壮的力量讨回”被日寇抢去的土地。小说不单成功塑造了老农艾老爹可感的形象，更烘托出在抗战背景下新一代的赤地之子对祖国热土的热爱。

来头是新一代的地之子，他淳朴、老实、正直、忠厚、善良，充满着生命活力。尽管知道杏子是自己哥哥虎头的对象，仍然按捺不住青春的冲动和生命欲望的渴求，刻骨铭心地在暗恋着杏子。为此，他苦恼、悲伤、犹豫和自卑，灵魂经历着撕裂般的痛苦，但依然不顾礼教，不理睬艾老爹的反对，以坦诚乃至粗暴的方式向杏子披露心曲。杏子死后，来头一切求生的愿望完全毁灭了，为着未来而安排的所有的爱慕渴望，都随着那啮人的影子埋葬在黑褐色的泥土里了。最后，来头参加暴动，走上抗日前线；作为艾老爹的大儿子虎头，一心想爬入上流社会充当日本狗腿子而丧失了真正的人格和自我，摒弃土地所赋予的品格；在杏子受到摧残后，虎头的内心久久震动着，心中的土地之根被唤醒了，不但杀死了路伯吉的三少爷，且回归到土地温厚的胸怀中。一个曾经遗弃土地的农民的儿子，又觉醒起来。“请你们记住我一句话，我们穷人只有靠我们自己才有救，想靠别人那是‘白扯’。”[2] 此时的虎头高大，英武，点出了人民的幸福要靠自己创

① 端木蕻良：《端木蕻良文集》2，北京出版社 1998 年版，第 179—180 页。

② 同上，第 152 页。

造，自由的道路是必得用敌人的血肉铺成，最终投奔自由而去；杏子姑娘作为关东妇女，她同样与艾老爹父子一样，有着野性与强健的个性，爱憎分明不畏利诱，浑身上下洋溢着关东人的胆识与勇气。“她恐惧的扯过衣服披上，眼睛突然被一种从来未曾接触过的强光晃乱，不能辨认出面前是什么人来。但她立刻记起，这就是城里人所说的电棒。她将身畔的尖刀扯起，预备着看清楚眼前的迫害者好准确的投过去。”① 杏子姑娘看似温柔，却深明大义，反抗日军走狗路伯吉的儿子三少爷的强暴，不屈服于强权者，面对淫威宁死不屈。如果不是惨遭不测，杏子也会同艾老爹一样走上反抗之路，互相支持中国抗日。

当然并非所有的关东人都像艾老爹、来头、杏子一样性格刚烈，东北作家群所描写的人物也不是都“雄强”，但作为一种文化学上所说的“众数性格”或群体性格，东北人的性格精神上确实是较鲜明而广泛地存在着这种强悍的特色。普列汉诺夫曾指出：“每一个民族的气质中，都保留着某些为自然环境的影响所引起的特点，这些特点，可以由于适应社会环境而有几分改变，但是绝不因此完全消失。”一个民族的性格气质如此，一个在独特自然、文化地域生活的人群在某种程度上也如此。

东北作家群笔下的女性形象，也充满着“雄强”色调与“野性之美”，带着东北大野山泽的气息。如白朗小说《一个奇怪的吻》、舒群小说《萧玲》、《蒙古之夜》、《农家姑娘》等作品中出现的皆壮烈不屈的东北女性。特定的地域文化塑造了像杏子一样顽强坚韧的性格精神，在东北地域田猎渔牧、马背征逐的生涯环境中，是很难产生小家碧玉式的淑女形象。这种崇武好战的文化

① 端木蕻良：《端木蕻良文集》2，北京出版社 1998 年版，第 150 页。

一旦与中国抗战现状结合起来，它只能产生花木兰式的具有刚强骁勇气质的女子。保家卫国一直以来都是东北人精神所在，因此像花木兰式的女子常是端木笔下的歌颂对象。

（三）短篇小说中的抗日战士形象

端木不仅在他的抗日长篇小说中塑造了不同的反抗者形象，同样在他的短篇小说中不同例外地也塑造了这些抗日的小人物为国捐躯的高大形象，正是这些人物支撑了中国的抗日战争，描绘了抗战波澜壮阔的历史画面。《风岭渡》中的马老汉，他的一生都在黄河最大的渡口风岭渡驾驶一条破船，“浮载了五十几个年头了”。作为一个没有很高思想觉悟的渔民，像许许多多在黄河边生存的乡民，最大的希望就是捕到鱼，卖了挣点钱补贴家用。他们微小，很难让人记挂，也正是这样的渔民，构成了抗日力量的来源。如果不是战争的到来，马老汉仍在渡口摆渡。“然而，现在连鱼也不能打了。临汾我们的军队退走了的那天，风岭渡口便成了一切以军事为前提的要塞区。”① 马老汉也渐渐地认识到有比现在捕鱼价值更多的认识，军队对乡民的尊重以及军队为抗日战争提供了的坚强保卫，这些都使马老汉感到人民军队为保家卫国作出了牺牲。耳濡目染中他参加了要塞区的运输工作，“搬的比别人都特别的勤快”，“从前他只能打鱼，现在他可能打敌人了。从心坎里，他迸出了新的狂喜”②。这新的喜悦，有来自抗日精神的觉悟与对日本鬼子的仇恨，有对因自己支持抗战所做的工作而从心中不禁地喜悦。在一次日本兵进村找花姑娘的夜晚，

① 端木蕻良：《端木蕻良文集》2，北京出版社1998年版，第317页。

② 同上，第318页。

马老汉斗智斗勇，不畏强敌地在紧急关头用极端的手段洗刷了曾经遭受的日本兵的耻辱，把日本兵推进河中漩涡同归于尽，以一种复仇的和对于生的抗议，换来了生者的尊重。一个微不足道的渔民，都能够不畏强暴与敌人作战，这种精神在中国抗战中闪闪发光，成为黄河上民族精神的守护者，永远保有了它最高的神祇地位。《萝卜窖》是抗日战争爆发后不久端木在上海写的一篇很短的小说，讲述的是革命党人黑子在与敌人的周旋下，宁死不屈，最后被日本鬼子刺死。主人公莲子是一个小孩子，掩护革命党人石头与敌人周旋。日本鬼子的威逼利诱从未停止——物质诱惑，赏以小圆饼怀表，也恫吓莲子。日本鬼子冷酷、残忍的手段，并未使莲子失去清醒，在正义的驱使下，莲子在黑子被敌人杀死后把日本兵引诱入萝卜窖，将窖口的石头滚子推入窖中，用青石板盖住窖门，在被敌人刺伤而晕倒仍不忘告诉革命党人石头："还有一个敌人，他有枪，在萝卜窖里。"莲子年纪虽小，但却能舍我保住民族利益，莲子这位小英雄面对敌人诱惑从容不迫，勇敢而不怕牺牲，救出了革命党人，其精神可歌可泣。这种精神显示了抗日战争时期军民同仇敌忾和必胜的信念。

## 三、战争语境中的胡匪精神阐释

在端木蕻良的抗战小说里，不单塑造了许多反抗鬼子的正面英雄形象，还同时从另一侧面肯定了土匪在抗日战争所作的贡献。胡子（关内称土匪）一直是中国历史和文化中相当引人注目的现象，是一个不容忽视的社会现象，同时也是一个矛盾的综合体：一方面他们杀人越货，奸淫妇女，无恶不作，破坏性极强；另一方面又杀富济贫，除暴安良，替天行道以及在民族危难的历

史关头奋起抗日。在中国，土匪一般是来自民间的平民百姓，为生计所迫或官逼民反，不得不以落草为寇逼上梁山这种方式反抗当局统治者，宣泄自己内心的不满，他们既有善良、正直的特点，又沾染上一些不良习气，即善恶杂缠，好坏并具，清浊难分。关东地域地处儒家文化边远地带，传统文化思想相对松动，加上萨满教文化无所不在的影响，山高皇帝远的特殊环境和地广人稀的自然条件，也会使一些不安分子有机会携械而起，落草为寇。此类题材的表现如东北作家群骆宾基的《陇海线上》、《暴动的“胶民”》，萧军的《八月的乡村》、《第三代》，端木蕻良的《科尔沁旗草原》、《大地的海》、《大江》、《遥远的风沙》中都有土匪的身影，东北作家对土匪的青睐可见一斑。端木蕻良曾这样评价过东北的社会情况：“他们的原始社会的成分也特别多，比如低级宗教的信奉和当地土匪的义侠行为就是很好的例子。”[①]“土匪”有为民伸张正义的一面，也有残忍嗜杀的一面，亦正亦邪。在抗日战争的背景下，文学对他们的观照有时使他们呈现出了异样的面貌，这个异样的面貌就是英雄的面貌。虽然有的土匪游离于抗战之外，继续无恶不作为所欲为欺民霸市，甚至沦为汉奸，但有的却投入了民族救亡的洪流之中，走入英雄的行列，成为了匪类抗战英雄的一员。

土匪类型人物在端木的抗战题材小说笔下得到前所未有的提升，肯定了匪类抗战英雄所作的历史贡献。端木独特之处在于：在审美的价值取向和评判态度上，他笔下的土匪是坚持按照历史的真实面貌塑造，写“善”也不回避“恶”，塑造了不同侧面的

① 端木蕻良：《科尔沁前史》，《端木蕻良文集》1，北京出版社1998年版，第530页。

土匪形象。“胡子”身上释发的强力更为原始、粗犷，呈现更多的是生命本能与生命活力的特质，而这种特质又与关东文化精神是分不开的。东北严酷的自然条件和相对粗野少文的环境，本来就使这里的人民多雄悍，少温柔，天生具有一颗闯荡冒险的灵魂。他们不受传统观念的束缚，全凭生命的本能去求生，因此，生命力的爆发既有破坏性，又有蓬勃而不可遏制的力量，特别在民族危难之时，成为中华民族不甘屈服的反抗力量。

如端木写于抗战期间的短篇小说《遥远的风沙》中煤黑子是一个凶残成性的土匪，内心充满邪恶。他没有很高的觉悟，在带领人民革命军去收编他所在部队的途中，匪性常常爆发，恶习难改，不服从纪律，时刻想着如何暗算带队的队长，痛打骡马店藏匿豆子的店主，强迫店主用粮食喂马，深更半夜强奸店主的妻子，又找借口将队长交给店主的钱抢回来据为己有，甚至想放黑枪打死队长。不仅如此，煤黑子还得意地讲述他过去对“十个大娘们，先斩（奸）后奏”的奸杀抢掠的罪恶历史。这一系列举动暴露了他的土匪本性，煤黑子确实是一个狰狞邪恶、劣迹斑斑的土匪，符合一个标准土匪的负面写照。在队伍遭遇日伪军包围的危难时刻，他又挺身而出，表现出刚勇、义侠等人性的闪光点，主动留下狙击敌人掩护队伍撤离，把生的机会给了别人，把死留给了自己，最后英勇就义。他生命的价值在一瞬间焕发出亮丽的光彩，他既为非作歹，残忍暴烈，又勇猛无畏，甘于牺牲，美丑交织在一起，让人感到这是一个正、邪、善、恶并存于一身的胡匪形象，使人很难准确地对他作出评判。小说没有因为他的惯常的土匪恶行而把他处理为否定性人物，进行控诉和批判。土匪向来与英雄毫无关系，但抗战背景下使两者庄重而非滑稽地并列在一起，端木在小说中指出，这是一个土匪，也更是一个英雄。他是为了抗日而英勇就义的，这就足以成全他的英雄形象，可见，端木对煤黑子精神的肯定。连周立波也在《一九三六年小说创作》中高度赞美煤黑子："最使人难忘的，是作者创造了一个在中国文学里不常出现的土匪典型性格。……到末尾，有着土匪性格、无恶不作的煤黑子焕发着殉难者的圣洁的光辉是怎样令人怀念啊！"

当然并非所有的土匪形象都能一下子改变身上的匪性与恶性而参与改造，有的作家采取了另一种处理方式：给土匪设置一个成长转变的过程，表现他们从土匪到抗战英雄的成长过程。端木蕻良的抗战长篇小说《大江》就是具有代表性的一篇。他塑造了土匪头子李三麻子。他像所有的土匪一样作恶多端，心狠手辣。"李三麻子是爆仗一样的性格，在山野的高地上，是没有人愿意和他接近的……杀人就像啖馅饼，吃一个，想一个！"[①] 在战争中他被铁岭收编，信誓旦旦地要一同打倒日本帝国主义，保家卫国。却在收编的"第二天早晨李三麻子便跑了。他偷了铁岭的枪，骑了一匹栗色马，一个人开了小差"[②]。不仅如此，在杀敌前线他不顾大局屡次逃跑，几次较量下终被铁岭制服，并成为生死之交，在国难当头时为民族大义所激，奋勇杀敌，不顾个人安危，与铁岭并肩作战，虽然他难改土匪恶性，在战场上虐待、欺侮战友，甚至在紧急时候不救与自己不相投的战友，但依然不能阻碍他成为抗战中的英雄。英国学者贝思飞曾对胡匪作出精辟的阐释："不论普通百姓是否得到好处，'社会土匪活动'常常不过是一种被理解为打击压迫者的暴力。任何土匪只要有一半时间起

① 端木蕻良：《端木蕻良文集》2，北京出版社1998年版，第402页。

② 同上，第409页。

到这种作用，就有资格获得‘社会土匪’所应得的支持和保护，只有那些总是把武器对准没有防护能力的人的土匪，才被永远认为与压迫者是一丘之貉。在这样的环境里，十全十美的人是不存在的，一个土匪即使只‘为人民’战斗过一次，至少也可以暂时加入英雄的行列。”① 这些土匪能够从一个匪性的恶霸而服从于抗战，实际上是服从于“抗日意识”的大前提，反映的是一种同仇敌忾的悲壮精神。贝思飞学者认为：只要为民众的利益而勇于反抗者皆可视为英雄。抗日战争的队伍的成分是相当复杂的，也正是这场战争将以往的价值体系摧毁，改变了底层民众几千年来不变的定位，使英雄这一称号不再为某一阶层所特有，出现了很多“不像英雄的英雄”、“有缺陷的英雄”。将“土匪”视为英雄可以看出人们对英雄的评判标准由和平时期的“尚德”转到战争时期的“尚力”，这种转变与当时的战乱纷争是密不可分的，敌我相逢强者胜，这是战争中不变的法则，可以说“土匪”在无形中暗合了时代对英雄的要求，从选择做土匪起，他们也就选择了叛逆，以自己微弱的边缘力量反抗着强大的中心力量，在远离文明的深山老林里过着离经叛道的生活，他们身上迸发的这种最原始的反抗使端木看到了民族再次崛起的希望。尽管端木刻画出李三麻子这个抗日土匪形象，但在小说里流露出端木不太注重披露人物的内在心灵和感情，煤黑子和李三麻子较多的是行动和语言上的描写，而对于李三麻子的心理描写，在武汉时，他认的妈妈问及妻儿时，李三麻子有一点伤感，不过马上被笑声所代替，仅仅是心里的一点点微波，一闪而过，立体感不饱满，不如煤黑

① （英）贝思飞：《民国时期的土匪》，徐有威、李俊杰等译，上海人民出版社1982年版，第354—355页。

子，言行举止雷厉风行，性格突出使人感到印象深刻。

总之，作为东北作家群的端木极力张扬原始生命强力，无论是关东文化浸入下的关东人民，还是土匪流氓，其目的是想通过对黑土地生命力的挖掘和高扬，使这种质朴、野性、剽悍、不屈的文化特质上升到反抗强暴直至民族解放的精神和力量。诚如端木所说："我的故乡的人民是双重的奴隶。在没有失去土地的时候，是某一家人的奴隶。失去了土地之后，是某一国的奴隶。然而当主人们在大观园里诗酒逍遥将土地断送给敌人的时候，这些奴隶们却想用他们粗茁的力量来讨回!"[①] 在抗战作品《大江》、《大地的海》、《遥远的风沙》、《风岭渡》、《萝卜窖》等等小说中，端木往往把人物放在野性与暴力、压迫与反抗的剧烈冲突中来展示这种力的生命和价值，具有极强的现实意义，显示了关东文化的博大与精深。抗日战争不再是历史人物的写照，同样也是全民大众各大阶层的参与。在萨满教文化的自觉批判与潜在认同的矛盾心理作用下，端木蕻良的抗战小说表现出了鲜明的地域文化色彩，无论从显在的意义层次还是潜在的艺术气韵上着眼，都可以清晰寻找到萨满教文化浸润和影响的痕迹。尤其是以萧军、萧红、端木蕻良为代表的东北作家群之所在关内引起不小的轰动，与他们带来的清新的"东北风"不无关系。萨满教文化因子，不仅使端木蕻良的抗战小说爱国救亡的主题具有地域文化的深层意蕴，而且摆脱了空洞的政治性话语的羁绊。关东人民的尚德好武、英勇不畏的精神特性，从另一方面调动了人们参战的积极性。在民族面临生死存亡的抗日战争背景下，来自社会最底层人民的反抗是最有力量也是最为宝贵的，他们是维系国家的主人，

---

① 端木蕻良：《端木蕻良文集》2，北京出版社1998年版，第205—206页。

是支撑民族的脊梁，他们的抗争预示着一个民族顽强的内在生命力，在这种精神力量支撑下的民族是永远不会被打败的。

# 第九章　大后方抗战小说中的农村妇女形象

抗战前期，为了适应及时反映“抗日救亡”的现实需要，发挥文艺的宣传鼓动作用，以爱国主义和英雄主义为主题，注重纪实性与新闻性，在形式上小型、轻型化，讴歌中国军民团结爱国、英勇抗敌的文学成为抗战文学的主流。抗战后期，中国人民实现民族解放的信心增强，民族与社会的中心意识也发生了改变，由抗战前期的“抗日救亡”转为抗战后期的“抗战建国”。这一时期，战争的生活开始日常化，初期那种激愤昂扬的社会心理，逐渐沉静下来，作家们开始正视战争的残酷性以及取得胜利的艰巨性，反思由于战争而暴露出来的各种封建文化的痼弊与现实中的腐败，感受到“新的苦闷和抑郁”。在这样的抑郁苦闷中，作家们出于对民族命运、祖国前途的强烈关注，开始了深刻的思索。因此，抗战后期的文学在整体风格上走向深沉凝重，文学的艺术表现也呈现出丰富性、复杂性与深刻性。抗战后期，小说创作及其成就主要体现在长篇小说的创作方面。随着社会心理与时代氛围的变化，作家们从抗战初期的廉价乐观中清醒过来，以冷峻的态度观察现实，深入到社会生活的底层，从抗战建国的目的出发，揭露阻碍抗战、阻碍民族复兴的黑暗势力和民族痼疾。在抗战广阔的背景下，对民族的命运进行探索和思考，大多数作家自觉追求历史感与纵深感，超越了抗战前期的单一化与表面化的创作倾向，开始恢复文学审美应有的丰富性与复杂性，而体现在抗战作品中的农村妇女形象在作家的笔下是一个有研究价值的对象。

## 一、农村妇女受压迫

20世纪40年代初，描写乡下姑娘命运的《乡下姑娘》问世了，这足见作者于逢眼光之独到，因为作品所透露出的是国家民族危亡时刻更应关注下层妇女的命运，更应尊重她们个人的尊严、幸福、自由等基本人权，与同时代的其他作家作品相比，显得尤为深刻。这种救亡大潮中的人本意识的创作显然与“五四”时期鲁迅等人的启蒙主义创作一脉相承。

自19世纪以来，中国一直面临着生死存亡的威胁，20世纪30年代以来，随着日本的入侵，中华民族的救亡任务愈发迫切，1937年，全面抗战爆发，这意味着我们中国到了生死存亡的迫切关头。当时社会的重要任务是救亡，这自然也成为文学要传达的首要的主题。战争要取得胜利，无可避免要通过刀枪的拼杀方可取得，中国如果想取得对日本战争的胜利，那么必须依靠并发动广泛的民众基础。全面抗战爆发，广大知识分子，包括作家们大都走出了小亭子，浩浩荡荡地奔向军队、工厂和农村。我们的作家——于逢，创作于40年代的中篇小说《乡下姑娘》展现的是一片悲凉土地上独特的风俗。黄沙坑是客家人的村落，是贫瘠暗淡且充满无边寂寞的小山村。山峦相阻，以至于客家人能够始终保持着他们世代沿袭的生产及生活方式和固有的道德、服装。妇人们穿着阔大的镶边衬裤，头上梳着已有几百年历史的发髻，好似一匹雄鸡蹲在那里，插着一支银簪以及两支没有坠子的银钗。客家人过着自给自足且宁静的生活。日本军队入侵广东，抗日军队首先来到了这个偏远的黄沙坑。随军文工团员到了黄沙坑后就开展了演白话戏剧、教村民唱歌、识字等救亡宣传活动。然而，文工团想动员民众参加抗日救亡活动，这并非是一件易事。日军占领广东，侵占中国大片土地，然而，黄沙坑人对此却漠然无知。日军的侵略和国家的危亡对他们来说都是遥不可及的事情。他们与很多昏睡麻木的中国民众一样，并不在意中国是否会沦于日本人手中，也根本没有意识到国家民族是他们的国家民族。对于他们来说，既不是国家的主人，亦不是国家的公民，既然是做奴隶，谁来奴役压榨又有什么区别呢？正如我们的文学泰斗鲁迅先生概括的一样，大多数中国民众多期望的是“暂时作稳奴隶的时代”。同样，因为这样，黄沙坑人对抗日军队也并不抱什么欢迎的态度，对于救亡和宣传活动也并不热心。非但如此，他们大多还是以恐慌和敌意的眼神注视着这些好似熟悉而又陌生的穿着制服的人们。在黄沙坑村民的眼里，抗日军队和以前的军阀们都一样，是他们安详而宁静生活的破坏者，也是谋害他们生命及财产的潜在的威胁者。

于逢的《乡下姑娘》中的童养媳何桂花是被老太婆从西潭村买回来的。那一年，正值彭军进入黄沙坑破毁了韫玉山庄，所以在老太婆眼中何桂花成为一个不祥的人。而何桂花心中存有一个希望，那便是十六岁就外出念书的丈夫。可是，丈夫回来后就对她虐待、役使，仿佛她就是他一生的痛苦根源似的。何桂花在老太婆和丈夫的憎厌而冷酷的眼光下生活着，悲苦而又孤独。在老太婆和丈夫的高声吆喝中，她好像牛马一样劳作着，生无息时。她劳动着，但她是默默地；她对待不断袭来的工作，正如客家人对待不懂怜悯的自然一样。

王西彦的《弥月礼》中不幸的乡下女人，没有任何地位。被盛怒的丈夫肆意发泄怒火。猪栏顺手抢到一根牛栏门的木栅，也不说理由，赶到灶门下便朝女人劈过去："你个贱×！你死了不是！你死了不是！……你个活死人，我今天就送你的终，你去死去！"[①] 受了这意外的猛烈袭击，她也只有狂嚎着，逃出门去。女人在门外哭泣着，低喑的声音被淹没在无限的黑暗里。

王西彦的《命运》中的路三婶婶，更是卑微。这个女人来到世上，仿佛就是专为着遭受不幸和饱受摧残而来。路三婶婶一生都和贫穷为伍，一生都饱受侮辱和虐待。当还是小女孩的时候，她也同每一个女孩一样，有着憧憬和希望，也想过她的未来，但都是美好的梦。现在她已经是一个男人的妻子和两个女儿的母亲。她的家也并非她当初所想象的那样，是一个温暖舒适的家。而是两间低矮的铺盖着腐烂的稻草的小茅屋，它是完全孤立的。斑驳不堪的泥墙也已经倒塌了几处，风雨在她的家里无遮拦地自由地进出着，这一切随时都可以把她的家摧毁。而最为悲惨的是，几乎是无例外的，每隔三天或五天，在那两间寒碜的茅屋里面，就会发出一阵女人的啼号和男人的咆哮。那声音直传送到相隔百来步远的那些互相毗连着的村屋。因为听惯了，差不多没有什么人去关心它。遇上大荒年，她便成为男人经常发泄愤怒的对象了。稍有不如意，男人便对她拳打脚踢，而对于这样的折磨，她丝毫没有反抗，也没有怨恨。只是，路三婶婶一张狼藉的脸上总是布满泪痕，悲伤万状。而路三婶婶唯一的救星，七狗婆婆也

---

① 王西彦《弥月礼》，《中国抗日战争时期大后方文学书系》第3编小说第一集，重庆出版社1989年版，第204页。

劝她莫要怪，要怪，只能怪自己的命不好，不可以怪别人。而这些话对路三婶婶也是有力量的，路三婶婶也认为这一切不过只是命运的不公的赐予罢了。当想起自己曾对那个给自己伤痛的男人的恶毒咒骂时，她只认为这是一种罪恶，如果再这样下去，自己是要换来可怕的惩罚。于是，路三婶婶又把怜悯投掷给了那个欺辱自己的粗暴的男人身上，她也不曾埋怨命运了。在她看来，人啊，一切都难逃命运的掌控。对于命运给自己的残酷的虐待，反抗是徒劳的。既然自己已经来到这个世界上，这是命运的安排，人应该接受这样的安排。路三婶婶的生命之路是暗淡而悲苦的，但是，她并没有怨恨谁，而是把这一切的希望连同苦难全都寄托在那个冥冥不可知的被称为“命运”的东西上。她半饥半饿地劳作着，无暇顾及因忧虑而生的疾病侵蚀着自己虚弱的身体。甚至连路三婶婶自己也不知道她自己为了什么而劳作，她只是认为那是一种神圣的本分，是一种命运的不可反抗的力量，是命运的赐予，她只能这样——也必得这样。就这样，路三婶婶带着人间的痛苦和遗忘，任由时间无休止地向前，向前，奔驰着。然而，在中国农村，路三婶婶何止一个，而是有很多。

萧红的最后一部作品《小城三月》中的翠姨更是表现了一个农村妇女悲怆的哀歌。作为一位再嫁寡妇的女儿，翠姨看中我的堂哥——地主家才学出众的公子。爱情给这个乡间妇女沉寂的情感世界吹起一片涟漪，也吹进了新绿的生命气息，让她看到了点“别样人生”的光亮，便不惜一切向着这生命之火慢慢前进。然而几乎没有人能意识到翠姨心底的强烈爱情，甚至被她热烈挚爱着的“堂哥”也不知她缘何悲寂难耐。似乎在这里，没有“爱情”，只有婚姻，翠姨没有权利诉说爱的衷肠。在这愚昧偏僻的小镇，他们的爱情注定会被无情地扼杀掉。使我们更为深切地感受到那个笼罩一切而又窒息着一切的无边夜幕。向往着自由爱情的翠姨被安排与一个又丑又小的男人结婚，翠姨得知后日渐消瘦，最终病逝在家。而可悲的是，大家都不知道翠姨为什么死，就连堂哥也觉得纳闷，也只是落泪罢了。新旧文明，在翠姨的心里产生了巨大的冲突，形成了心理悲剧。一方面，她从表面上接触了一定的现代文化气息，并无比向往，对读书人钦佩，对新文明渴望；另一方面，她是一个传统的、在旧环境中长大的东方妇女，不可能摆脱自己的命运，去追求新的生活。“她觉得自己命运不会好的，现在翠姨自己已经订了婚，是一个人的未婚妻。二则她是出嫁的寡妇的女儿，她自己一天把这个背了不知多少遍。她记得清清楚楚。”

中国妇女从来就没有什么地位，受到的奴役与压迫尤为深重。所以“五四”运动以来，妇女解放一直就是启蒙思潮的核心内容之一，它也被视为衡量社会进步的基本标尺。战争爆发后，需要的是男性的持刀扛枪，而当时妇女的权利更容易被侵略和践踏，偏僻的农村妇女的命运也就更悲惨了。她们在生活中受尽男人压迫，又在文本中受到话语压迫，永远处在她者地位。男人之所以需要她们的双重的存在，仅仅是为了证实自己的双重的主体性，即无论在现实中或文本中，男人都永远处在主动的、君临一切的地位。

## 二、农村妇女被启蒙

于逢的《乡下姑娘》并没有直接控诉日军的残暴及铁蹄下百姓的凄苦。日军只是作为背景的渲染罢了。于逢着力描写的是抗日军队到来后，带给乡下姑娘——何桂花心灵及生活上的震荡，由此揭示出在救亡运动中更应关心的是下层民众尤其是妇女的启蒙问题。茅盾评价说："何桂花这一人物即使不能说是我们现在所有农村妇女典型人物中写得最好的一个，那一定是最有力的一个。"① 由于抗日军队的到来，乡下姑娘何桂花重新焕发出姑娘时代自由活泼的青春风采。她尽管一边默默忍受着自己的丈夫和婆婆的咒骂和殴打，但也仍然无可阻挡地坚决要参加到军队开办办的"战地妇女识字班"中，这使她朦朦胧胧地接受了"文明世界，男女应该平等"、"妇女要争取解放"的思想；何桂花像姑娘一般欢快而奔放地唱着"在民族解放中……摔掉奴隶的枷锁"的《救亡歌》。而勤务班长的闯入带给她的是一种新的激动，然而，当他们的情事败露，何桂花得到的是被自己的丈夫与村里人狠狠地毒打并沉入溪水，而她的"情夫"却懦弱地躲开了，更让她痛苦的是军姐们鄙夷而谴责的眼神，最后当军队要撤离时，何桂花坚定信念要跟她向往的军队、向往的新生活一起走，她想去恳求林军姐答应她，她想自己可以为他们洗洗衣服、打打杂工，然而让何桂花再次失望的是林军姐冷漠地拒绝了自己，军队走后，何桂花无可奈何地又开始过起了那种没有灵魂的日子，虽然也曾有偶尔的幻想与回忆，但始终无法抵抗冷冰而残酷的现实。又来了一批新的军队，他们同样是演白话戏，教救亡歌。何桂花的刚会说话的小女儿这时也能哼一两句救亡的歌了，沉默的她"有时还是会哼起'从黑龙江到珠江'这支难于了解的、然而很悦耳的救亡歌来"②。

---

① 茅盾：《读〈乡下姑娘〉》，选自《小说研究史料选》，黄俊英编选，四川教育出版社 1988 年版，第 253 页。

② 于逢：《乡下姑娘》，《中国抗日战争时期大后方文学书系》第三编小说第一集，重庆出版社 1989 年版，第 81 页。

《乡下姑娘》对于像何桂花一类乡下妇女命运的关注正是体现了作者于逢在战火中对启蒙问题的思考，而着墨不多的军姐们同时也让我们读者领悟了另一重启蒙，那就是自我启蒙的必要性。毫无疑问，像军姐们一样的城市知识分子是启蒙者，何桂花一类的乡下妇女们便是被启蒙者。是来到黄沙坑的军姐们教何桂花“男女平等”、“摔掉奴隶枷锁”的道理之后，她才产生了朦胧的希望以及一些大胆的“壮举”。然而出乎意料的是，最终的结局却是按照师傅所教的徒弟的行为却遭到了师傅的谴责和抛弃。原因为何？也许是师傅们对他们自己所讲的道理，也并没有完全理解，又或许是理解了却不能付诸行动。

军姐们教乡下姑娘们要争取男女平等和自由，而她们自己又何尝摆脱了奴隶的枷锁呢？何桂花在穷途末路时希望跟随军姐们，做什么脏活、累活她全都不怕。我们设想假如她的愿望成真，那么充其量她也只不过是比较好、比较安稳的奴隶罢了。而军姐们在战争中跟随着军队到处演白话戏、教识字、教唱歌，仅仅因为她们比何桂花更有知识，懂文化而已。然而二者之间的功能又有什么区别呢？她们都只是想做或者正在做自己力所能及的谋生工作罢了，她们之间的区别最多也不过是五十步笑百步而已。至此，我们也许就会明白为什么林军姐在何桂花“奸情”事件中的“行”和其自身平常的“言”有多么的不一致了。乡下姑娘何桂花在遭遇被毒打和“示众”的屈辱之后．“她又开始深切地认识到，军姐们也并不像她从前所想象的人那么具有大勇敢、大权利，却是敌不过村里妇人家的笑声，也没有军队给他们以实

际力量的帮助”[①]。那么与其说是乡下姑娘何桂花对像林军姐们知识男女的认识，倒不如说是作者于逢对于像自己一样的知识分子的自我剖白及自我批判。《乡下姑娘》对何桂花的高度赞扬与对军姐们的嘲讽形成鲜明的对比。何桂花为了获得想要的自由、幸福和爱，她甚至可以放下自己的孩子，放下母亲神圣的天职，但是她卑微的请求却遭到了林军姐的拒绝，像林军姐这样的知识分子的身份和地位在战争中多少显得有些许尴尬。知识分子在战争中的首要作用就是动员民众参加救亡运动，启发广大民众反抗压迫与奴役，然而，可悲的是，她们却看不到自身戴着的枷锁，与此同时，她们还会把新的枷锁套在广大民众身上，那么不觉间她们也就成了传统、强权思想压迫民众的帮凶。结果民众心冷了，觉得还是做百依百顺的奴隶好，知识分子便也成了奴役与被奴役这无休无止链条中的一环。这与救亡与启蒙的初衷是背道而驰的。因此，抗战中知识分子不仅要启蒙民众，更需要自省自悟，并且不断地反思启蒙，也就是需要自我启蒙。然而，我们对启蒙的反思并不是要求知识分子放弃启蒙，相反，而是要把“自省”、“自悟”、“反思”作为一种理性力量，要继续坚守启蒙立场，不断完善启蒙。

虽然，《乡下姑娘》不能被称之为不朽之作，但从作品本身出发，我们不难发现于逢的《乡下姑娘》与抗战期间高扬的“英雄主义”的救亡宣传作品相比显出其独特的意义。这部作品不仅让我们重新认识启蒙与救亡的关系，更揭示出战争中应坚持知识分子一方面要启蒙民众，另一方面也要时刻自我反思、自我启

① 于逢：《乡下姑娘》，《中国抗日战争时期大后方文学书系》第三编小说第一集，重庆出版社1989年版，第89页。

蒙，那么这一主题无论是在当时和现在都很有意义，同样，也很值得我们深思。

《命运》中路三婶婶自从有了第一个女儿凤仙之后，她不再只是在人家眼里一个卑贱的存在了。她是一位母亲，一位母亲了！这对她来说可谓是一种大的改变，这一切在路三婶婶的心里唤起了那一向是隐蔽着的自尊心，路三婶婶自觉如今是她可以抬头做人的时候了。但是“命运”在路三婶婶的心里仍然是一种无法撼动的力量。如今，她只希望她的第二个孩子快快长大，和多数中国人一样实际的想法，也是希望。面对男人对她的折磨、兽性的发泄，孩子们的伤痛带给她的刺痛感以及战争给她的不安和恐惧，路三婶婶依然认为一切皆为命。路三婶婶不敢反抗她的命运，就像她不敢反抗她的粗暴的男人一样。忧虑像一条恶毒的蛇，以无比的凶残咬缠着这个不幸的女人。战争很快地从这里掠过，敌人的轻骑队来到这个村子里，恶霸们不时闯进他们的生活里来剥夺他们，羞辱他们，蹂躏他们并且残酷地屠杀着他们。人们的生活被压在一种阴霾的空气之下。在一个深夜里，路三婶婶的女儿凤仙被恶霸残酷地凌辱了。而路三婶婶的第二个孩子阿木，因为哼唱以前从小伙伴那里听来的歌，恶霸便也认为触犯了他们的尊严，把阿木看成一只青蛙一样戏弄，他们把阿木从高大的马背上摔将下来，几乎丢掉了生命。作为母亲的路三婶婶也曾跪在地上，苦苦哀求他们饶过自己可怜而无辜的孩子，但是这根本没用，恶霸们把路三婶婶无情地踢开。面对女儿凤仙没了血色的面庞，面对终日躺在床上的阿木，作为母亲的路三婶婶是无言的痛，以及无比的疼惜，再麻木的心也开始有了剧痛。后来，敌人又要进行调查，借故发“安居证”之由，说是要给每个人照相。每个人脸上都掠过惊疑和恐惧，而命运的锁链在路三婶婶心中似乎一下子被切断了，代替而生的是一种连她自己也不清楚的反抗的力量。随后，路三婶婶突然像一个疯婆子一般地冲到外面，冲到火光中去："我去……我要去拼命……"女儿凤仙也跟着母亲，急切地喊道："娘……我也去……""我来是要把火丢在地上，倘若已经燃烧起来了，不也是我所愿意的么？"①

在这荒地多于耕地的边疆上，占绝对多数的穷苦的山人，自己没有土地的，靠这一个夏季的零星的工作，他们要挣下这一年的生活费用。小脚女人们，她们也能用一根细绳把裹脚布条扎紧一点，蹦下田去，像鸭子赛跑般扭着屁股地弯下腰来工作着。《巧凤家妈》中的巧凤家妈却认为既然作兴女人下田，就不该作兴女人裹小脚。巧凤家妈率先脱去裹脚布，把脚垂在河沟里，她作为女人，却要踏水车；她声音洪亮，又非常爱说话，在这里是少见的；她身为女子却去卖炭，挑几百斤的炭；她想当女兵，为被东洋飞机炸死的女儿报仇；她去修铁路，因为她听说这样可以送军队去火线打东洋人，这样即使当不成兵，也算为女儿报了仇了。中秋节之后，一连下了几天的暴雨。这几天的暴雨，使得山头连泥带雨大块大块地压下来，巧凤家妈被活埋在底下，遇了难。当人们把她的尸体拖出来时，巧凤家妈还紧抱着一根锄头。这样的一位农家妇女，辛劳地工作着，像男人一样坚强地活着。但是，她心中仍存有一份信念，那就是打走东洋鬼子。这就是许许多多农村妇人最最朴实的希望，希望过着平静而又安宁的生活。保卫自己的家园，保护着自己的家人。巧凤家妈不曾埋怨，不曾懦弱，继续坚持着，是因为心中存有一股巨大的力量，从不

① 王西彦《命运》，《中国抗日战争时期大后方文学书系》第三编小说第一集，重庆出版社 1989 年版，第 234 页。

曾被打倒。

华嘉的《江边》描写的是在沈家湾故乡江水边发生的故事。那是一个春天，在故乡的那条静静的江水的旁边，一个小小的古塔的脚下，吕明和她的明之从远地归来，作一次小小的憩息。明之告诉她，他将要远去，而且不知归期。吕明与明之有海水一样深的爱情，但依然留不住明之。十年之后，吕明再次回到这个江边，而这次她的身份是一个中队的指导员，到沈家湾来视察工作。她没有想到，自己的责任是非常重大的，这一个中队的命运已经完全把握在她的手里了，而她也必须在短期内摧毁腐烂的旧势力，纠正错误的坏倾向，使不健全的领导机构加强，并取得走极端的双方的谅解，在新的方向合作到底。吕明坚强地生活着，在工作上果断地做着决定，冷静地处理大家对她的误解及不堪入耳的留言，鼓励并支持新的战士，那些十七八岁的孩子们，其中包括自己所爱的人——明之的弟弟建之。最终吕明和建之都选择了投身到火线上去。英勇的女战士吕明，亦非不需要男人，她也需要爱，深沉的爱。吕明和明之心心相印，她爱他，但并不依赖他。明之走后，吕明选择自己的道路，并坚定不移地走下去，而且帮助鼓励身边的人。她身上的闪光点，是何桂花所没有的。如果何桂花能够独立并且坚强，她的生活是否不会那么不幸了呢？然而，多一些吕明，中国农村的妇女是否就不会那么不幸了呢？命运的锁链是锁不住坚强的人们的，只有挣脱出来打破这个锁链才是中国妇女的出路。

审视抗战文学创作，我们不难发现它们在文化倚重这一点上是向传统文化回归的。中国传统道德规范中所包含的国重于家、重义轻利、大义凛然、坚持操守等内容，的确十分适合各种政治斗争的需求。特别是在民族危亡这一严峻的情势下，中国人民有理由希望中国传统文化发挥其强大的凝聚力来振国威、扬民气、抖擞民族精神。作为救亡文学发展的最高阶段——抗战文学，拥有它以前各阶段文学的共同点，那便是文化倚重上的传统性。但更有其特定历史阶段所赋予的特质。无论我们是从回归的“广度”还是“深度”上来看，它都已达到一个新的境界。抗战文学中对中华民族正气、爱国主义、骨气的表现和弘扬，更加有力地推动了时人与后人对中华民族的优秀传统文化的认同，也极大地增强了中华民族的凝聚力。

中国现代革命首先是思想革命、政治革命和社会革命，直接表现为一系列的解放运动，运动中涌现出大量的叛逆者和思想追求者。他们走出家庭，抛弃“三从四德”的旧式道德伦理，叛逆社会，这是青年知识女性踏上革命道路的必然开始。1939 年 7 月 20 日，中国女子大学开学典礼之际，毛泽东题字：“全国妇女起来之日，就是抗战胜利之时。”启蒙固然重要，但是，人类性别差异的存在是一种客观事实，两性之间从身体到精神心理上的有差异是常态；相反，漠视差异的存在，简单追求男女的绝对平等，势必造成对女性肉体和精神的伤害。

## 三、农村妇女出走后

《乡下姑娘》中，军姐们没有带走何桂花，她依然在黄沙坑遭受着欺辱与谩骂。但是如果何桂花被带走，她的命运又该如何呢？

《父与女》中，橘云是何老太爷家的四小姐，刚从西北大学毕业回来，是何老太爷的心头肉，更是何老太爷的骄傲。何老太爷对这个四小姐橘云宠爱有加，就连收拾橘云的房间，何老太爷也要亲自指挥女工们去做。但是，橘云毕业以后就参加了军队的战地服务团，这对何老太爷来说却是一件耻辱的事情。但这次橘云回来，何老太爷还是高兴的，他觉得这么一个进了大学的女儿终于又回到他的怀抱了。“橘云回到家，她的脸晒得黝黑，头发剪得短短的，而且乱得不能再乱了，上面还有许多灰沙和尘土。一身褪成了古铜色的草绿色的军服，袖筒和前襟印上有许多油渍，裤子的膝盖都补了补丁。底下赤着一双脚，穿的是草鞋。要不是她把腰皮带缚得紧紧的，胸部比一般的当兵的耸的特别的高，就谁也不知道她是一个女的。身体比以前粗壮了很多，走起路来一脚跨得两三尺，就连橘云的父亲何老太爷也差点认不出来了呢。叛逆的橘云为革命付出的代价之一，就是部分地或者干脆是完全地丧失了青春和性别的羞涩感。橘云在回家的四个星期里，不是和橘霞橘芳他们谈着打鬼子，就是一个人呆在那里看书，根本和大家谈不来。就是和父亲何老太爷，橘云也懒得说话。因为在橘云心里，她认为和何老太爷做思想斗争，那就是白费力气。最终橘云走出家，并带着弟弟橘霞到前方去了，橘芳借故去追，很久都不见回家。”橘云首先是背叛自己出身的中产阶级家庭，继而背叛自己曾经出生并成长着的那个阶级和社会的价值标准和行为规范。这给她带来的是一种离家出走、人身解放的无限畅快感。橘云的选择是对的，但是她遭受到的却是家人的冷漠、不理解，甚至成为了不孝女。何老太爷始终不明白，自己的女儿并不蠢，可为何会有那么多的傻想头。何老太爷只是觉得橘云变了。

靳以的《乱离》中一个女人似乎在自言自语地说着：“你好

么？——你看我好么？”“你想不到我来吧？可是，我来了！”[①]这个女人在一个有兵士守卫的门前下了车，原来她是来找某位先生的。她只记得他的脸，他那一双无言的热情的眼睛。两年里，他们相互在纸上宣泄他们的情感，她对他的爱与崇敬，无比的深厚。可是，守卫告诉她，他不在这里，已经走了。她立即冷却下去了，一个人拖着笨重的包袱，踟蹰地向前走着。夜晚，查夜的来了，他们认为这名女子既无详细的证件，也说不出清楚的来处，又没有一定的去处和本城可以保证的人，而且又不是现役的军人，穿着军服，还是一个只身的女子，具有重大的嫌疑。他们最终决定，带她回司令部，仔细侦查。与敌人奋战四年的女士兵，为了国家，出生入死的女战士，如今却成了自己人的囚犯，这又是何等的嘲讽啊！这样的女战士不清不白地受尽了虐待和侮辱，然而，她并不怕死，为了国家她不曾吝惜自己的生命，可是，她无法忍受这样的摧残。鲁迅说过，“死在敌人的锋刃下是不足耻的，……”那么，现在她遭受的一切又算什么呢？

她们身体上遭受痛苦还可以忍受，精神上遭受痛苦该如何呢？这样的苦痛、暗伤和隐忧又该怎样排解呢？

1942年3月9日，丁玲发表《三八节有感》，以一个过来人的身份，就日常生活中的恋爱婚姻问题，“这同一切的理论都无关，同一切主义思想也无关，同一切开会演说也无关。然而这都是人人知道，人人不说，而且在做着的现实”，大胆地道出了自己作为一个女人所特有的感受：“我自己是女人，我会比别人更懂得女人的缺点，但我却更懂得女人的痛苦。……她们抵抗不了

① 靳以《乱离》，《中国抗日战争时期大后方文学书系》第三编小说第一集，重庆出版社1989年版，第247页。

社会的一切诱惑，和无声的压迫，她们每人都有一部血泪史，都有过崇高的感情（不管是升起的或沉落的，不管有幸与不幸，不管仍在孤苦奋斗或卷入庸俗），这对女同志说来更不冤枉。”① 这不禁又让我担忧她们的恋爱婚姻问题来！

① 丁玲：《三八节有感》，《丁玲文集》第四卷，湖南人民出版社 1984 年版，第 201 页。

# 第十章　从《敌与友》看老舍的创作特色及历史局限

老舍为宣传抗战而作的短篇小说《敌与友》，过去学界研究得较少，在相当长一段时间内甚至处于被忽视的境况。如作者评论："文艺作品的成功与否，在乎它有艺术价值没有"；"以文学为工具，文艺便成为奴性的；以文艺为奴性的，文艺也不会真诚地侍候它"；"以艺术为宣传主义的工具"，"不管所宣传的主义是什么和好与不好，多少是叫文艺受损失的。"① 但是在抗战这个大政治面前，老舍毅然转向，心甘情愿地使自己的文学创作为其服务。他说："文艺要抓住时代的主流，它要和社会的任务打成一片。越是靠近社会任务的文艺，越是主流的文艺。任何时代，那主流的文艺总是跟社会的任务紧紧结合在一起的。"② 全文将从犀利的语言风格、多元的创作倾向和历史地位与局限这三个方面展开论述并进行反思。

---

① 老舍：《文学概论讲义·第三讲·中国历代文说（下）》，老舍文集第 17 卷，人民文学出版社 1993 年版，第 36—37 页。

② 老舍：《关于文艺诸问题》，《老舍全集》第 15 卷，人民文学出版社 1993 年版，第 537 页。

## 一、犀利的语言风格：严峻的抗日现实于幽默讽刺中展现

老舍是以幽默见长的作家，即使在抗战文学中，也不以喊口号似的严肃来让人有生疏的感受，而是由浅入深、嬉笑怒骂玩于股掌之间，令人忍俊不禁看出他们的可笑和愚昧。

文本从一开始就显示了讽刺的意味："不要说张村与李村的狗不能见面而无伤亡，就是张村与李村的猫，据说，都绝对不能同在一条房脊上走来走去。"人们不禁好奇这究竟是有着怎样深刻的怨恨导致连猫狗都不能往来的场景，比古时"鸡犬之声相闻，民至老死不相往来"还要隔阂。猫狗如此，人自然不必说了。两村隔着又脏又臭、能淹死人的泥洼，恶劣的自然环境同时生长着野蛮不驯的村民，两村儿童的危险不是河沟，而是因隔阂而来的砖头，"泥滩并不永远险恶，砖头却永远活跃而无情"。"两村的儿童在打架的时候是决不能后退的；打死或受伤都是光荣的；后退，退到家中，便没有什么再得到饭吃的希望。他们的父母不养活不敢过河去拼命的儿女。"小孩似乎从一生下来，就掉入了乱七八糟、糊涂、黑暗的世界。作品淋漓尽致地描绘了盲流中的"暴行"，这打架、暴掠的场面像远祖先民留存于民族的集体无意识一般又一次活生生地立在眼前。"张村与李村之间就没有过和平，为表示抵抗，两村人是不惜牺牲了真理的。"在最太平的年月，张村与李村也没法不稍微露出一点和平的气象，而少打几场架。人们像动物一般地生存着，他们相互争斗，自相残杀。不仅糊涂，愚笨，可怜，贫苦，只关心自己的事，无情无义，没有伦理的规范和提升，类似于百年孤独的没有时间没有地

点，只知道是中国的蛮荒的小村庄里，维系他们的就只是充满自私狭隘愚昧暴力的“斗争”了。这也可能是影射中国自几千年以来，无论是在政治、经济、文化还是社会生活中，无一例外的都是进行着人与人之间的“斗争”。

老舍认为必须重铸民族的精神，首先就得革新人的精神世界，“立人”之后才能“立国”。死伤与官司叫张李两村逐渐衰落贫困，可是两村的人，只要能敷衍着饿不死，就依然彼此找毛病。现在，两村“瓦屋变为土房，草棚变为一块灰土”。打架不给他们带来饭食，饿急了的两村青年出去当兵找饭吃。“入了军队，积下哪怕是二十来块钱呢，他们便回到家来，好像私斗是更光荣的事”。他们把向河对岸的村子攻击当成生命唯一的使命，在军队中得到的训练只能使两村的战争更激烈残酷。张村长三年不见当了排长的儿子，伤心的却是儿子只顾吃饷，“而忘了攻击李村的神圣责任”。他希望李村的坏蛋们都在他的二小子手下当差，每天不打也得打他们每人二十军棍！笑骂这群无知的人，国难当头，大敌当前，张村长、李村长，还有那些村民，他们不知道形势的严峻，不知道谁是敌谁是友，不明是非黑白，狭隘无知。在现代理性的光照下，村里人们的所作所为，喜怒哀乐，包括他们最引以为乐、引以为荣的，往往是极其愚昧荒唐的事。两位“德高望重”的村长都把鬼子迎进来，好按着他们的愿望向河岸那边开枪。及至双方的儿子因为抗战搀扶在一起，他们立刻炸了锅，首先想到的是把这两个丢各自祖宗脸，认“敌”为友的坏蛋一齐打死。要是李全进了张村，或张荣进了李村这两个家伙是破坏了最可宝贵的传统！面对日益严峻的民族危机，老舍从必须重铸民族精神的角度，陈述自己爱国救国的主张，字里行间响彻着“中国人，你再也不能这样苟活下去”的恳切呼唤。这难道不是一个全民族都必须严肃思考的重大政治课题吗？

## 二、多元的创作倾向

老舍在他的散文《老牛破车》里曾提到短篇小说创作的方法："短篇小说是后起的文艺，最需要技巧，它差不多是仗着技巧而成为独立的一个体裁。"① 老舍的短篇小说受欢迎的程度即使比不上长篇小说，但也不能说它们不为作家所重视。从老舍的短篇结集中可以清晰地辨识某些转向现代小说的迹象，那些引人思索的短篇小说在引人发笑的同时令人反思身边的国事家变，或长或短的故事给人的感受仿佛是作者漫不经心的产物，实则难以掩盖作家的努力和作家在作品中展现出的才华。保尔·巴迪评论老舍的短篇小说作品：成功与失败的比例各占其半。从《敌与友》中可以明显地感受到这是一篇受当时社会意识影响，为人生而创作的小说。

老舍是中国最富于现实主义精神的文学大师，这一点几乎是没有争议的。但是，仅仅作这样的论定是不全面的，因为他不仅具有现实主义的创作方向，而且还具有启蒙主义、革命古典主义（"革命现实主义"）等创作方向。老舍的一生，就是在多种文学思潮的急流中左冲右突，探索寻觅的。②

### （一）启蒙主义

启蒙主义是争取现代性（科学、民主）的文学思潮。人道主

① 老舍：《我怎样写短篇小说》，《宇宙风》1936 年第 8 期。

② 杨春时：《老舍创作的多向性—现实主义、启蒙主义与革命古典主义》，《文艺理论研究》2010 年第 3 期。

义、博爱思想以及平民主义成为老舍启蒙主义的思想基础。他继承了鲁迅的批判国民性的创作路线，在创作中开展了对中国人的精神世界的揭示和批判。

社会是由各种个体组成的大的群体单位，《敌与友》里的张村和李村成了小说的叙事空间，村里的人组成了叙事空间的点与面。但仅仅批判一两个人是不能窥视全貌的，老舍在《敌与友》中截取个别小人物平凡的日常生活的小小片断，反映时代的变迁，审视了整个社会。纵观张村和李村，还有千千万万像他们这样糊涂愚笨的村民，民众以这样的心态麻木度日，整天自相残杀，不思进取，简直就是一部原始部落发展史。李村长和张村长的滑稽心理就是鲁迅作品里主人公“精神胜利法”的写照。这样怎么能救国呢？作者强调“立人”的思想，最主要就是注重从精神上改造国民。

有学者认为老舍是继鲁迅批判国民劣根性之后，一直秉承意旨的。国民性，是一个民俗学或文化社会学的问题，它指的是一个民族在特定历史条件和社会环境中所形成的社会心理结构和个体行为模式。我们通常所说的“国民性”，主要是从狭义的意义去理解，主要指的是国民的劣根性，是国民在一定的文化环境中经过长期熏陶而养成的文化性格。批判国民性最激烈最尖锐的代表就是鲁迅，纵观鲁迅的文学生涯，他哀其不幸，怒其不争地揭露出国民精神的一切腐朽、阴暗的落后现实，他犀利的目光和锐利的笔锋给国民以最警醒的一击，尤其对麻木自欺、浑浑噩噩度日，不知国之将亡的看客的讽刺和即将衰朽被现代文明击垮销蚀掉的国家深切痛心叹息。作为现代文学的第一大将，鲁迅开辟了一条宽阔的战斗道路。但是，在众多现代作家中，对国民精神的描绘最丰富生动的，应该算是老舍。他笔下千姿百态的世界给了我们鲜明的形象，而且从纵向整体的文学生涯看，鲁迅后期的文学主力于“匕首和投枪”这一类的几近严酷的斗争，而很少创作之前风格的小说，所以可以认为，在国民精神形象的塑造的种类和数量上，老舍确乎是多过鲁迅的，各有不同的风格和侧重点。[①] 而老舍自己也说：“一个后起的作家，尽管说他有他自己的创作的路子，可是良心上必定承认他欠鲁迅先生一笔债。鲁迅先生的短文与小说才真使新文艺站住了脚，能与旧文艺对抗。这样，有人说我是‘鲁迅派’，我当然不愿承认，可是决不肯昧着良心否认阿Q的伟大，与其作品的影响的普遍。”[②] 确实从各人的生活经历看他们两人很有类似之处，同是爱国青年，早年在国外学习：鲁迅是在日本留学，并且从医学转向了文艺，思考国民性是源于他生为华人而身在日本，身边时事和所见所感都使他迫切地关注国民性；老舍开始文学创作也是在游学英国期间开始关注民族性并逐渐生发的。作为古老旧中国的臣民与身处现代国家间的巨大差异他们都有切身之感，能主动地用文艺加以强化同是他们深切的忧虑与希望，促进民族的现代化的成了他们的使命，他们要对人民进行思想启蒙，而文艺则是自己抒发人文关怀的主要载体。从中不难看出，在中国现代文学史上，始终怀着济世救国的信念，自觉地履行这一历史使命的作家，老舍是继鲁迅之后的又一位。

单就文学著作而言，虽然不少的现实主义作家在他们的作品中都渗透了国民性这一主题，但是在现代文学史上，始终以锲而

---

① 孔庆东：《老舍与国民精神》，《北京大学学报》（哲学社会科学版），2005 年第 9 期。

② 老舍：《鲁迅先生逝世两周年纪念》，《老舍全集》第 15 卷，人民文学出版社 1993 年版，第 359－360 页。

不舍的态度在创作中贯穿（改造国民性）这一思想并形成完整理论的，却只有鲁迅和老舍两人。

老舍善于描写北京市民生活，生动地描绘出从古老的文化积淀中滋生出来的保守、怯懦、因循苟且的市民的处世哲学，他们活得卑微，使周围的生活发霉发臭，还严重地阻碍着社会的前进。但与此同时，作家又总忘不了渲染他们的正派善良：他们或者诚笃忠厚，或者热情仗义。无论是《老张的哲学》中对半新半旧的市侩式人物“老张”的“钱本位”哲学的批判，还是对当时中国内外交困的现状失望而作的《猫城记》——小说描写了中国的化身“猫人国”，在日本的化身“矮人国”的侵略面前，统治者的腐朽与黑暗，广大国民的愚昧、麻木、苟且、自私以及“前进的人物”的描写（革命者）等，未尝不是从启蒙主义角度的一种批判。在描写市民这类人时，作家尽管作了嘲弄与揶揄，看出了也写出了国民必然被时代淘汰的历史命运；虽然间或也有可怜可厌之处，却大多并无可恶，更很少令人憎恨。作家即使是在斥责、鞭挞他们，也仍然抹不掉内心深处的脉脉温情。由此，老舍创作思想的又一个侧面展现在眼前：什么是中华民族的根本？老舍是非常冷静地看待这个问题的，在五四新文学全盘打倒孔家店的舆论中，老舍却认为，现代文明固然先进，批判传统文化糟粕也是非常必要，但也要看到文化传统中值得我们继承和发扬的。总的来说，即传统文化固然有待去批判，但精华却是基本的。这也同时表明，在对待国民精神态度上，老舍与鲁迅是有着不同侧重点的，批判与赞扬同时进行。在《老张的哲学》中，国民灵魂的愚昧无知暴露无遗，他客观地展示给观众封建伦理道德如何腐化了国民的灵魂，是怎样以善良的用心把自己心爱的侄女李静一步步送进了虎口。同时又热情地赞扬孙守备、李应叔父的古道心肠。

但是在积极宣传统一抗战的短篇《敌与友》里，我们只看到了其落后、腐朽、麻木、愚弱、妥协的一面。“两村的人对打日本一点也不感到关切，要不是几个学生来讲演过两次，他们就连中日战争这回事也不晓得。他们只盼望日本打到这里，而把对岸的村子打平。”本应是和睦相处的邻里，却成为难消心头之恨的世仇。当两村的人看着逃难的男女，也就深恨残暴的日本了。可是，一想到邻村，他们便又痛快了一些：哼！那边的人准得遭殃！他们没再开打的原因是因为准知道日本不久就会替他们消灭仇人。他们视让国土沦丧的日本人为友，至少不是他们各自的敌人。及至国与家已危在旦夕，村民们担心的却是“村长不怕危险，大家可不能大意。再说，不来看看这种奇事，死了也冤枉”。中国人看客的心理又在这里荣幸地上演了。作者没有任何温情的态度，只是辛辣的嘲讽和急切的期盼别再这样漆黑一片而无可救药下去了，可叹可哀。由此可见，老舍带着知识分子强烈的责任感，他的反传统意识在于批判阻碍社会发展进程的文化糟粕，批判封建传统文化。

《正红旗下》那段经典性的总结不由得使人深省：“二百多年积下的历史尘垢，使一般的旗人既忘了自谴，也忘了自励。我们创造了一种独具风格的生活方式：有钱的真讲究，没钱的穷讲究。生命就这么沉浮在有讲究的一汪死水里。”表面上风趣和玩味文字的聪明掩盖不了叙述者的沉重与痛心。全剧的思想其实是唤醒人们，千万不要再浑浑噩噩度日于“有讲究的死水里”了，爱怜与启发的人文思想，始终流露于老舍的文学作品中，构成老舍艺术世界一个鲜明的思想特征。他在《敌与友》中痛鞭国民性之弊端，同郁达夫、闻一多等许多民族战士一样，爱之愈深，疾之愈切。社会众多成员的“糟糕是无可否认的。我之揭露他们的坏处原是出于爱他们也是无可否认的”[①]。鲁迅曾经不无恐怖地叹息过：“暴君治下的臣民，大抵比暴君更暴。”[②] 怀着同样忧虑的老舍，在作品中淋漓尽致地描绘了陷入盲动中的“臣民”的愚昧“暴行”。启蒙主义的题旨使这些作品闪耀着发人深思的思想光彩。

（二）现实主义

老舍的最大成就是现实主义，老舍在中国现代文学史上的地位，主要奠基于他的现实主义巨著——《骆驼祥子》。现实主义不仅是写实，其本质是对现代性的社会批判，大多评判现实主义的标准是以人道主义来揭露和批判资本主义社会关系，同情小人物的命运，谴责人的堕落。《敌与友》主要还是对中国农村地区村民的畸形人格的批判，因此基本上属于现实主义。

《敌与友》的现实主义主要表现在对农村落后的社会现实的描写，包括环境、人物和其思想。作者在《敌与友》中展现当时农村经济凋敝、一无所有和当时人民思想状况的落后，事无巨细一览无余。最具代表性的就是张村长的儿子张荣说：“我在前面打日本，你们家里自己打自己，有什么用呢?”读罢全文，仿佛自几千年封建文化积淀的地糟粕几乎都可以在那里找到对应。没有人管肚子是不是吃得饱，村民可以漠视生命，被那条不知多少年的藏污纳垢的臭水沟随意的地践踏，却容不得对村的一丝存

① 老舍：《我怎样写〈猫城记〉》，《老舍全集》第 15 卷，人民文学出版社 1993 年版，第 43 页。

② 鲁迅：《热风：随感录·六十五暴君的臣民》，《鲁迅全集》第一卷，人民文学出版社 1973 年版，第 433 页。

在，看不得对方一丁点儿好。自私狭隘的农民意识根深蒂固，这当然与经济水平有关，只有物质充裕，精神才有所附丽。

老舍的伟大在于他看透了事情的悲凉却还要以黑色幽默的手法表现出来。“在兵荒马乱的年代，那就用不着说，两村的人自会把小河的两岸看成时代的象征。假若张村去打土匪，李村就会兜后路，把张村的英雄打得落花流水。张村自然也会照样的回敬。毒辣无情的报复，使两村的人感到兴奋与狂悦。在最没办法与机会的时候，两村的老太婆们会烧香祷告：愿菩萨给河那边天花瘟疫或干脆叫那边地震。”看着想笑却几乎要哭丧着脸了，只顾小我的个人得失，把英雄打得落花流水的国民的劣根性让人恨不得狠狠地教训一顿，但出口恶气是不能解决根本问题的，作者冷静地表现了被封建伦理道德腐化了灵魂的老太婆们怎样怀着“善良”的用心把自己的家庭、民族、国家一步步送进虎口，读者才从背后感到凉意，封建残余的思想、愚昧落后的教育以及根深蒂固的狭隘自私让人怎么去解救这一群无知可怜又可恨的群众呢?

农村那些根深蒂固的愚昧麻木的传统观念与国破家亡的残酷现实的剧烈碰撞，其间有对传统文化、传统人格的鞭挞，也有启蒙主义的因素。最后李村长的儿子李全嘱咐张荣说：“咱们两村子得把仇恨解开，现在我们两村子的，全省的，全国的仇人是日本。在前线，他和我成了顶好的朋友。我们还有许多朋友，从广东来的，四川来的，陕西来的……都是朋友。凡是打日本人的就是朋友。”① 至此，才大致解决了两村的矛盾，而这既是代表又是鼓励广大人民团结起来抗日斗争的号角。

---

① 载一九三八年七月《抗战文艺》第一卷第十二期。

（三）革命古典主义

老舍的民族主义、国家主义以及平民主义思想最终导致了革命古典主义的创作方向。革命古典主义是中国的新古典主义。新古典主义是争取现代民族国家的文学思潮，民族主义和国家主义是其思想基础，而尊崇理性（政治理性），讲求规范是其基本特性。老舍虽然没有加入左翼文学阵营，但也在一定程度上受到了影响。他说："回到国内，文艺论战已经放弃文学的革命，进而为革命的文学配备着理论，在创作上有普罗文学的兴起。我是不敢轻易谈理论的，所以还继续创作，没有参加论战。可是，对当时的普罗文艺作品的长短，我心中却有个数儿。我以为它们的方针是对的，而内容与技巧都未尽满人意。一来二去，我开始试写《黑白李》那样的东西。……说明我怎么受了革命文学理论的影响。"①

在抗战这个大政治面前，老舍毅然转向，心甘情愿地使自己的文学创作为其服务，提出"抗战第一"的主张。他说："文艺要抓住时代的主流，它要和社会的任务打成一片。越是靠近社会任务的文艺，越是主流的文艺。任何时代，那主流的文艺总是跟社会的任务紧紧结合在一起的。"②《敌与友》正是在这种情景下应运而作的文本之一，以爱国主义为宗旨，遵守革命古典主义的规范；《敌与友》描写日寇占领下的大后方人民的苦难和觉醒、斗争，歌颂了中华民族的传统道德和中国人民的爱国精神。这部

① 老舍：《老舍文集》第 16 卷，人民文学出版社 1993 年版，第 222 页。

② 老舍：《关于文艺诸问题》，《老舍文集》第 15 卷，人民文学出版社 1993 年版，第 537 页。

充满了革命古典主义的激情与期望，在不同的时期给予的评价也不同。非常受欢迎的老舍的现实主义代表作《骆驼祥子》，还因情势严峻对其进行了修改，并且做了检讨。他说："这是我十九年前的旧作。在书里，虽然我同情劳动人民，敬爱他们的好品质，可是我没有给他们找到出路；他们痛苦地活着，委屈地死去。这是因为我只看见了当时社会的黑暗一面，而没有看到革命的光明，不认识革命的真理……这使我非常惭愧。"[①]

老舍怀着满腔的民族主义、国家主义，积极宣传抗战，以文艺迎合时事，服务政治，他完全接受了"社会主义现实主义"——革命古典主义。他认真学习了中国革命文学理论的经典——毛泽东《在延安文艺座谈会上的讲话》，感到"不胜狂喜"，他还表示："为了写成像样子的有思想性与艺术性的作品，我老热心地参加北京文艺界的学习——政治学习与艺术学习。在学习中，苏联的文艺理论与作品给了我很多的好处，使我对社会主义现实主义的文艺创作方法得到更明确的一些认识，并且读到运用这些方法写成的优美范本。"[②] 新中国成立以后，革命古典主义成为唯一合法的文学创作原则。但是，由于建立现代民族国家的任务已经基本完成，它逐渐失去了历史的合理性以及艺术的生命力。因此，老舍的创作虽然勤奋，虽然充满激情，但被政治、政策左右，被革命古典主义的戒律所束缚，失去了启蒙主义和现实主义的深刻与活力。

① 老舍：《后记》，《老舍文集》第 16 卷，人民文学出版社 1993 年版，第 369 页。

② 老舍：《生活·学习·工作》，《老舍生活与创作自述》，人民文学出版社 1982 年版，第 416—417 页。

## 三、历史地位与局限

九一八事变以后，老舍来到大后方参加抗日战争的宣传工作。这期间写过很多应时的抗战戏剧和短篇小说，时间的紧迫和现实的情景很难顾及文学的艺术，只顾着“为人生而艺术”了。他自己也曾说，写文章别无办法，只有应急乱凑。只要是于抗战有利的他都写，因此，此时老舍的政治热情被眼前的现实激励，恨不能把一腔热血洒向大地。不过从他实际所写的短篇小说中不难看出，艺术成就上确实不如他前一个时期的短篇了。人物显得很单薄，情节比较简单生硬。为当时鼓舞了士气，发动了人民，促进了革命的顺利向前发展，但因为是抗战文学的根本原因，艺术性难以有老舍其他经典著作的艺术高度。虽然他自己呼吁：不要用粗暴的行政手段来代替对艺术领域的思想领导，但作为“文协”主席，抗战胜利及解放后长期担任文化职务，基于意识形态的作用，他后期基本上不是按照自己所愿的审美性、艺术性进行创作了，即使创作出来，也会改得面目全非，基本上不是他自己的了；作家没有了创作独立性，文本遵循着政治主题，而且创作上也失去了艺术个性。

就《敌与友》这部短篇小说来说，作为单纯的一部小说，就其社会学模式、思想史模式，文本是有很多可取之处的。运用典型的张李两村村民来代表当时大后方的缺少民族意识、抗战意识的广大的中国人民，在嬉笑怒骂间展示给我们那么贫瘠的土地上，物质生活极度匮乏，封建迷信意识强烈，窝里斗的可笑可哀，让人笑中带泪。亚里士多德说，人为什么会恐惧？就是因为遭受不该遭受的不幸的主人公，是与我们一样的普通人，谁都有可能发生，可能遭受。作为一位爱国主义者，老舍深知民族精神上的种种瘤疾的严重危害，并把对于民族成员进行广泛的思想启蒙教育，作为自己创作的根本任务，这是值得我们肯定的。

老舍通过《敌与友》，用小说讽刺这样的群体想要告诉我们的是：面对全面抗战的侵袭，愚昧无知、自相残杀毫无可取之处，这样描绘的村民有些夸张，但这又何尝不是现实的反映？老舍在《敌与友》里开出的救国良方是全民团结，一致抗日。民族素质的提高需要通过知识和人格来改造，这是任重而道远的，村民在小说的最后能心口合一，恐怕也只是暂时的，或者是作者的渴望，或是一群外人来这里宣传启发民众的结果。老舍以幽默讽刺的笔法批判和教育群众，这样的批判值得人们反思，人们常常以精神胜利法获取满足，陷于井底而不知天外之事，只顾自己的小利小得，看不到再这样下去就要亡国的险峻，老舍站在微观层面上的审视，以小见大，对广大民众来说是敲响了警钟。但考虑到文学的模式，文本显然有些不足。老舍曾在《牺牲》中描写一个从美国回来的中国学生，写的是真事，但有人提出是假，不符合真实，老舍因此还受了批评。他认识道：“《牺牲》里的人与事是千真万确的，可凡是批评过我的短篇小说的全拿它开刀，甚至有的说这篇是非现实的。乍一看这种批评，我与一般人一样的拿这句话反抗：‘这是真事呀！’及至我再去细看它，我明白了：它确是不好。”这个略显失败的作品对于老舍以后的创作有着非常重要的影响，特别是让他对之后创作短篇小说的手法和技巧有了更深一步的了解，他写道：“真事原来靠不住，因为事实本身不就是小说，得看你怎么写。太信任材料就容易忽略了艺术。”①

---

① 老舍：《我怎样写短篇小说》，《宇宙风》1936 年第 8 期。

同样的话语也可以在著名短篇小说大师莫泊桑那里找到答案，老舍的感悟和他的经验有异曲同工之妙："一个有才能的作家，并不能事先便知道他要表现或描写的东西，他不敢深信某一事实之中便寓含着艺术的真实，因为那并不是真正的艺术感觉。"①

文本结局急转直下，之后就是完结。在《敌与友》中虽然是因为见到眼前的情形，大家都有所触动，但还是难以接受张村长见到李全的伤势，泪珠落下来，而后拍了拍李村长的肩："咱们是朋友了!"因为前面提到，连小孩都是拼命搏杀的，死人算得了什么，一下子就变得这样大爱无私，深明大义，未免仓促。限于是短篇，有明显的结束文本的意向，但因时事政治的缘由，给了一个美满的全民都积极团结抗日的结局。有着几千年的劣根性的民族，愚昧自私狭隘，这几乎成了集体无意识，怎么可能在一瞬间就变得慷慨大气?这里显然有作者的理想主义和抗战宣传的需要成分在里面。

老舍评论道："我准知道有不少的人是喜欢读与抗战无关的作品的。可是，我不肯走这条路。文艺不能，绝对不能，装聋卖傻！设若我教文艺装聋卖傻，文艺也会教我堕入魔道。"② 每一位作家都是特定历史的产物，都是现实社会中具体的个人，思想观念上的局限是在所难免的。我们不能以今人的观念去对历史人物提出苛刻的要求，但我们有必要客观地对作家及其创作中所蕴涵的传统积淀有清醒的认识，这样，才会使我们在借鉴吸收作家创作中有价值的思想的同时而不被某些落后的观念所迷惑。

---

① AndrèVia, lGuydeMaupassantet l'artdu roman, Paris, 1954. p74—75. 转引自［法］保尔·巴迪：《论老舍的短篇小说艺术》，吴永平译，《文艺理论与批评》2008年第1期。

② 老舍：《三年写作自述》，《老舍生活与创作自述》，人民文学出版社1982年版，第62页。

# 第十一章　抗战时期王西彦乡土小说的艺术特色

王西彦作为中国现代文学史上卓有成就的小说家，在 20 世纪 40 年代是颇为突出的，他不以创作数量取胜，而以其艺术特色见长。杨义曾认为："当他被称为'浙东乡土作家'的时候，乡土前辈鲁迅式的忧患深刻地投射到他的作品中，当他思考着人性的失落和毁灭的时候，京派健将沈从文的'乡下人'趣味又洋溢于字里行间。他于鲁迅和沈从文之间，人性与社会性之间，使人们很难把握它的流派归属。"① 他的论述，的确道出了王西彦小说创作的独特品味与价值。固执、倔强，这些农民式的性格使他不甘寂寞，在长期的创作实践中，默默地发出自己的声音，成为了当时具有独特艺术品格的作家。特别是他的战时小说不同于当时作家"普遍张扬的廉价热情和浮躁心理"②，带着自己对乡土生活人情的深深眷恋，以及对残酷战争血泪般的深刻体验，怀着对中华民族前途命运的深邃的忧患意识，用文字努力地刻画多灾多难下的民族的性格与灵魂，从而使其创作在战时小说中独树

① 艾以等：《王西彦研究资料》，知识产权出版社 2009 年版，第 488 页。

② 王嘉良：《战时东南文艺的一面耀眼旗帜——评说王西彦在抗战时期的文学成就》，《浙江师范大学学报》1998 年第 6 期。

一帜，历久弥香，在我国的战时文学中也有很高的地位。本文拟在中短篇小说的范围内，对王西彦抗战期间乡土小说的艺术特色作简要探析。

## 一、王西彦小说的艺术特色

### （一）现实主义的审美趋向

王西彦把“真实”视作艺术的第一要义。他宣称“我相信现实主义是永恒的法则，真实才是文学艺术的力量。只有在真实的基础上，才能产生精美的技巧和深湛的哲理。”① 他不仅重视个体体验而且注重发挥作家的主观能动性，将自己对生活的思考与情感深深地融入作品中。文学的生命和灵魂是真实的。从古至今，文学创作的实践证明，只有坚持了现实主义原则，文学创作才能繁荣，文学作品也才具有较强的生命力。王西彦在坚持现实主义真实客观地再现社会现实的前提下，他的作品关注苦难下的人物命运，用真实的细节，形象的典型如实地记录着那些令人悲愤的现实。凭借着对喧嚣世界的独立思考以及社会责任感的担当，使得他的思想探索既没有走上逃避现实的歧途，局限于自我的悲欢离合，也没有过于使政治思想左右作品内容。用政治概念的先验论来割断人们对历史具体的真实的反映，产生的作品也不过是公式化、概念化的泛泛之作。王西彦巧妙地游走于写实性与主观性之间，在典型环境下，将小我赋予深刻的时代内涵，用现实主义的真实冷静观察世间百态，融入大量的思想深度与社会意

---

① 艾以等：《王西彦研究资料》知识产权出版社 2009 年版，第 109 页。

义，使其作品进入了现实主义创作的一个较深的层次。王西彦抗战时期的乡土小说是浙东一带农民抗战期间生活和斗争的真实反映，充满了对封建主义、帝国主义的批判精神。

王西彦紧紧抓住现实主义的精髓——“真实”二字，他笔下出现的一幅幅悲凉土地上的农民苦苦挣扎的生活画面，大多是作者的亲眼所见以及切身体会，将这些画面联系起来形成的可以说就是一部浙东农民在面临外敌侵略时固执地坚守自己的土地，捍卫自己家园的画卷。茅盾曾经对抗战时期的文艺作过如此评说：我以为那一时期的作品，绝少令人满意，症结不在作家深入生活者之少，而在于描写壮烈事件之风气者实多。[①] 初期抗战文艺作品的确是如此风气，质量多是不高。许多作家认为既是抗战题材，笔下就应该出现硝烟弥漫的战场，于是，炮声轰轰的战场使他们热情高涨，抛却了艺术反映生活的创作标准，忘却了艺术源于生活的创作准则，写出的都是过于简单化、单一化的浮躁粗糙之作。恰恰相反，王西彦却有着自己独特的艺术主张，他固执地用现实主义的笔法，将战场以外的艺术形象笼罩在战争氛围下，思考着抗战的现实，用充分的现实主义客观理性再现战时的人性道德和心理状态，从而深刻地揭示出抗战现实的某些实质。在他的战时乡土小说“谁在抗战”这一系列中，便可看出这一特点。“对我个人来说，有了鲁南、苏北的见闻和长沙、邵阳的经历，自然还有家乡父老们那种惶惶不可终日的情景，原有那个‘谁在抗战’的问题，在脑子里变得越益鲜明而迫切。1940 年我写了中篇小说《眷恋土地的人》，反映抗战初期北运河两岸人民在国

① 茅盾：《八月的随想》，《茅盾文艺杂论集》下册，上海文艺出版社 1981 年版，第 819 页。

民党军队溃退时怎样自发地抗击敌人。接着又写了短篇小说《死在担架上的士兵》和《麻舅舅丢掉一只胳膊》，描写国民党士兵的悲惨遭遇。这些作品，都是为了回答‘谁在抗战’这个严峻的问题。”① 在这些作品中王西彦在对民族劣根性剖析的同时，其深层意义显然是对民族战争的真正潜力、真正主体的深邃思考与高度审视，沉思战争下的社会问题，已经远远超脱了当时战时小说的浅显状态。

在《麻舅舅丢掉一只胳膊》中，麻舅舅在战场中丢掉了一只胳膊，却一直自诩道：“我陶大成是打日本鬼子……我陶大成是为中华民国……”“我们营长讲，国家不会对不起我们，只要国家有办法，丢只把手算什么！”作者在这里借麻舅舅对自己在战场上的表现夸夸其谈，让读者感到丢掉一条只膊对麻舅舅来说反而是一种替祖宗争光的荣耀！麻舅舅在身残后幻想将希望寄托在那虚无的“国家”身上，为自己争得一席之地，却不知日后生活会如此艰辛。这种麻木甚至变态的心理也进一步反衬出作品中处于统治地位者的奸猾与污秽。《眷恋土地的人》中的主人公杨老二，拥有着中国农民对土地固有的渴求与眷恋。这一特性使得他即便在战火纷飞的灾难中，也难以割舍他对土地的执著留恋。背井离乡的苦闷更加促使他一次又一次固执地恳求官长让他回到自己的土地去。终于，在逃往自己土地的途中，他独自一人抗击着日寇，魂魄漂荡在那片日思夜想的土地上。“即使贫穷到了像古诗人所悲唱的‘眼枯即见骨，所悲骨髓干’的地步，他们也还是以难于想象的固执眷恋自己的土地。这也不是他们特别多情，而是从远祖以来就依靠土地为生，信奉着‘人难离土’的观念。自

① 艾以等：《王西彦研究资料》，知识产权出版社 2009 年，第 10 页。

然，流浪或埋葬在他乡异地的情形也很普遍，但那是出于不得已，死后的灵魂也将悲泣不止。这当然是一种巨大的悲剧，但也只是悲剧的一个方面；它的另一方面，在抗战的巨变中，这些无告的农民竟然是奉献鲜血的给予者。”[①] 王西彦焦灼地思考“谁在抗战”这一历史命题，他用自己独特的忧患意识在分析朴实农夫的乡土意识和民族意识同时，终于发掘出旧的生存方式已难以使土地的儿子与之相依为命。那些视土地为生命的中国农民，在精神与肉体都遭受着中外统治者的残酷压榨与无情的屠杀，却依然深深地眷恋着他的土地。在打退鬼子好还家的简单而执著的信念下，他们不惜用生命来捍卫自己的土地，他们是这场民族战争中的最大牺牲者和最大给予者。从 40 年代初期开始，王西彦的作品通过对战时下的苦难沉重的小人物的生存状态的着力刻画，来展现“谁在抗战”这一主题，深刻揭露现实的残酷与黑暗、人性的善与恶。《死在担架上的士兵》写一位绰号为李娃娃的担架兵。在战场上，他是一见我方将士的伤残就流眼泪的朴实士兵。他的服役是东家精心设置的一场骗局。他从医院打杂转到战地上去搬运伤兵，硝烟弥漫的战场上，别的伙伴不肯前进，他就独自去扶起受伤的战士。最后在一场激烈的战斗中，一个铁片穿进了他的胸膛，他倒下了。可是直到死，他根本不知道自己是一个躺在担架上的受伤者，他耳朵里清晰地听到无数受伤者的呻吟和叫喊。[②] 作品不仅仅揭示出抗战中残酷的黑暗现实，更从深层面揭示出抗战真正的主体是人民。农民虽有些憨厚、朴实、直率，有些麻木、浑浑噩噩，却又敢于为抗战不惜生命的复杂人性通过李

① 艾以等：《王西彦研究资料》，知识产权出版社 2009 年版，第 197 页。

② 王西彦：《王西彦选集》，四川文艺出版社 1985 年版，第 430 页。

娃娃这一形象展现得淋漓尽致。王西彦如是说："是的，我的确把他们写得太苦了。这里所说的'他们'，指的当然是出现在这几篇作品里的农民和农民出身的士兵。可有什么办法呢？尽管有人在那里高喊'全民抗战'之类的口号，但我在战地上实际见到的，或者说，给我印象最深的，却是农民和士兵们的受苦和流血，看起来竟是没有赎偿的。说是保卫自己的土地吗？可是，大片大片的土地——这上面布着他们相依为命的泥屋和庄稼——在一种近于无抵抗的情况下抛弃了。说是发扬民族正气吗？在当时的前线已经出现了所谓的摩擦现象，后方更已经出现了发国难财者。既然要'按照生活的本来面貌描写生活'，我觉得自己别无选择。"[①] 在王西彦的乡土小说中，时代色彩具有较强的连贯性。在他的作品中，历史的动荡被巧妙地穿插到作品的叙述之中，他或以简单明了的笔法若有若无地带出历史史实，为情节的合理发展提供了一个合理的故事背景；或以缜密细微的手笔将其成为惊心动魄的情节的有力推手。这些或粗或细、似有似无的笔触，无不赋予了作品鲜明的时代感。

众所周知，文学作品的教育作用和社会效果，是靠真实生动的艺术描写和深刻的思想力量来达到的。而王西彦从所描写的事件、人物中挖掘出新意，及其对生活的深刻研究与见地，给读者带来了思想上的启迪和审美的满足。

### （二）结构艺术

"叙述视角是一部作品，或一个文本，看世界的特殊眼光和角度。作者必须创造性地运用叙事规范和谋略，使用某种语言的

① 艾以等：《王西彦研究资料》，知识产权出版社 2009 年版，第 242 页。

透视镜、某种文字的过滤网，把动态的立体世界点化为以语言文字凝固化了的线性的人事行为序列。这里所谓语言的透视镜或文字的过滤网，就是视角，它是作者和文本的心灵结合点，是作者把他体验到的世界转化为语言叙事世界的基本角度，同时它也是读者进入这个语言叙事世界，打开作者心灵窗扉的钥匙。”杨义在他的《中国叙事学》中的这番阐释向我们显现出视角之于文本的重要意义。在西方，结构主义的批评家们对叙述视角的研究比较精细，热奈特在兹韦坦·托多洛夫的研究基础上构建了自己的叙事理论，分为以下三种：

一、零度焦点叙事的叙事者全知全能无所不在（即托罗多夫所说的叙述者=人物）。

二、内焦点叙事的叙事者所知所能和人物一样多（即托罗多夫所指的叙述者=人物）。

三、外焦点叙事的叙事者所知所能比人物少（即托罗多夫所称的叙述者=人物）。

在漫长的历史长河中，中国传统小说中全知全能的叙述者（叙述者=人物）的叙事视角模式越来越被摒弃。五四运动后，在小说概念变化的冲击下，越来越多的现代小说家采取了有别于传统叙事模式的新视角，将内焦点叙事和外焦点叙事及多种叙事模式混合的视角运用于作品中，使得小说的内容更具有确切的见证性和真切的感知性，更容易使读者与之产生共鸣。王西彦的绝大多数作品正是在这种小说叙事视角革新下，更多地采用了“叙述者=人物”的这一内焦点视角。这种视角的特点是由叙述者本人作为作品中的人物之一，多采用“第一人称或第三人称”而使作者直接充当作品中的人物，借小说中的人物来表现自己的内心世界，表达自己的思想感情，带有明显的“自传性”色彩。叙述者进入故事和场景，借助某个人物的感觉和意识，从他的角度去传达一切，或讲述亲历或转述见闻，其话语的可信性和亲切性超过了全知视角。王西彦的创作内容多以自己的生活为原型，不可避免地带有“我”的痕迹，因而比较适合采用内焦点的叙事视角，所以使得他在小说创作中能够灵活自如地将叙述时间和叙述结构巧妙地结合起来。

《荒村》、《眷恋土地的人》、《乡井》、《老太婆伯伯》等都是采用第三人称主人公视角，这样就使得读者感到人物在叙述自己的事情，自然带有一种亲切和真实感。即使是内心深处隐秘的东西，只要他愿意就可以袒露出来，在描写人物上可以通过一定的艺术方式接触其内心世界，更便于揭示主人公自己的深层心理，且读者也不会对其百般挑剔。《麻舅舅丢掉一只胳膊》、《隔膜》、《期待》则通过儿童的见证人视点来讲述故事。在某种程度上，作为见证人，他的叙述对于塑造主要人物的完整形象更客观更有效，必要时叙述者可以对所叙人物和事件写出一定的情感色彩及道德评价，这样一方面给作品带来一定的政论色彩和抒情气息，另一方面为作者间接介入提供了方便。从以上分析我们看出，作者采用内焦点叙事没有大于主人公的意识，这种建立在对等关系上的叙事作品，作者绝不比人物或主人公知道得多，而是以对等的权利参加对话，不仅强化了作品的真实性而且扩展了作品的表现力。

即便王西彦很少采用第一人称直接表达自己的情感，以一种似乎超然于物外的冷峻进行故事叙述，但通过文章布局，语言铺排和细节描写等仍实现了叙述者个人情感对读者的传送，于冷静中呈现爱憎。例如《荒村》里，通过对自然环境的描写：“落日的余晖斜得越远，白杨梢端也被吐出来了。叶子受了太阳猛烈的熏炙，很萎靡地垂着，失掉了它固有的光彩和活气。”“山村忧伤而寂寞，什么声音也没有”传递出感伤的调子，在为薛大婶子及其女儿的悲惨遭遇同情的同时又对侵略者深深的痛恨油然而生，烘托了作品浓烈的悲剧气氛，有力地深化了主题。

（三）人物形象塑造

小说是表现人的艺术。描写人物，塑造典型，再现以人物为中心的社会生活，是小说的主要任务。王西彦的小说在人物塑造上也取得了显著的成就。其一是成功地运用白描手法来刻画人物。白描就是以极简练明快的语言明朗地描画出事物主要之点，从外向内表现作品人物的加工过程。“要极俭省的画出一个人的特点，最好是画他的眼睛。我以为这话是极对的，倘若画了全副的头发，即使细得逼真，也毫无意思。”[①] 王西彦对白描手法的运用可谓得心应手，《眷恋土地的人》对杨老二这一形象的勾画：“这是一个矮身材的有着一张和善的扁平脸孔的青年人，好像一般勤劳穷苦的庄稼汉一样，他脸上给风霜刻满辛酸的标志。那挤满腮巴的粗短的络腮胡子，还有那厚厚的总是紧闭着的嘴唇，说明了那个有着一张和善脸孔的人，同时有着一副刚强固执的性格。他的左眼有点斜视，仿佛他时刻都在偷看自己后面那软蜡般的耳朵。”[②] 还有《鱼鬼》里对鱼鬼的描写：“狭窄的额角、低压的发脚、浓黑的眉毛和厚实的嘴唇构成的一张固执的脸孔，这就是他，那个孩子们畏惧对象的鱼鬼。他永远是沉默的。厚厚的嘴

① 鲁迅：《我怎么做起小说来》，《南腔北调集》，人民文学出版社 1980 年版，第 102 页。

② 王西彦：《王西彦选集》，四川文艺出版社 1985 年版，第 296 页。

唇好像两片岩石，紧闭不动；一双仿佛从不转动的眼睛，总是凝视着地，他的身体非常壮健，阔肩粗臂，背有些驼，走路始终踏着厚实的步子，却低俯着头，反剪起两手，永远保持着这同一的姿势。”① 这就很自然地联想到鲁迅笔下的祥林嫂形象，真有异曲同工之妙。作者运用白描手法的以形写神，画出了人物的灵魂。其二，作者把笔触伸向人物的内心世界，特别注重对人物灵魂的深刻剖析。如《命运》中当路三嫂子被路三打得满脸血泪咒骂了几句却被七狗婆婆说：“我告诉你，要怪么，只好怪你自己，总是自己命不好！快莫讲这种话，告诉你，这种话可万万讲不得！”继而这句话对路三嫂子产生了很大的力量，“她果然感觉到刚才那一串对男人的诅咒，是要换来可怕的惩罚的。她照例地想到自己遭受的虐待和苦难，不过是命运不公平的赐予罢了。是的，她从不曾埋怨过命运。对于命运的酷待，人怎么能够反抗呢？”《黄昏》中的福田媳妇，她觉得自己好像的确是一个不祥物，是一个和祸害为邻的人了。一切灾难应该由自己一人担受，如果连累到别人，那就难免成为一宗需要用来世赎过的罪恶。她不禁害怕起来，惴惴地在黑暗中告白道：“天，你罚我……一个……”这一段心理的描写，让我们看到这些苦难的人把自己的一生都寄托在那虚无的“命运”上，这种忍受哲学以及宿命论，将她们的落后愚昧展现得淋漓尽致。一个人的心理活动是一个人的行为的动力和基础，因此，从某种意义上说，把握和描写人的心理活动，才能让读者更好地体会其中的深意。其三，王西彦注重对人物本能抗争潜力的挖掘。《鱼鬼》中的鱼鬼爷作为长工一直闷声不响、埋头苦干地服务于东家，在遭受不白之冤时没有唯唯

---

① 王西彦：《土西彦选集》，四川文艺出版社 1985 年版，第 116 页。

诺诺地退缩，宁愿去讨饭，也不要继续留在东家。在被剥得浑身赤裸，关在磨房受冻后，他无法忍受这种屈辱，跳进了冰冻的深水塘中。《命运》中路三的十四岁的女儿在“国军”带来的大大小小祸害中被惨无人性地糟蹋，儿子被扔进猪栏，险些断气。保长的三番五次威胁，使有家不可归在外逃避壮丁的路三忍无可忍，最后放火烧了保长的家。《刀俎上》的猪栏在得知那寄托全家人希望的小黄牛被卖掉当弥月礼时，这激怒了他压抑很久的对有权有势者的剥削的不满，明知道会有危险会无果而终却还敢于去理论。《乡井》中胆小的大龙经历了像一只耗子一样躲在山丛中的离奇遭遇后，终于下定决心离开乡井走上了另一条路。对原始强力的描写要进行具体分析，不能下一个简单化的、笼统的结论。作者对人物本能抗争潜力的发掘，不能简单、笼统的一言以概之，要进行具体的分析，可见出在妥协、忍让的愚弱民众中一股正义、反抗的力量正在崛起，促使广大民众在丧失其生存之时必须义无反顾地前进，而不是退缩。

（四）语言风格

语言是文学作品的细胞，语言之于文学，犹如色彩之于油画，声音之于歌唱。伟大的作家都苦心经营文学语言。王西彦对语言的锤炼可谓达到了炉火纯青的地步。首先体现在悲情语言的运用上，“黑暗像是可感觉的东西，在这残破的村庄里流荡着。丛林已经成为一个整体，仿佛是一尊一尊肥大的夜神在撒布他们的势力。”（《遭遇》）“他想到这一回是和以前不同，这一回离开自己的乡井，就将永远失掉它了！失掉这块一向相依为命的地方，怎么可以想象呢?”（《乡井》）“那些蒙受过它的恩泽，冬天曾在这里躲风避雪，夏天曾在这里纳凉解渴的人，他们不再光顾它、怀念它了。”（《福元佬和他戴白帽子的牛》）“在黄昏的薄暗中，她偷眼看见他衰老的脸孔完全给忧虑所歪曲了，也似乎变的紧缩的多，这时候，这个倔强的老人真正地感到迟暮的悲哀了。”（《黄昏》）“悲哀的运河，它载负着沙土，载负着落花和残絮，也载负着难以计数的受难人民。盗寇像一只疯狗，在原野上驰逐，它的脚迹印到哪里，就把灾难和不幸带到哪里。人们被逼迫着离开自己的家乡，离开那相依为命的土地；而运河，它载负着来自远方的难民船，逐流而下。”“河水静静地流着，用暗哑的喉音唱出自己的悲伤和幽怨。”（《眷恋土地的人》）这些悲情语言的叙述，营造出了一个悲凉的氛围，让我们对抗战时期苦苦挣扎在生命线上的贫苦农民的惨痛遭遇感同身受，无论是《乡井》中的大洪，《遭遇》中的马其宝抑或是福元佬，在作者的悲情语言描述下，他们凄苦的面容就似历历在目，引起读者强烈的共鸣。其次是作品中穿插了大量的方言词语。方言是一个地域的所有人经过长期创造而约定俗成凝结流传下来的心有灵犀的共有符码，它源于民族共同语又不同于民族共同语，鲜明的地域特色沉积着本区域人群心理性格上的深层文化基因。不同的方言土语凝结着不同的历史文化和区域文化的内涵，蕴涵着丰富的人性、人情内容，它不仅是文学的工具，而且其本身就是文学所要表现的对象，是构成作品文化意蕴的一部分。大凡有成就的作家，都是比较注重语言的地方特色的。王西彦出生于浙东偏远农村，从小听到和运用的都是义乌话，因此在他的作品中出现了大量的义乌方言词。如“你们这些麻痘鬼”（“麻痘鬼”就是“短命鬼”的意思，因为小时候在出麻痘时就死了，自然是短命的。这是骂小孩的话）、“叫她生到大粪缸里去！生到千人池里去！”（“千人池”是义冢地里抛尸的池子，使穷人可以省却买棺木的麻烦）、“算命瞎子盐酱口”（“盐酱口”指说话有灵验的意思）、“扁货”（女儿）“放在坐车上的孩子”（“坐车”是侧倒起的板凳，在凳脚的横档上加一块板子）等等。这些方言词语的运用不仅使王西彦乡土小说的地方特色得以彰显，而且使语言更具活力。如在小说中，说人不要去奢望得不到的东西：“我们种田人，只有靠锄头吃饭，不要麻雀跟雁飞，空心高啦”、“家里没有人，好帮妈烧饭打杂，横竖旱地也行不得船，空心高”；用“刮鹭鸶脚”来形容被地主剥削的程度之深；用“走路也宁愿和他隔条田塍的‘吃空手饭’的人物”来形容一个人的可恶；用“都是些不敲不破的野胡桃！都是些抱不上树的狗”把剥削者的丑恶嘴脸刻画得淋漓尽致。还有如“站在旁边的凤囡瞪着一双忒（直）愣愣的眼睛”中的“忒”；“不消说（不用说），不幸的小罗又挨受盛怒下的妈妈的一顿竹条”中的“不消说”，这种洋溢生活情趣方言的运用，更增添了小说语言的形象性和生动感。其他如“地母娘娘善心肠，苦心苦意得报偿”、“树老生根，人老生筋”、“天上出煞星，地上苦仃伶”、“先注死，后注生”、“七晴不过九”“田骨培得厚，金谷整簸斗”、“秋天的茄瓜半截烂”这类家乡农民口头上的谚语、俗语，在王西彦的乡土小说中更是俯拾皆是。这种融地方性、生动性于一体的语言，为王西彦的乡土小说增添了光彩，从中我们不难看出作者对农村生活的熟悉程度和语言运用上所作的努力。鲁迅曾说：“方言土语里，很有些意味深长的话，我们那里叫‘炼话’，用起来是很有意思的，恰如文言的用古典，听者也觉得趣味津津。若能恰当地运用，这于文学，是很有益处的，它可以做得比仅用泛泛的话头的文章更加有意思。”[①] 在王西彦的这些作品中，可见出作者很注意从方言中摄取养料，以丰富自己的创作，使语言具有浓厚的地域色彩，而且这些方言不仅浙东人读起来特别亲切，其他地方的读者也不感觉生涩。从中我们看到，要创作出真正的文艺作品，作家必须扎根于生育自己的这块沃土，把当地人民的思想、生活、风土、人情等融化在血液里，然后用文字表现出来。

### （五）乡风民俗的展示

在现代文学作品中揭示乡风民俗，早在20世纪20年代中期的“乡土小说”作品就已有所表现，作为民俗文化，在它的形成过程中，始终交织着这样两条源流：“一条是生于斯长于斯的人民，在长期的历史过程中逐步积累和形成的传统的生存和生活方式；一条是作为处于统治地位的文化观念对土生土长的固有传统生存、生活方式所作的调整。”[②] 就地域与民俗的关系来说，在中国古代就早有论述，唐孔颖达说：“南方谓荆扬之南，其地多阳。阳气舒散，人情宽缓和柔；”“北方沙漠之地，其地多阴，阴气坚急，故人刚猛，恒好斗争。”地域不同，民风有异，文风亦不同。刘师培在《南北文学不同论》中说：“南方之文，亦与北方之文迥别。大抵北方之地，水厚土深，民生其间，多尚实际；南方之地，水势汪洋，民生其际，多尚虚无。民尚实际，故所作之文，不外记事，析里二端。民尚虚无，故所作之文，或为言志，抒情

---

① 郑择魁：《吴越文化与中国现代文学》，杭州大学出版社1998年版，第115页。

② 陈继会等：《中国乡土小说史》，安徽教育出版社1999年版，第132页。

之体。”[①] 钟敬文教授在《民俗与古典文学》一文中认为：“哪里有人群，哪里就有社会生活，因此，哪里就有相应的社会风俗。文学的特点是用形象反映人们的社会生活（包括思想感情）。因为人们的生活中到处都存在着社会风俗、习俗以及有关的思想感情，所以要形象地真实地反映人们的生活，就必须以具体的生活样式来表现。如果离开了跟人们生活密切相连的风俗就不免显得抽象了。”故任何一个有成就的作家都离不开民俗文化传统的熏陶和影响。一方水土养育一方作家，民俗文化为作家提供了取之不尽用之不竭的创作资源，为之奠定最初也是最牢固的基础，使他们的作品富有地域性的民俗风情。鲁迅的浙江鲁镇的乡俗民情，有着独特浓郁的民俗色彩。沈从文的“湘西世界”，同样体现出他独特的气质。北京市民生活成就了老舍的艺术高峰。王西彦为我们展示的是中国浙东乌镇偏僻农村所特有的风俗民情，在这片土地上有善良、勤劳的鱼鬼；有执著地眷恋着生养自己故土的杨老二；还有自己已面临死神躺在担架上却还担心着他人生命安危的李娃娃，在这些淳朴的农民身上我们看到了那些值得可歌颂的高贵品质，却又突显出那让人忧患的故步自封的思想。在展现乡村人单纯美好品性的同时，也向我们暴露出诸多封建陋习中最黑暗野蛮的童养婚制度。即女孩在幼年的时候被夫家收养，达到适龄才结婚。这种婚姻制度以妇女为商品、为奴隶，使其受到非人的待遇，在封建礼教下毫无反抗的能力，对其一生都产生深远影响。如《黄昏》中的福田媳妇从周岁就过门去开始做童养媳，在日本人侵入后，与丈夫孩子失散，转嫁于福田，却一直被守恒公公认为是来路不明的东西，是个不祥物，终日过着凄凉寂

① 童庆炳：《文学理论教程》（修订二版），高等教育出版社 2006 年版。

寥的生活。《命运》中的她，“十五岁，母亲把她稀疏的黄发辫结成一个小小的髻子，穿上仅有的一件半新旧蓝竹布衣，由两个陌生女人陪伴，把她送到远处另一间茅屋里，和一个比她年长一倍的男人成了亲”，但却是一直在丈夫的辱骂中度日，不能反抗只能默默地流泪，过着隐忍的一生。《福元佬和他戴白帽子的牛》则从侧面交代出“女儿也是从小卖去的，三岁起就当了童养媳，在婆婆口骂棒打之下，养成一副逆来顺受的性格”。王西彦在这里像我们展现出在炮火硝烟的抗战时期，在这片悲凉的土地上，在面临国家灾难、亲人离散、丧失故土的同时，一群苦苦挣扎的女性在忍受着丈夫婆婆的辱骂中卑微地活着。这已不是一种简单的风俗描写，而是透过这种表象折射出更深的内涵。这让我们想起了鲁迅笔下《祝福》中的祥林嫂在封建神权的笼罩下终至走向了死亡，在向我们展现鲁镇特有的风俗画卷时，更多的却是人们麻木愚昧的精神积习。王鲁彦《菊英的出嫁》中的“冥婚”，通过“细密的场面和人物描写，显示了古老中国农业社会落后于时代的蹒跚步伐，而这种奇特的封建陋习叙述得越是具体可见，就越发使人对这落后性深感震惊”①。台静农《烛焰》中“冲喜”的恶俗，《蚯蚓们》、《负伤者》中的“卖妻”、“典妻”，蹇先艾揭露黔地野蛮落后习俗的《水葬》，这些力透纸背地将闭塞乡村的大众灵魂赤裸裸展现于我们眼前，指出一种国民的精神病苦，窥见了整个社会中人们的生存方式。对于地方风俗的摹写，不但拓展了文学创作的空间，而且为我们认知社会开辟了一条独特的路径，使得我们能够透过表象，认识到隐藏在风俗习惯背后的真实

① 钱理群、温儒敏、吴福辉：《中国现代文学二十年》，北京大学出版社1998年版，第53页。

存在，这种表达具有极为深刻和深远的影响。正如劳伦斯所说："每一大洲都有它自己伟大的乡土精神。每个民族都有被凝聚在叫做故乡、故土的某个特定地区。地球上的不同地方都洋溢着不同的生气，有着不同的震波、不同的化合蒸发、不同星辰的不同吸引力——随你怎么叫它都行。然而乡土精神是个伟大的现实。"在文学领域中，正是那些带有醇厚浓郁的地方风俗人情的作品，其与众不同的地域色彩，使得一代又一代的阅读者为之动容，从而成为不朽之作。

## 二、形成原因

### （一）内部原因

王西彦的童年与少年时代都是在浙江义乌偏僻、穷困的山村里度过的。他自述在初学步的时候看到的就是"一幅暗淡凄楚的图景"。童养媳出身的母亲年仅四十岁时就离开了人世，三个姐姐也都按照当地的习俗嫁于别人做童养媳，过着凄惨屈辱的生活。农民的贫贱之吁，农妇的孤苦之泪，使他"身经目睹了旧中国农村社会令人战栗的黑暗现象，并且对它深恶痛疾"[①]。所以他同情农民，关注农民的命运，"当我采用短篇小说的形式来描写社会现实时，浙东家乡农民的苦难生活，就以一种十分鲜明的形象重现在我的眼前。我的第一篇习作，就是诉说农村妇女的深重苦难的。以后所写的反映浙东农民生活的作品，也几乎都可以

① 艾以等：《王西彦研究资料》，知识产权出版社 2009 年版，第 107 页。

从实际经历里找到真实的模特儿”①。《鱼鬼》即是以他的堂房兄弟为原型；《黄昏》中的福田媳妇的经历即是他亲姐姐的悲惨遭遇；《老太婆伯伯》也是取材于他的堂房小叔叔。抗日战争爆发后，王西彦于1938年参加了中国共产党组织的一个战地服务团，做战地宣传工作。“由于深入到了抗战的漩涡之中，王西彦对祖国在侵略者的肆意践踏之下，士兵们的浴血奋斗，人民的流离失所，有着真切而深刻的感受。”② 在目睹了鲁南苏北农民的悲惨遭遇后，回到很快就沦陷的故乡，“父老兄弟们悲戚的面容和绝望的呼嚎，不仅长期留在我的意识里，同时更开拓着我的想象”③。战争的残酷与无情，乡亲的无助与哀怨，使他的笔始终停留在痛斥侵略者的罪行及当时中国社会所面临的巨大浩劫，正如他所说：“我笔下的色彩总是阴暗的，作品的主题也只有一个，它就是人世间广大无边的苦难。”“这副灰暗的眼光，并不是因为我是一个哲学上的悲观主义者，而是由于我是一个文学上现实主义的信奉者。我所刻意追求的，不是别的，只是生活的真实。我只写了自己所看到和所感受到的。”④

（二）外部原因

1930年中国左翼作家联盟成立，这个时期，王西彦广泛地接触左翼作家作品，曾手抄鲁迅的《呐喊》与《彷徨》。而王西彦创作之初正值“左联”提出文学创作应摒弃概念化、公式化的创作模式，通过对生活的真切感触描写真实的人物与情节。这些

---

① 王西彦：《王西彦选集》，四川文艺出版社1985年版，第153页。

② 艾以等：《王西彦研究资料》，知识产权出版社2009年版，第96页。

③ 同②，第243页。

④ 同②，第89页。

无不对王西彦的创作产生了深远的影响，加之其当时所面临的社会境况“农村社会的病苦和农民生活的贫乏是如此突出，如此触目惊心。穷困、黑暗、愚昧织成一张巨大的罗网，使得终生惨遭奴役的农民们喘息其间，不仅无法自拔，还要以精神上的蒙受毒害来自欺自慰。怎样撕破这张罗网，唤醒被压迫者，号召他们采取行动改变自己的命运，这就成为一个从事写作的人的天良”①。抗战爆发后，与大多数作家一样，王西彦自觉调整创作方向。为民族为抗战服务，投身于伟大的民族战争中。40 年代初，国统区发起了一场关于“主观力”的持久争论，我们可以通过王西彦《野火的联想——关于现代文艺的回忆》一文看出对其产生的很大影响。当时在创刊号上发表冯雪峰以“维山”为笔名的写的《论典型的创造》放在第一篇，还极力向读者推荐，认为这是“出于一个优秀的理论家的手笔的一篇见解精辟的文章，它指出我们抗战文艺一个最基本的缺点，说明了我们的艺术为什么还不能带来典型和深刻的思想”②。可看出王西彦很推崇他的同乡冯雪峰的观点。王西彦曾说，在学习写作的过程中，受到鲁迅和契诃夫比较大的影响。1930 年 8 月的时候，他从英文试译了契诃夫的小说《询问》，他在《我怎样学习写作》中说：“中国的，外国的，先是近于无选择的，后来就有了偏重，对俄罗斯现实主义大师发生了兴趣。这自然和当时介绍外国文学的情况有关，更和鲁迅所说的，能‘从那里面，看见了被压迫者的善良的灵魂的酸辛的挣扎’。”③ 在王西彦的很多作品中我们可以看到鲁迅、契诃

① 艾以等：《王西彦研究资料》，知识产权出版社 2009 年版，第 177 页。
② 同上，第 73 页。
③ 同上，第 120 页

夫、托尔斯泰等大家的影子，正如他所言："描写农民或其他被侮辱与被损害的'小人物'的作品来说，鲁迅的《故乡》和《祝福》自然不用说了，闰土和祥林嫂其实就是我家乡的叔伯兄弟和叔嫂姊妹，连他们的言语和姿势都相类似；屠格涅夫《猎人笔记》里的农民和契诃夫笔下众多不幸的'小人物'们的形象和声音，不也如同自己在家乡所遭遇和所熟悉的吗？我特别不能忘记屠格涅夫的《木木》，托思妥耶夫斯基的《一个诚实的贼》和格里戈罗维支的《苦命人安东》那样的作品，我觉得这些作品里的主人公都给了自己很深的亲切感，都是自己受了强烈的感动，都对自己的写作态度起了明显的影响。"[①] 从中可以看出鲁迅及俄罗斯现实主义作家对王西彦的创作影响之深。

## 三　继承与发展

中国现代乡土小说起始于20世纪20年代，并于其中期形成一股创作潮流，它突破了自新文学诞生以来主要以知识分子为主题的范围，丰富了新文学题材的多样性，使一大批作家将目光转向社会生活与民众身上，从而使新文学更深地扎根于社会生活的土壤中。在这一时期，"大部分乡土作家从关心个人的感伤情绪、个人的回忆到关注社会和民众，从浪漫主义理想转向对现实的探索；并纠正旧小说遗留的简括式叙述方式，加强实地描写，加强场面、人物的细节描写，小说的重心由情绪、情节的展示转向以人物为中心的刻画。许多乡土作家从早期的主观抒情，越到后来就越归向客观写实，甚至讽刺，让现实主义在新文学中的主流地

① 艾以等：《王西彦研究资料》，知识产权出版社2009年版，第149页。

位得以加强和巩固”①。

20世纪30年代可谓是乡土小说发展的黄金时期，不仅有大量专注于乡村题材创作的作家，而且绝大多数作家的创作都或多或少与乡土有关。“就30年代乡土小说的各个具体作家而言，其艺术风格是多种多样的，而这种艺术风格的多样性本身就构成了30年代乡土小说的一个重要特色。但从整体上而言，他们受制于自己的文学时代，必然会或多或少地体现出时代的审美要求。尽管体现这种审美要求时，可能会有不同的表现和角度，然而最终呈现的艺术风貌在总体上会有某种趋同的倾向。”② 这一现象与30年代的中国社会现状是不可分割的，受世界经济危机以及帝国主义的转嫁影响，作为主导的农村经济首先受到了殖民地化的冲击，《春蚕》中的“丰收成灾”即可看出当时的社会缩影，农村经济的瓦解，自然灾害的频繁发生，使农民的生活更加贫困，这些都使农村社会发生了巨大的变化。任何一位身处于其中的作家，生活在这样动荡不安的年代，只要对现实生活稍加关注，就会明显地意识到农村农民的问题已成为了当时中国社会最重要的问题。文学是随着社会生活的变化而变化的，是生活的真实反映，所以30年代的文学内容和文学题材也发生了深刻的变化，人们将更多的目光投射到乡村的变迁与农民的悲惨命运上。正如每一个历史阶段，都有这个时代人们所特别关注的特殊的文学题材。30年代乡村题材小说兴盛这一文学文化现象也是由特殊的社会状况所决定的。

---

① 钱理群、温儒敏、吴福辉：《中国现代文学三十年》，北京大学出版社1998年版，第55页。

② 陈继会等：《中国乡土小说史》，安徽教育出版社1999年版，第176页。

王西彦抗战时期的乡土小说是受制于30、40年代的社会现状并与20年代乡土文学一脉相承的。在大致相同的地域下，鲁迅的乡土小说创作从总体上看，对于通过人物与故事来传达“思想”的看重，要远远超过对于人物、故事及乡村生活细节本身的经营。人们一般承认鲁迅的小说是以揭示各式人物的心理和灵魂为自己的首要艺术追求，并将此作为鲁迅小说艺术与同时代其他作家之间巨大风格差异的重要标志。我们可见出王西彦在以鲁迅所开创的“揭出病苦，引起疗救的注意”为己任，既表同情又为乡土大众鸣不平。如《鱼鬼》讲述了一个凄惨的故事。鱼鬼父子与世无争，勤劳善良，最大的心愿就是能靠自己的双手劳动来换取生活的基本需求，但却在残忍的“议员五爷”的压榨下，连最后的希望都破灭了。鱼鬼父亲最终被逼迫投水自尽，辛辛苦苦做了七八年的苦工，却没有得到一分钱。鱼鬼最终也在走投无路时“纵身跳进溪中汹涌的洪水的急流里”。作者通过《鱼鬼》中鱼鬼父子的双重悲剧，揭示出千千万万农民苦痛经历的主谋是地主阶级的残酷剥削与压榨，暴露出千千万万农民悲惨命运的罪魁祸首是这个社会本身的不合理的制度。从社会生活的本质阶级压迫来揭示农民困苦悲惨的渊源，使得王西彦的乡土小说的思想深度有了很大的提升，从而也避免了20年代乡土文学思想性的表象化与简单化。

综上所述，王西彦抗战时期的乡土小说无论在思想上还是艺术上较之于同一时期的作品而言还是具有很高地位的，他用现实主义的笔触真实地展现出抗战时期的社会现状以及广大农民生活的真实境遇。正如他自己所言：“虽然没有引人注目的喧闹，也没有气势奔腾的急湍，却默默地通向大河、汇入海洋。”

# 第十二章　三四十年代乡村小说创作实践的转变

文学，一个古老而常新的话题；乡土，一个不变而永恒的皈依。将乡土寓于文学之中，通过文学来再现乡村，是中国现当代小说创作的一次重大突破。纵观整个现代文学史，乡村小说几乎与现代小说一同诞生，“五四”之后的中国知识分子，无不以乡村为观照对象，去探索民族的命运和前途。

乡村，一个凝固的静态的农业文明的缩影；城市，一个浮华的动态的工业文明的象征，在两种文明不可避免的现代性冲突之中，乡村小说越发凸显其本质意义。五四新文化运动之后，一大批优秀的乡村文学作品相继问世，以鲁迅为旗帜，王鲁彦、许钦文、台静农等为代表的乡村写实小说流派更是独树一帜，影响深远。

有别于其他类型的小说，乡村小说反映的是与城市相区别的乡村日常生活、社会现象和文化氛围，揭示的是农民的喜怒哀乐、精神气质和价值观念。同时乡村小说还描绘了中国乡村曲折艰难的变革过程和中国农民痛苦、动荡的精神历程①。

① 王庆：《现代中国作家身份变化与乡村小说转型》，华中科技大学出版社2007年版，第1页。

三四十年代是乡村小说发展的一个重要时期，也是乡村小说创作实践转变的重要时期，这一时期乡村小说的创作经历了抗战前、抗战时期、抗战后三个阶段。虽然在三个不同时期内，乡土小说始终遵循着文学创作的内在规律而发展变化，但是三个时期乡村小说的不同之处也是显而易见的。究其原因，一是政治风云的变换对乡村小说创作的影响；二是乡村小说自身经历了一个从萌生、繁盛、蜕变、断裂、复归到再度新变的复杂而曲折的递嬗过程①。

抗战以前（1930—1937），以废名、沈从文为代表的乡村小说创作倾向于用抒情的笔调诗化小说，他们的作品有意忽略现实的矛盾和冲突，注重田园风光和乡土人情的描绘，描摹故事人物之间细腻、真挚的感情，小说中体现出对乡村牧歌和恬静淳朴生活的追求和向往。而在抗战时期（1937—1945），面对日本帝国主义的侵略和国民党的官僚统治，此时的乡村小说为了适应抗战的需要，开始向现实性方向转变，乡村小说更多的是反映在日本帝国主义的侵略下，农村人民生活的苦难，以及抨击国民党统治的腐朽和不得人心，这一时期的乡村小说，对文本艺术性的追求大大降低，转向以深沉的笔调，诉说民族的创伤。抗战结束后（1945—1950），国内的阶级矛盾上升为主要矛盾，乡村小说的创作倾向又一次发生了转变，以赵树理、孙犁为代表的作家在强调艺术性的同时，记录了解放区内农民生活的可喜变化，用积极乐观的笔调，抒写了乡村生活的新面貌、新气象。

---

① 丁帆：《中国乡土小说史》，北京大学出版社2007年版，第1页。

## 一、抗战前以废名、沈从文为代表的乡村小说的创作实践

20世纪30年代以前的乡土小说是以鲁迅为代表的乡土写实小说。鲁迅作为中国现代乡土小说的开创者，一方面极力批判未经彻底革命的中国农村落后闭塞的典型环境；另一方面，他着力塑造在这一典型环境中生存、挣扎的中国农民的典型性格。[①]

受鲁迅的启发，活跃于20年代的乡土写实小说流派，始终是站在“五四”启蒙知识分子的立场来书写乡土的，其全部乡土小说都渗透着对“乡土人”那种无法适应现代社会与文化变革的精神状态的真诚而强烈的痛心和批判态度。

总的来说，强烈批判中国农村根深蒂固的封建礼教思想是20年代乡土小说的主轴。但进入30年代以后，一些乡土作家认为，中国乡村是一个复杂的集合体。固然，中国的农村充斥着封建落后的文化氛围，广袤的乡村也没有经历一场深刻的思想变革，守旧的农民还没有系统地接受现代意识的洗礼，但是，中国乡村和农民也有其美好质朴的一面，也有流淌在民族血液之中的亘古不变的最原始的“善”，中国乡村，一方面是顽固不化、愚昧无知、闭塞封闭的代名词；一方面又是中国新一轮复兴强盛不可或缺的载体，于是，以废名、沈从文为代表的京派作家开始以抒情和写意的笔调去描绘另一个乡村。

这个乡村不再是鲁迅笔下野蛮吃人的乡村，而是一个充满诗

---

① 朱栋霖等：《中国现代文学史1917－1997》上册，高等教育出版社1999年版，第41页。

情画意，与畸形而冷漠的都市截然不同的温馨的乡村。废名和沈从文并不将乡村作为彻底批判的对象，相反他们把它看成是精神的家园和一生的皈依。他们站在“古今文化与中外文化的交汇点上，规避激进的时代主流话语，高蹈于现实功利之上；以自身不同流俗的生命感悟与取向别致的现代意识；以‘和谐、圆融、静美的境地’为自己的美学理想”①，创作出了别具一格的具有现代审美特质和永恒艺术价值的中国乡土小说。

二三十年代乡村小说的创作热潮便分野于此，以废名和沈从文等为代表的乡土浪漫和“田园诗风”风格的小说体系，形成了与鲁迅传统的乡土写实风格相对峙的小说格局。

废名，原名冯文炳，字蕴仲，出生于湖北黄梅县城，黄梅是当年佛教禅宗五祖弘忍悟道传法之处，家乡浓厚的“佛禅”文化对废名日后的文学创作产生了很大的影响。废名的小说以“散文化”、“诗化”闻名，他将周作人的文艺观念引至小说领域加以实践，融西方现代小说技法和中国古典诗文笔调于一炉，文辞简约幽深，兼具平淡朴讷和生辣奇僻之美。

沈从文，湖南凤凰县人。原名沈岳焕，字崇文，笔名休芸芸、甲辰、璇若、上官碧等。他出生于行伍世家，身上流淌着汉、苗、土家等民族的血液，湘西秀丽的自然风光和少数民族长期受歧视的历史，使他形成了特殊的气质，既富于幻想，又在心灵上积淀着沉痛隐忧②。

---

① 丁帆：《中国乡土小说史》，北京大学出版社 2007 年版，第 72 页。

② 朱栋霖等：《中国现代文学史 1917—1997》上册，高等教育出版社 1999 年版，第 203 页。

（一）注重人性的真善美，淡化现实的假丑恶

与鲁迅所提倡的“改造国民性”，进而强烈地关注现实不同，以废名、沈从文为代表的京派作家更注重人性的善恶与文本的艺术价值。

“乡土”是中华民族的根，是民族集体无意识的自我认同，彻底否定只会让自己更加迷失，与其毫无目的、隔靴搔痒似的加以改造，远不如提炼其美好的一面加以继承。

京派作家热爱乡村，厌恶都市，把都市看成一个畸形病态、藏污纳垢的地方，在他们眼中，都市人无一不“营养不足，睡眠不足，生殖力不足”。他们认为现代社会堕落的根本原因是人性受到以都市为中心金钱权力的玷污与扭曲，因此要拯救社会的堕落，使国家民族兴旺起来的途径，是让人性的真善美得到恢复与弘扬。因此，在他们的作品中建构了两个相对立的世界：人性被玷污扭曲的城市世界和自然人性依然存在的乡村世界。前者代表人性丑，是作者淡化轻视的对象，后者代表人性美，是作者挖掘弘扬的内容。

沈从文一再宣称：“我实在是个乡下人……乡下人照例有根深蒂固永远是乡巴佬性情，爱憎和哀乐自有它独特的式样，与城市中人截然不同！他保守，顽固，爱土地，也不缺少机警却不甚懂诡诈。”[①] 在沈从文看来，农民既不是满怀豪情的革命者，也不是需要拯救的受难者，反而是解脱精神困境的理想人性的体现者。

所以，他们力求在精心打造的“田园诗化小说”中展现乡野

---

① 沈从文：《从文小说习作选》，上海良友图书公司1945年版，第229页。

素朴的人生形式，在朴素与平淡的故事与情节之中，挖掘和提炼扎根于乡野之间的真善美。

同时，他们有意淡化现实中存在的尖锐矛盾和冲突，推动故事进展的并不是亚里士多德所说的突转，而是某种纯粹的观念、意境、话语和情感。他们描摹人物之间细腻真挚的感情和若有若无的情愫，他们淡化却不忽视现实，而是希望用乡村的清新凉爽之气去洗涤都市的假恶丑。

例如，沈从文的第一篇成名短篇小说《柏子》，就描写了湘西河流的吊脚楼露水夫妻生活，将船夫和吊脚楼妇人的炽热情欲写得活灵活现。小说中，船只一靠岸，船桅上的歌声便响起，妇人把临河的窗子打开，一会儿，这船上唱歌的人就跃上吊脚楼："门开了，一只泥腿在门里，一只泥腿在门外，身子便为两条臂缠紧了。在那新刮过的日炎雨淋粗糙的脸上，就贴紧了一个宽宽的温暖的脸子。"人物对话充满了村野与泼辣，女人责备"悖时的"来得太晚，男人随即与女人打情骂俏。后来又是互表忠贞，女人把柏子随身带的香粉、雪花膏搜光，柏子把积蓄半月一月的铜钱倒光。然后，柏子点燃废绳回到船上，等待再过半月一月的下次欢聚。多么热情而又令人悲悯的乡间生灵①。同样的题材，同样的内容，在乡村写实派笔下绝不会有如此浪漫而温情的相会，必定是暴风骤雨般的批判此类随意偶合的乡村恶习。

以废名和沈从文为代表的30年代乡村小说创作实践，将艺术与人性作为小说创作的最高指南，用朴实无华、简洁通透的语言反映乡村之中淳朴农民的真性情，赞颂那些没有受低俗市井文化所污染的率真与耿直。无疑，废名、沈从文正是借用这种古老

① 沈从文：《沈从文精选集》，北京燕山出版集团2010年版，第2页。

的理想形式来反观现实中人们精神上所缺少的东西，而这种东西正是长期被都市人所遗忘的人性美、人情美。

### （二）叙事风格清新自然，空灵曼妙，不蔓不枝，错落有致

抗战以前（1930—1937），虽然国内政治斗争依旧波谲云诡，变幻莫测，但是并没有上升到面对日本帝国主义侵略时国恨家仇、全民抗战的地步。所以，国内乡土小说创作流派有更多的空间和时间进行写作实践上的创新和实验。不同于20年代初期的乡村小说创作风格的凝重刻板，形式单一，整齐划一，30年代的乡村小说创作更注重写作技法的提升和拓展，整体来看，以废名、沈从文为代表的30年代乡村小说叙事风格清新自然，空灵曼妙，不蔓不枝，错落有致。

废名曾在《桥》中写道："人生的意义本来不在它的故事，在于渲染这故事的手法……"这句蕴含深意的话正好迎合了30年代乡村小说创作实践的大潮，那就是，有意削弱小说的故事性而追求小说的抒情性，对风景和人文环境细致生动的描绘来彰显乡村小说"三画四彩"的内在特质。"三画"指作品中的风景画、风俗画和风情画。"三画"即是乡土存在的具体形象，同时也是描绘乡土存在形象的乡土小说的文体特征。"四彩"是作为"三画"内核的自然色彩、神性色彩、流寓色彩和悲情色彩。"三画四彩"这一美学基调，是现代乡土小说的精神和灵魂之所在。①

可以说，以废名和沈从文为代表的30年代乡村小说创作实践正是对"三画四彩"最完美的诠释。例如，废名写于30年代的长篇乡村小说《桥》就"没有什么故事情节，甚至没有了刻痕

① 丁帆：《中国乡土小说史》，北京大学出版社2007年版，第21页。

清晰的人物性格，有的只是充满诗境、画意、禅趣的一个个场景，是由场景的颗颗珍珠串联起的流光溢彩的小说项链。《桥》写了十年，才完成第一卷的上下篇和第二卷的个别章节”①。小说中文字的喻象之美、意念的跳跃和留白的笔意运用都达到了出神入化的地步。《桥》中随处可见这样的句子：“现在这一座村庄，几十步之外，望见白垛青墙，三面是大树包围，树叶子那么一层一层的绿，疑心有无限的故事藏在里面，露出来的高枝，更如对了鹞鹰的脚爪，阴森得攫人。瓦，墨一般的黑，仰对碧蓝深空。”

这种清新自然、空灵曼妙的叙事风格使整个故事不再像故事，而像一首不蔓不枝、错落有致的小诗或歌谣。这种叙事风格“将浑然天成的自然景物与悠扬婉转的田园牧歌与温情脉脉敦厚朴素的乡村风俗人情相融合，横吹出了一首前现代性的中国宗法乡村社会宁静悠远的情韵并致的牧歌”。

“诗化小说”是形成这种叙事风格的一个重要原因，法国象征派诗人古尔蒙 1893 年提出的观点可以看成是早期诗化小说概念的雏形：“小说是一首诗篇，不是诗歌的小说并不存在。”自此，“诗化小说”这种融合了诗意方式和叙述方式的创作模式，在西方小说史上一直绵延不绝，经久不息。在我国，小说的诗化，始终是乡村小说创作不可忽视的倾向。

诗化小说具体表现在：一是情节要素并不像传统小说那么强，没有或很少有推动情节发展的矛盾冲突，人物命运突转的事件发生时，作者也不按既有的叙事习惯依次追问事件性质、怎样发生、为何发生。二是没有严谨刻意的结构追求，全篇不见设计

① 废名：《桥·桃园》，复旦大学出版社 2006 年版，第 3 页。

的机巧与组织的匠心，笔调灵活、自由，形式美妙多姿。诗的元素对小说呈一种内在的渗透和化入，使小说具备了事外有远志、言外有余味、篇章之外有神韵的审美特质；三是诗化小说的文本重心由叙事转向了抒情。小说从诗中汲取灵感、意象、情调、意境，作家在创作中渗透感情、凝结诗意，抒情性成为诗化小说重要的艺术特质与审美优势。①

### （三）将“乡土精神”作为重塑民族灵魂的重要手段

乡土精神，本质上说是一种构建民族心灵的精神，是重塑民族灵魂的重要手段。与乡土写实流派不同，30年代的乡村小说，希望通过乡村世界的人性美、人情美来重塑支离破碎、满目疮痍的民族灵魂。以废名、沈从文为代表，活跃于30年代的乡村小说作家，多数并不居住在乡村，他们更像一个人远离故乡的游子，终日在喧嚣的都市奔波，看尽了商人的唯利是图，市民的趋利避害，官场的尔虞我诈，战场的血肉横飞，城市就像一个罪恶的熔炉，终日浓烟滚滚，火光冲天。

这个时候，宁静平和、与世无争的乡土在作家看来，更像是一个心灵的家园，一种永恒不变的精神皈依。

废名、沈从文所提倡的乡土精神还是一种归隐精神，30年代的乡村小说创作体现了中国传统文学特有的“世外桃源”模式。几千年来，中国文人始终有一个幻想，幻想一个没有剥削、纷争、压迫，人人自得其乐，自给自足，人与人之间和睦相处的理想社会，这集中体现为陶渊明笔下的“桃花源”。他们“试图

① 张学敏：《论废名田园诗化小说的精神指向》，《天水师范大学学报》2009年第4期。

抛开一切尘世的烦恼，用浪漫抒情的笔调来构建一个田园牧歌式的世外桃源，用幻想编织如诗如画之梦境，以此来与人生的悲苦相抗衡”①。

沈从文声明：“我还得在‘神’已解体的时代，重新给‘神’作一种赞颂，在充满古典庄严与雅致的诗歌失去光辉和意义时，来谨谨慎慎作最后一首抒情诗。”②《边城》正是“桃源”模式的最好体现，它美到极致，纯到极致，善到极致，也让人感伤到极致——它是为湘西的传统，也是为乡土中国的传统而写的一首奇美的挽歌。③

《边城》中，地处湘川黔三省交界的边城茶峒，青山绿水，美不胜收。秀丽的自然风光教化着茶峒白塔下两个相依为命的摆渡人。外公年逾古稀，却精神矍铄。翠翠情窦初开，善良而清纯。他们依着绿水，伴着黄狗守着渡船，向来往船客展示着边城乡民的古道热肠。沈从文以诗情洋溢的语言和灵气飘逸的画面勾画出的这新奇独特的“边城”，是一个极度净化、理想化的世界，一个作者笔下的世外桃源，是灵魂最后的归属。

20年代的乡村小说同样关注民族灵魂的重构问题，但显然，他们的重塑更多的是在剥离“乡土”的前提下进行。乡土曾为30年代乡村小说重塑民族灵魂的载体，而在20年代的乡村作家群看来，乡土正是重塑灵魂的负担。造成两者泾渭分明的一个很重要的原因，在于他们所采用的关注视角不同。

---

① 沈从文：《沈从文文集》第十卷，花城出版社1983年版，第294页。

② 朱栋霖等：《中国现代文学史1917－1997》上册，高等教育出版社1999年版，第263页。

③ 陈龙霖、黄德志：《论京派作家的古典主义情结——以废名、沈从文、汪曾祺为例》，《现代文学》2010年第6期。

从20世纪20年代开始，城市视角率先在乡土小说中崭露头角，城市视角是指："它以现代城市文化的观念去看待评判农村生活，是一种新的文化视角。他是在于乡村的对照中确立的，它用城市的丰富性、变化性、新的道德原则、新的人际交往方式和新的感情去比照农村，从而发现农村与城市的差别与差距。因其带有强烈的现代意识和理性色彩，所以对基本滞留在封建社会框架下的农村给予更多的理性审视和批判。"

而废名、沈从文等是从"人文视角"来抒写乡村，他们的作品尊重人，肯定人，赞颂纯美的人性，主张在乡土中国的文化记忆中艺术化地呈现人的尊严、和谐的生命境界和永恒的价值。

## 二、抗战时期以沙汀、易巩为代表的乡村小说的创作实践

1937年7月7日夜，侵华日军在距北平（今北京）十余公里的卢沟桥附近进行军事演习。日军谎称有一名士兵失踪，要求进入宛平县城搜查，遭到拒绝后，就向宛平县城和卢沟桥开枪开炮。七七事变的爆发，标志着日本帝国主义开始全面侵略中国，不可避免的，日本的侵略也给三四十年代的中国文学带来了显著的变化。

在抗战期间，中国的乡村小说创作也出现了新的变化，面对大环境的改变，乡村小说创作群体不再远离政治，面对日本帝国主义侵略，面对国民党反动官僚的统治，乡村小说作家奋笔疾书，开始强烈地关注现实，在中华民族生死存亡的关头，此时的乡村小说创作实践一边倒向为抗战服务，用深沉的笔调，诉说民族的创伤。

在30年代乡村小说创作中大放异彩的废名、沈从文开始被主流所疏离，废名、沈从文的主张是远离政治，为艺术而艺术的，但抗战爆发以来，主流话语显然是要强调抗战的。40年代的乡村小说脱不开这个历史大背景，为抗战服务，为政治服务。从30年代到40年代，乡村小说创作实践由此发生了很大的改变。30年代末，甚至引发了一场现代文学史著名的“与抗战无关论的”批判。

1938年，梁实秋应邀主编内迁重庆的《中央日报》《平明》副刊。创刊伊始，梁实秋照例刊出一则《编者的话》。鉴于这段文字是论争的起源和焦点，兹照录如下：

> 文字的性质并不拘定。不过我有几点意见。现在抗战高于一切，所以有人一下笔就忘不了抗战。我的意见稍微不同，于抗战有关的材料，我们最为欢迎，但是与抗战无关的材料，只要真实流畅，也是好的，不必勉强把抗战截搭上去。至于空洞的“抗战八股”，那是对谁都没有益处的。

在当时的特殊背景下，梁实秋被左翼文人群起而攻之，即使梁实秋敏锐地察觉出了当时文学创作的弊端，但40年代的乡村小说创作已经和30年代迥然有别。

抗战时期是一个特殊的时期，乡村小说开始以“革命视角”参与叙事，随着抗战不断深入，乡村小说中的革命视角也在不断强化，虽然革命视角在一定程度上损伤了作品的文学性和审美特征。

沙汀，原名杨朝熙，后改名杨子青，曾用笔名沙汀、尹光，四川安县人。早年曾经参加革命，后来流落于上海与艾芜相遇。

沙汀是一位深受俄国文学影响的作家。普希金、果戈理、契诃夫等都曾对他的创作产生过不同程度的影响。沙汀在学习外国作家方面，特别注重学习其写实精神、批判讽刺精神和人道主义精神。陀思妥耶夫斯基沉雄的笔调，契诃夫幽默的风格，以及果戈理包涵讥讽的语言等，都在沙汀作品中留下了深深的印记。[①]

易巩，原名梁植涛，笔名梁韵松、梁易巩，广东南海人。他主要从事散文、小说创作。30 年代初期，他在中学读书时，在他的老师——一位共产党人龚明的影响之下，开始阅读进步书刊，参加进步社团。1933 年被国民党反动当局逮捕，判刑 10 年。抗战爆发之后，在郭沫若帮助之下，于 1938 年出狱，过了整整 5 年的铁窗生活。出狱之后，他立即投身于抗日救国的宣传工作之中。不久，投笔从戎，到原 19 路军将领华振中任旅长的国民党军队做文书工作。1939 年至 1940 年，他随这支部队驻扎在粤东地区。

（一）文学服务于抗战的创作观念达到了空前的统一

经过 30 年代相对自由的文学创作阶段，到了 40 年代，文学在全民抗战、同仇敌忾的形势下，表现出统一的步调和普遍高昂的爱国热情，群众性、小型化的创作盛极一时。“卢沟桥事变”，改变了中国历史的进程，“民族命运”问题占据了社会生活和时代的首要位置，“个人”与“社会”的问题及分析都退居其次了[②]。因此，40 年代的乡村小说创作实践也不得不首先满足于全

① 朱栋霖等：《中国现代文学史 1917－1997》上册，高等教育出版社 1999 年版，第 263 页。

② 同上，第 255 页。

民抗战的要求，适应抗日民族统一战线所发起的这一创作浪潮。在这个特殊的时期，文学观念达到了空前的统一，绝大多数作家以民族、国家为重，用文学为抗战服务，各个题材的文学创作有了共同的爱国主义主题和昂扬乐观的气息，致使作品风格也十分的接近。

40年代的乡村小说不同于30年代的田园牧歌，面对日本帝国主义的步步紧逼，乡村已经是抗日不可或缺的重要阵地，所以，此时的乡村小说旨在激发广大人民抗日的激情，揭露侵华日军对中国农村所犯下的罄竹难书的罪行，描绘日军的残暴和丧尽天良，号召人民在艰苦卓绝的环境下，万众一心，众志成城，决不妥协，用鲜血捍卫每一寸山河土地。

易巩的《杉寮村》是抗战时期潮汕地区农民痛苦生活的缩影。小说以客家山村贫苦农民张二婆一家的悲惨遭遇为主线，真实地描写了抗战时期，日本侵略者侵占了汕头、潮阳之后，给潮汕人民带来了无比的痛苦和深重的灾难。日本侵略军虽然只占领汕头、潮阳等地，但他们的铁蹄却踏遍了潮汕广大地区，就连远离潮阳的丰顺山区，也难逃其魔爪。

小说真实地描绘杉寮村在日本鬼子的抢掠之后，贫苦农民在饥饿的死亡线上挣扎的悲惨情景。他们成熟了的晚稻被日军的“布袋队”抢割一空，壮丁被抓走，耕牛被拉去，到了来年春播，贫苦农民一无稻种，二无耕牛，三无劳力。地富趁机提高利息和租金。到了春末夏初，青黄不接之时，奸商又抬高粮价，乡绅、豪商互相勾结，套购平粜米，非法走私给台湾商人。早稻即将成熟了，老天爷又瞎了眼，刮起了强台风，一夜之间，将满田金黄的稻穗，摔打得颗粒无存。农民们眼睁睁看着那即将到手的饭碗被砸了个稀巴烂。人祸、天灾，逼得杉寮村的贫苦农民走投无路，他们只能用野菜、树叶和“黄狗头”（一种植物）来充饥，有人水肿，有人发疯，展现出一幅惨不忍睹的画面[①]。

同时，小说还揭露了国民党统治下严重的政治腐败问题。国难当头，粮食奇缺，粮价暴涨，人民三餐难以为继，终日在饥饿的死亡线上挣扎。而本应缓解人民疾苦的平粜米也被某些别有用心的人所利用，不仅不能缓解民众的燃眉之急，反而是火上浇油。国民党政府拨出粮食给基层政权去平粜，而那些基层的负责人，却连这杯水车薪的粮食也不愿意给予民众。他们与奸商互相勾结，狼狈为奸，并且贿赂军队，把平粜米走私到敌占区，大发国难财，逼得饥民起来造反。

40年代的乡村小说有很多是典型的服务于抗战的小说，虽然它们在当时发挥了重要的作用，但是不得不说，这些作品在艺术上也有许多不足之处，一是人物形象过于单一，二是故事主题稍欠深刻，但是鉴于当时的历史环境，也不能求全责备，过于苛刻。

### （二）叙事风格凝重深沉，饱含深情，辛辣讽刺，力透纸背

抗战时期乡村小说创作风格转向日趋明显，不同于30年代以废名、沈从文为代表的乡村小说叙事风格清新自然，空灵曼妙，不蔓不枝，错落有致。40年代的乡村小说创作风格受到战争的影响，面对民族的伤痛和战争的创伤，乡村小说叙事风格凝重深沉，饱含深情，辛辣讽刺，力透纸背。

一方面，面对民族在异族入侵时所遭受的苦难表达深切的同

① 王佩娟：《一部反映抗战时期潮汕人民痛苦生活的力作——论易巩的〈杉寮村〉》，《中山大学学报》1995年第2期。

情，抒写广大人民群众在极端艰苦的条件下，依旧为了民族、国家而不怕牺牲，甘愿奉献；另一方面，面对国统区腐败的统治现实，面对一群以全民抗战为幌子，实际上是想趁机大发国难财的投机分子，给予毫不留情的讽刺和批判。

强烈关注现实和积极为抗战服务很难让40年代乡村小说像30年代的乡村小说那样闲适幽雅，意境高远。但也不同于20年代乡村小说写实流派不遗余力地批判封建礼法制度和乡村的愚昧。鉴于抗战时期广大农村是抗日的重要战场，考虑到广大农民是决定抗日战争最后胜利的关键，所以，这一时期的乡村小说，在描绘农村时既避免了20年代盲目的批判，也有别于30年代乡村小说一味的抒情。

沙汀的《在其香居茶馆里》就是40年代乡村小说的代表。小说以明暗两条线交织而成。明线是以旁观者的角度真实地描写了四川农村回龙镇上两个头面人物联保主任方治国和土豪邢幺吵吵为抽壮丁的事而在其香居茶馆里的一场争吵和殴斗。暗线是虚写抗战时期国民党统治下地方政权的腐败和贪官污吏的勾结。作品以战时后方的兵役黑幕为题，借联保主任方治国和地方粮绅士邢幺吵吵之间的争吵，喜剧性地讽刺了地方乡绅势力飞扬跋扈、阴险狡诈的面目丑态。联保主任和邢幺吵吵这两个人物形象，是沙汀讽刺作品里的两个典型，相比于张天翼笔下那种抓取讽刺对象的某一点，然后加以主观夸张、放大式的喜剧手法，沙汀在此更善于运用客观性的白描手法，抓取人物带有心理内容的典型动作、语言，从深处挖掘出其丑恶性格，同时将人物置于周围的社会环境、事态人情中加以冷静地审视，最终赋以不动声色的讽刺形式，这是沙汀讽刺小说的创作特色①。

在沙汀的小说中，讽刺的鞭子虽然抽打在各色各类的社会渣滓身上，而批判的锋芒却是直接或间接指向黑暗的社会现实和社会制度，这就使他的讽刺既有别于某些漫画式、闹剧式的讽刺作品，也超越了一般的社会道德谴责和爱憎感情，而是让人们看到了形成讽刺对象的社会制度必然毁灭的命运。

以沙汀、易巩为代表的40年代乡村小说，对三四十年代国民党统治区现实政治黑暗的暴露，以及对于人们的苦难、愤怒和反抗情绪的表达方面；在表现解放区人民的生活斗争以及对于解放后农村社会主义新人的刻画和讴歌方面；在坚持现实主义真实性，写出个性鲜明而又有深刻概括意义的人物形象和艺术形式上的追求方面；在短篇小说体裁的运用和富有特色的四川农村风俗画的绘制方面等，都取得了较高的成就，从而为中国现代文学史的历史画卷提供了新的画幅。

### （三）艺术水准有所下降，文学创作存在主题先行的弊端

虽然40年代乡村小说创作依旧繁荣，而且乡村小说和创作乡村小说的作者都不在少数，但不得不承认，这一时期的乡村小说较之二三十年代的乡村小说还是有自己的不足。客观上来说，面对日本帝国主义的侵略和国民党腐朽的统治，国内环境已经大不如前，许多作者颠沛流离，他们很难有一个安静的场所和思考的空间进行艺术价值较高的乡村小说创作；从主观上来说，面对国恨家仇和中国人民所蒙受的苦难，这时的乡村小说创作群体都

① 曹万生主编：《中国现代汉语文学史》，中国人民大学出版社2007年版，第272页。

热切地希望为抗战服务，短平快的创作手法被大量运用。

这一时期的乡村小说人工斧凿的痕迹历历在目，过分强调文章的革命性在不同程度上损伤了作品的文学性和审美特征。

主题先行是指根据政治需要，先确定所谓的“主题”，然后再根据“主题”的要求填进“人物”和“情节”，使“主题”得以表现的一种文学创作方法。这种方法由于是从概念出发代替从生活出发，直接违背了文学源于生活的一般创作规律，使文本的艺术价值大大降低。

从某种程度上说，40 年乡村小说创作实践也存在这一问题，在此时的乡村小说创作中，作者的主观倾向明显，主题稍显直白，远远没有达到二三十年代的乡村小说的艺术水准。

虽然 40 年代的乡村小说质量有所下降，但是此时的乡村小说也有其他时代所没有的特点，以沙汀、易巩为代表的 40 年代乡村小说创作群体，虽然没有在艺术史上留下浓墨重彩的一笔，但是他们以实际行动为抗日战争作出了不可磨灭的贡献。

## 三、抗战后以赵树理、孙犁为代表的乡村小说的创作实践

经过八年艰苦卓绝的抗日战争和三年波澜壮阔的解放战争，在中国共产党的带领下，中国人民推翻了封建主义、帝国主义和官僚资本主义三座大山，一个崭新的中国屹立于世界民族之林，抗战和解放战争后，中国结束了长期动乱的局面，从此中国在政治经济上都发生了深刻的变化。

面对大环境的改变，此时的乡村小说也步入了崭新的局面，抗战和解放战争时期为政治服务的大潮已经落幕，此时的乡村小

说创作群体开始新的写作体验。新中国成立伊始，百废待兴，此时的中国，特别是中国农村出现了几千年来从未有过的崭新局面，虽然广大农民依旧处在贫困之中，但是中国的农村无不洋溢着一股乐观昂扬的精神，中国的广大农民无不对在中国共产党领导下的中国充满希望。

以赵树理、孙犁为代表的乡村小说创作，出现了以往没有的新特征新思想新技法，抗战后的乡村小说与20年代以鲁迅为首的对苦难乡村的阴冷展示，与以往沈从文为首的对田园乡村的咏叹，无论是题材选取与处理，还是叙述者的文化身份，都存在质的差别。

虽然这一时期，毛泽东《在延安文艺座谈会上的讲话》已经得到了彻底贯彻，《讲话》在文艺与政治的关系论述中，尤其强调文艺从属于政治，并提出政治标准第一，艺术标准第二的指导思想，面对这一指示，乡村小说创作也不可避免地向其靠拢。但是以赵树理、孙犁为代表的乡村小说作家，并没有以牺牲艺术价值为目的去迎合政治，经过他们的努力尝试，仍有许多作品有很高的文学审美价值。

这一时期，以赵树理、孙犁为代表的乡村小说创作显示了他们的特色。他们的笔下少有叱咤风云的传奇式英雄。他们注重从平凡的人，从平凡的场景中反映时代巨大的变化；对农村中进行的翻天覆地的斗争爱作侧面的描绘。因而从新民主主义革命到社会主义革命、建设时期，他们紧密配合党的路线、政策而辛勤操笔，常常把笔点在普通农民的家庭、爱情纠葛上，点在一般工作和日常的劳动场景的人与人的矛盾冲突上。他们极注意深入农民的生活，发掘其内心深处的活动与变化，通过刻画“人变了”极富有生活情趣的描写，深刻地显示出时代巨人前进的步伐。

赵树理，原名赵树礼，山西沁水县人，出生于一个贫苦农民家庭。他的父亲是农村识字人，酷爱地方戏曲上党梆子等民间音乐，劳动之余还常帮人看病、测卦。赵树理的许多邻里都是民间艺术组织“八音会”的成员，这使他从小便受到民歌、歌谣、鼓词尤其是评书和地方戏曲等民间艺术的熏陶，自幼年就醉心于此，直至终生。[①] 40年代进入创作的黄金时期，《小二黑结婚》(1943)、《李有才板话》(1943)、《李家庄的变迁》(1946)等的创作和发表，奠定了他在新文学史上的重要地位。

孙犁，原名孙树勋，河北平安人。早年流寓北京，并开始在《大公报》上发表文章。抗战时期主要在冀中地区从事抗战文化工作。1944年到延安，在鲁迅艺术学院工作和学习，发表了《荷花淀》、《芦花荡》等作品。1949年后，在《天津日报》工作，同时继续文学创作，出版了小说散文集《白洋淀纪事》，长篇小说《风云初记》，论文集《文学短论》等。晚年主要写作散文和评论。[②]

### （一）歌颂农民的新生活、新思想，描绘农村的新面貌、新气象

伴随着解放战争的全面胜利，中国乡村小说又跟随着时代的步伐发生了新的变化，中国乡村小说的创作实践又一次发生了重大变化。此时的乡村小说创作实践与五四以来的农村题材相比，无论从思想内容、叙事手法、人物塑造等方面都已经迥然有别，

---

① 朱栋霖等：《中国现代文学史1917—1997》上册，高等教育出版社1999年版，第329页。

② 丁帆：《中国乡土小说史》，北京大学出版社2007年版，第177页。

此时以赵树理、孙犁为代表的乡村小说既不是鲁迅笔下毫无生气的“未庄”世界，也不是茅盾、叶紫等人作品中黎明与黑暗频繁替代的峥嵘岁月。赵树理、孙犁等人笔下的农村，共产党领导的政权普遍建立，人民当家做主已成现实，新的政权形式，新的经济利益分配关系和新的文化意识导向，共同构成了农村的新时代。

此时的乡村小说创作群体已经敏锐地捕捉到了时代的变迁，中国已经不是被三座大山压迫的中国，中国的农村迎来了新的发展契机，此时的中国农村，不再是解放前凋敝衰败的农村，而是处处欣欣向荣，发展方兴未艾。

以赵树理、孙犁为代表的 40 年代后期的乡村小说创作实践，虽然仍是以抗战或解放战争为作品的大的时代背景，但毋庸置疑，此时的乡村小说的重点已经发生了转移，为抗战和解放战争服务的目的已经大大缩减，作家们开始歌颂农民的新生活、新思想，描绘农村的新面貌、新气象。

“新生活”，预示着赵树理、孙犁等的小说所表现的主题内容将是有别于“五四”启蒙主义和人道主义视角的以工农大众的解放为前提的乡土小说内容新质的重构；“新思想”，预示着统治中国农村几千年的旧的封建观念的崩溃和新的以马克思主义为核心的进步观念在中国农村的普及。“新面貌”，预示着中国农村将彻底摆脱积贫积弱的局面，将彻底结束被人奴役的历史，中国农村将以崭新的面貌出现在世人面前。“新气象”，预示着中国农民的心理状态也同样发生了翻天覆地的转变，积极乐观，昂扬向上成为中国农村的新气象。

在赵树理于 1945 年写成的《李家庄的变迁》中，就着重抒写了农民的新生活、新思想，也着重描绘了农村的新面貌、新气象。小说以李家庄的变迁为主题，揭示中国农村正在发生的变化。中国农村已经开始出现一些新生活、新思想、新面貌和新气象。

主人公铁锁是作者精心塑造的人物形象。他是李家庄的外来户，一个勤劳、忠厚、憨直的贫苦农民。他安分过日，却遭到地主李如珍、小喜、春喜等人的欺压迫害，以致破产，为养家糊口去太原做工，又受到军阀欺凌。在共产党员小常的帮助下，他提高了觉悟，团结群众，与地主展开正面斗争，并在斗争中逐渐成长，后来参加了八路军，走向了武装斗争的道路。通过铁锁的个人生活的线索寓于整个李家庄的变化之中，将抗日战争作为大背景，叙述了农民与地主的斗争取得的阶段性的胜利，同时通过李家庄的变迁说明中国乡村未来发展的必然趋势。

### （二）叙事风格热烈轻快，简约易懂，积极乐观，昂扬向上

1945 年之后，随着国内政治形势的变化，中国乡村也经历了从国民党的全面溃败到共产党政权的逐步建立这么一个急速转变的过程。乡村小说的内容也转变为歌颂农民的新生活、新思想，描绘农村的新面貌、新气象。

主题和内容的转换，必然伴随着小说创作手法的转变，此时的乡村小说叙事风格不再如抗战时那么凝重深沉，而是在笔调之中流露出一种新的憧憬，新的希望。总的来说，此时乡村小说的叙事风格热烈轻快，简约易懂，积极乐观，昂扬向上。

热烈轻快是指中国广大农民翻身做了主人，中国的农民彻底自由了，中国农民面对之前从未出现过的新情况，面对农村即将到来的新时代，他们的心里有无比的热情，战争的创伤渐渐地愈合，此时的中国农民向往着真正的幸福生活。所以，此时的乡村小说作品基调不再像以前那么阴郁，而是用热烈轻快的笔调去抒写中国广大农民的新生活、新变化、新思想。

简约易懂是此时乡村小说追求的语言的大众化、通俗化。由于受到毛泽东《在延安文艺座谈会上的讲话》的影响，文学创作要为工农兵服务，要用工农兵的语言而不是用精英的语言。赵树理也将自己的小说接受对象定位为没有什么文化的农民，他自然首先考虑到他们的审美惯性和可承受的能力，而农民的要求就是故事连贯到底，语言通俗易懂。

积极乐观是指经过几十年国内政治的动荡，中国农民的心理得到了极大的锻炼，面对外敌入侵，他们拿起武器奋起反抗，面对反对派的压迫，他们也绝不任人宰割，经过几十年的风风雨雨，特别是抗日战争和解放战争，此时的中国农民看待事物更加积极乐观，这就要求乡村小说用同样的笔调去抒写农民的心理。

昂扬向上是指中国农村的面貌已经焕然一新，中国农民渴望在共产党的带领下，建设自己的美好家园，过上千百年来中国农民没有过上的好日子。中国农民这种昂扬向上的精神，是以赵树理、孙犁为代表的乡村小说必须要传递的时代精神。

孙犁的作品《荷花淀》就是这种最具代表性的作品。作品写的是抗日战争胜利前夕冀中人民的斗争生活。小说虽然涉及了战争，但只是把人民英勇抗击日寇的战争作为故事背景，侧重描写男女主人公美好心灵和质朴纯洁的精神世界；侧重描写在中国共产党的启发下，中国农民身上发生的变化。全篇四个场面："月夜织席"，充满诗情画意的开篇文字，为整篇作品奠定了纯净、澄澈的基调。"夫妻话别"，于似水柔情之中显出刚毅的万般情怀，抒写简洁利落，耐人寻味。"途中遇险"，是新农村女性的立体展示。"苇塘歼敌"，经过战斗洗礼的女人们，"因过于刺激和兴奋，她们又是说笑起来"。她们不仅亲眼目睹了丈夫的英勇，也油然涌起一种从未有过的自信与自豪。

（三）塑造了“新一代”农民的典型形象

既然此时的乡村小说旨在歌颂农民的新生活、新思想，描绘农村的新面貌、新气象，那么在艺术手法上就突出地表现在塑造“新一代”农民的典型形象上。1945年—1949年间，获得解放的或即将解放的中国农民，不再是20年代乡土写实流派笔下愚昧无知的农民，也不是沈从文、废名笔下自我封闭、与世无争的农民，此时的农民是充满热情的农民，是对自己家园建设有着无比热忱的农民。

在共产党耐心的教育下，中国农民开始了从封建意识到现代唯物主义的转变，中国农村涌现了一大批拥护马克思主义和共产主义的新人。这些新人的性格突出地表现了新时代农民的诸多特征。他们一方面如饥似渴地接受新思想，新意识，一方面同根深蒂固的封建顽固思想作斗争。在斗争中，新一代农民敢爱敢恨，而且敢于斗争，善于斗争，他们意志坚定，目光远大，不达目的誓不罢休。他们性格坚毅，又韧性十足，他们情感丰富，内心淳朴。

以赵树理、孙犁为代表的乡村小说创作在塑造新一代农民形象的同时，用包含善良的调侃、嘲弄，达到对封建旧意识、旧思想、旧观念的批判。郭沫若认为赵树理的小说有“新的天地，新的人物，新的感情，新的作风，新的文化”。《小二黑结婚》中的小二黑与小芹，《李有才板话》中的李有才，《李家庄的变迁》中的铁锁，《孟祥英翻身》中的孟祥英，《小经理》中的三喜，《传家宝》中的金桂等，都是新一代农民的典型形象。他们有的在推翻农村封建主义统治的斗争中发挥了生力军的作用，有的在翻身后的新生活中显示了勇于开拓的才能。对于这些新人物，新力量，新思想，新现象，赵树理等在他的小说中进行了热情洋溢的赞美。

在赵树理小说《孟祥英翻身》中，主人公孟祥英在做了妇救会主任之后，就积极组织妇女开会，领导妇女解放，“反对婆婆打骂，反对丈夫打骂，提倡放脚，提倡妇女打柴、担水、上地，和男人吃一样饭干一样活，要上冬学……”对婆婆的担心，孟祥英“并不在意”，在党的工作人员的领导下，工作开展得很顺利。虽然有时也会“拿不定主意”，但孟祥英坚信把她从家庭牢狱中解放出来的组织。她身体力行，一心扑在工作上，最终干出了成绩，领导妇女完成了解放自身和生产自救的斗争，并成为“自己带动又能推动别人的度荒能手”。

从孟祥英这个原为封建家庭中的受苦受难者，默默无闻的妇女，后来翻身成为影响全县的女劳动英雄的经历中，赵树理成功地塑造了一个新人形象。同样的，《李有才板话》中的李有才清醒冷静，深沉老练，幽默风趣，表现了对封建势力的轻蔑和反抗，对前景的乐观精神和他的天才和智慧，赵树理在这个农民身上挖掘出了崇高的性格美。

# 第十三章　战时内迁贵州的难民生存状况探析——以蹇先艾战时作品人物为例

## 一、概　述

1937年卢沟桥事变后，日本全面侵华，中国人民开始了艰苦卓绝的八年抗战。八年中，中华民族蒙受了深重的灾难，中国人民的生命和财产受到了严重的损失，大批沦陷区人民为了逃避战火，沦为难民流亡到西部各省特别是西南云、贵、川三省，形成了从抗战开始的大规模人口内迁，成为中国现代史上短期内人口多、规模大的人口迁移。

在整个难民内迁过程中，由于贵州的地理位置特点和交通运输优势，贵州在几年内由于大量难民内迁，人口发生急剧增长，并对贵州的经济社会发展等方方面面产生了巨大的影响。据不完全统计，“1936—1944年贵州人口由991.88万人发展到1082.72万人，净增90.8万人，平均每年净增11.3万人。”①

---

① 黄文：《抗战时期贵州人口变迁对社会的影响》，《贵州文史丛刊》2009年第3期。

同时，内迁贵州的难民职业构成也极其复杂，几乎社会各个阶层，每一种行业都加入了迁移的行列，有工人、农民、学生和知识分子、地主、小工商业主、城市市民和小手工业者、沦陷区的政府工作人员、军警人员及其家属和社会其他人员等。“据赈济委员会代委员长许世英1938年的统计比例是：文教界55%，党政及国营事业21%，商人16%，工人6%，农民2%。”[①] 其中知识界人士、党政军界、工商业者等占大多数。抗战爆发后，上千家大大小小、规模不一的民营、国营和军工企业也相继迁到大后方，随之内迁的还有大量的企业家、管理人员与技术工人。这些技术工人和专业人员来到贵州后，由于文化背景、风俗习惯、政治立场等的不同，对贵州人民的生活方式、抗日救亡运动等产生了极大的影响，为贵州工业建设和民族融合、抗战胜利打下了坚实的基础，同时也对贵州战时、战后的建设发展起到了重要的推动作用。

为保存中华民族教育精华免遭毁灭，华北及沿海许多大城市的大批高等学校和科研机构纷纷向以重庆、昆明为中心的西南地区内迁。据不完全统计，抗战八年间，迁入云南的高校就有10余所，迁入贵州的就有私立大厦大学、国立浙江大学、国立广西大学等，而先后迁往西南地区的高等学校达90余所，占战前中国高等学校的80%多，其中最著名的有国立北京大学、国立清华大学和私立南开大学联合而成的国立西南联合大学。大量专家学者、著名的文化人也相继迁移到西南地区。高校的内迁及大批文化界精英涌入贵州，大大提高了西南地区高校的师资水平和办学质量，

① 黄文：《抗战时期贵州人口变迁对社会的影响》，《贵州文史丛刊》2009年第3期。

促成了贵州高校如雨后春笋般不断发展起来，推动了贵州高等教育及文化事业的发展。

返观20世纪上半期中国新文学作家群，贵州籍作家寥寥可数，蹇先艾几乎是一颗孤星。其创作中缠绕的“贵州情结”，是彰显其创作个性和价值的重要因素，理应受到关注。在文学创作上，以数量众多的作品、最深厚的感情献给了旧贵州这片贫困而苦难的土地和在这片土地上生活着、挣扎着的人们。在他笔下涌现出的众多人物，如挑夫、滑竿匠、盐巴客、农妇、小职员、女艺人、内迁难民等，对于他们的痛苦生活与不幸遭际，作家不仅作了忠实的记录和典型的反映，建构了作家独特的贵州乡土的艺术世界，更对他笔下的人物寄予了深切的同情，表现出作家的良知和人道主义的关怀，因而曾经感动过无数读者；一些乡土作品，至今也没有失去艺术的魅力。

蹇先艾，生于1906年，贵州遵义老城人，1931年毕业于北平大学法学院经济系，获法学学士学位。其代表作有《水葬》、《盐巴客》、《乡间的悲剧》、《在贵州道上》等短篇小说。他的作品风格简朴，描写对象多为贵州边远地区的下层劳动者，乡土气息浓郁，真实地表现了旧中国贵州山乡的风土人情，曾被鲁迅誉为“乡土作家”。他与谢六逸、李青崖等人在贵州合办以宣传抗战为中心的《每周文艺》。1945年3月主编《贵州日报》副刊《新垒》，同时担任中华文艺界抗敌协会贵阳分会理事。

在本文中，笔者拟观照蹇先艾作品《两兄妹》中洪生、华芷两兄妹一家、《“苍蝇纸”》中叫卖苍蝇纸的外省太太、《牧牛人》中牧牛人王全德、《乡村一妇人》中租住在王老奶家中的外省阔太太一家、青年女教师等流亡到贵州农村的几个代表人物，通过探析他们的生活状况，了解抗战时内迁难民与贵州人民的现实关系及对贵州农村经济社会发展带来的影响。

## 二、难民内迁贵州的原因

### （一）时代原因

抗日战争爆发后，随着日本帝国主义侵略的不断扩张，东三省失陷，华北告急，华东乃至华中、华南的部分地区相继沦为战区，无数中国平民丧身于敌人的铁蹄之下，更多的普通百姓家园被毁，他们为躲避战火，或因不愿做亡国奴而被迫迁徙他乡，沦为难民。我的家在东北松花江上，那里有森林煤矿，还有那满山遍野的大豆高粱……“九一八”，“九一八”，从那个悲惨的时候，脱离了我的家乡，抛弃那无尽的宝藏，流浪！流浪！整日价在关内流浪！《松花江上》的这些歌词，向我们倾诉了日本军队给中国人民带来的伤痛，也让我们清楚地了解到日军侵华是当时难民内迁最重要的原因。随着大片国土的不断沦陷，国民党当局政府也由南京迁至重庆，重庆成为战时国民政府的陪都，国民党党政军首脑机关及各单位，沦陷区的厂矿、文教团体、学校亦纷纷内迁西南，由此带动了大量难民涌入西南地区。

此外，抗战前后发生大量的灾荒也使当地百姓无法生存，逼得背井离乡，形成大量的难民。如 1931 年的全国性大涝，受灾范围涉及 16 省，其中江淮流域 8 省受灾面积达 944.67 万公顷[①]，1938 年黄河花园口决口所引起的逃荒潮，据统计泛区豫皖苏 3 省

① 孟丽、张瑞静：《全面抗战时期灾荒状况与农村人口迁移》，《时代文学》（下半月），2007 年第 1 期。

共有3911354人被迫漂流异乡，占原有人口总数的1/5强，其中河南泛区1172639人；安徽泛区2536315人；江苏泛区220240人。1942年至1943年的华北大旱灾，这次旱灾波及范围，南至鄂北皖北，北至京津，东濒大海，西迄峭山吕梁山，形成数十年未有的奇荒，[①] 这些受灾群众或逃往邻近乡区、城市，或逃往西部各省，成为了内迁贵州的难民中的一部分。

（二）贵州的地理因素

贵州地处云贵高原，东靠湖南，南邻广西，西毗云南，北连四川和重庆。自古以来都因为其重要的军事战略地位而成为兵家的必争之地。古人对贵州的地理位置和山川形势作了这样的描述：

居天下西南，东阻五溪，西控六诏，南连北粤，北距三巴。上则盘江旋绕，下则舞溪顺流。关雄虎踞，路绕羊肠。穷地之险，极天之峻。一人荷戟，万夫趑趄。坤位雄都，边陲厄塞，滇楚锁匙，蜀粤藩屏。[②]

道路艰险、易守难攻就成为兵家眼中贵州的代名词。同时，贵州自古以来都较为贫瘠、荒凉、落后，都没人愿意到贵州做官，但明朝廷仍在贵州建省，就是因为贵州极其重要的军事战略地位——滇楚锁匙，蜀粤藩屏。由此可见，贵州在战乱年代所起的战略作用。

---

① 孟丽、张瑞静：《全面抗战时期灾荒状况与农村人口迁移》，《时代文学》（下半月），2007年第1期。

② 何光渝、何昕：《贵州：衣食住行的变迁》，贵州人民出版社2008年版，第43页。

战时，大量华北、华东、华中及沿海地区的难民涌向西南地区。从地理位置上说，虽然四川与当时的西康省、甘肃省等接壤，但由北方陕甘宁一代前往四川，必须经过当时的陕甘宁边区革命根据地。由于当时很多人对共产党及红军的误解，都不愿从北方途经陕甘宁边区进入四川。而从水路运输来看，抗战爆发后，长沙、武汉、南京等重要港口城市相继失守，水路航运基本丧失作用。四川虽还与云南、湖南等接壤，但由于湖南失陷，难民基本不能从湖南前往四川；云南在抗战爆发之前，除了有与四川、贵州连通的交通道路，基本没有与其他省连通的交通道路，难民根本就不可能经过云南到达四川。如此，贵州就成为进入四川的那道大门，取道贵州逃往四川就基本成为难民唯一的选择。

（三）贵州的交通运输状况

战时贵州的交通得到畸形繁荣，同时也为大量难民的内迁提供了极大的交通便利。在从辛亥革命爆发到新中国成立的 38 年"民国时期"，贵州的行旅交通发展主要经历了以下几个阶段：1926 年之前，地方军阀混战，属于停滞阶段，1926 年到 1937 年，贵州公路开始发展，属于发端阶段，1937 年到 1945 年的八年抗战时期，贵州由于在西南地区中的特殊地位，公路进入一个快速发展时期，属于大发展阶段。在这八年里，"修建了公路 1935.34 公里，平均每年修建 242 公里"；1945 年到 1949 年的四年时间里，贵州的交通地位日渐不受重视，贵州的交通发展没有得到明显的发展，甚至出现衰退的现象。

在广州、长沙、武汉、南京等相继失守后，沿长江航道进入四川、重庆的航运基本停滞，公路运输就显得极为重要。作为进入四川、重庆的两大门户屏障，贵州、云南的交通发展都得到了国民政府的高度重视。然而在抗战时期，云南的交通主要是修建军用交通干线滇缅公路、川滇东路等，主要用于运输国际支援中国抗战的军用物资，且都是从云南到四川，对难民的内迁起不到较大的作用。而贵州则不同于云南，贵州的交通运输不仅仅在运输军用物资时起到重要作用，在难民内迁过程中也起到巨大的作用。抗战前夕，贵州已建成连通周边各省的黔桂、黔滇、黔川、黔湘四大干线和省内支线 11 条，共计 1686.5 公里，为抗战时期难民的内迁交通运输打下了重要的基础。抗战八年时间，贵州建成了通车公路 1935.34 公里，其中战略公路四条共长 795.33 公里（包含了在运输军用物资方面起到巨大作用的川滇东路贵州段），省道四条共计 486.41 公里，县道 20 条共计 653.6 公里；同时，还对四大干线及一些省、县道的路基、路面、桥渡作了相应的改善，加强维护，进一步提高了公路的通过能力，保持公路的经常畅通，为难民内迁西南地区提供了强有力的交通运输保障。

1937 年 12 月，国民政府正式在重庆开始办公，西南地区成为战争的大后方，少受战乱之苦，大量难民开始流亡至西南地区。此时，贵州的交通运输在整个难民内迁过程中的作用就尤为明显，贵州贵阳成为了西南大后方的交通枢纽，大量的难民包括当时的军政要人、文人墨客等皆是到达贵州后，再从贵阳转道黔川线、黔滇线进入四川或云南，或停留在贵州。巴金先生当年路经贵阳，对贵阳的交通情况还作了较为详细的叙述：每个旅店门前都挂着一块黑板，上面写着最引人注目的白字："今晨有车直放重庆，昆明，金城江，请向本账房登记。"[①] 这些简洁的描述，给我们描绘

① 巴金：《贵阳短简》，施康强编：《征程与归程》，中央编译出版社 2001 年版，第 267—268 页。

出当时贵州的交通运输简况，同时也将贵州的交通运输在难民内迁西南地区的过程中所起到的枢纽作用凸显出来。

## 三、内迁贵州的难民生存状况探析

在前文中，笔者已叙述了内迁贵州的难民的人员组成情况，其中以文教界、党政及国营事业人员及其家属、商人等为主。抗战爆发后，蹇先艾返回贵州，创作了大量描述战时贵州人民及内迁贵州难民生活的作品，切实反映了战争对中国人民带来的苦难，其中《“苍蝇纸”》、《两兄妹》、《乡村一妇人》、《牧牛人》等都较为有名。同时，这些作品中所描述的人物也较为符合当时内迁难民的人员组成情况，对反映当时的内迁难民的生活状况很有代表性。

在《两兄妹》一文中，这样叙述了流亡避难到贵州乡下的一名教育者一家的生活：

两年来东奔西逃的结果，把两个孩子都拖得十分瘦弱了。最近父亲又带着他们到乡下来避难。大的一个男孩洪生脸上常常浮肿着，缺少血色。从头部看来，他很像一个小胖子；但身上却只剩下一把骨头了。是的，整整两年，他都没有得到过一点好的营养。偏偏个性很倔强，他决没有因为身体的虚弱而失望，消极，悲观，或者减少顽皮的程度；他最近加入了街上一个哪家都有小朋友参加的“团体”里，成天操练着打日本。这一个队伍，由一位姓武的孩子做总司令，各人把自己父亲的手杖或者旱烟袋偷来当步枪。每天从学校回来，洪生便出去打野操，一直要到炊熟了晚饭的时候，他的父母才能把他找回家来。他满头大汗，走进屋

子，嘴里都还在哼着救亡歌曲。

他的妹妹华芷，才九岁，比他聪明一些；但却没有他肯长，眼睛圆溜溜地嵌在一张苹果脸上，头发蓬着，活像一个洋娃娃。女孩留在家里的时候居多，而小小的心灵里却时常充满了忧郁，这忧郁在北平的时候是没有的，而且对着人，她永远是一副微笑的面孔；现在，不知道为什么阴暗的影子慢慢地笼罩着她了。她的话减少了，成了“时然后言”了。她的嘴唇上，有时也掠过一道笑影，不过是凄苦的。她每天有大半天的时间消磨在翻阅她家的那两本照相册上，那里面有一大部分是故都名胜古迹的摄影。她坐在大板凳上，拿一把椅子当成书桌，凝视着黑色的相册，小手一页一页地掀去，什么东西都扰乱不了她的注意。当父亲正在看书的时候，她常常轻脚轻手地走来，扑在他的怀里，仰着头，两只晶莹的眼睛望着他问道：

“爸爸，咱们到底要什么时候才能回北平呢？”北平是华芷生长的地方，没有法子使她不怀念着它。也许她的不快乐的原因，就是这个东西撒下了很深的种子。其实，住了十年的古城，难道就不是也永远在父亲的记忆之中么？例如，逃到外省贵州来，在家庭中，对小孩们，父亲仍然说着北平话，而且不许他们把北平话忘掉，也正是预备将来要回去的意思。在讲堂里，父亲还时常向学生描写着北平的长处，说它是全国研究学问最好的所在，希望他们毕业以后，能够到那里去读书。因此父亲对于华芷的疑问，并不感觉踌躇，立刻很迅捷地回答道：

“华芷，不要忙！快得很，等到我们的军队一打胜了，我们就会回去的！”①

① 蹇先艾：《蹇先艾文集》（二），贵州人民出版社 2003 年版，第 125—126 页。

儿子洪生“脸上常常浮肿着，缺少血色”，“整整两年，他都没有得到过一点好的营养”；女儿华芷“小小的心灵里却时常充满了忧郁，这忧郁在北平的时候是没有的”，“当父亲正在看书的时候，她常常轻脚轻手地走来，扑在他的怀里，仰着头，两只晶莹的眼睛望着他问道：‘爸爸，咱们到底要什么时候才能回北平呢？’”这些简单朴实的话语，反映了战时难民避难异乡的苦痛和对家园的无比怀念之情，与《松花江上》中“哪年，哪月，才能够回到我那可爱的故乡？哪年，哪月，才能够收回我那无尽的宝藏？爹娘啊，爹娘啊，什么时候，才能欢聚一堂”一样，让人无比感伤。

然后，洪生“他决没有因为身体的虚弱而失望，消极，悲观，或者减少顽皮的程度；他最近加入了街上一个哪家都有小朋友参加的‘团体’里，成天操练着打日本”。每天回家，“嘴里都还在哼着救亡歌曲”。在儿子幼小的心灵中，“打日本”是其每天的功课。父亲作为一名教育者，“在家庭中，对小孩们，父亲仍然说着北平话，而且不许他们把北平话忘掉，也正是预备将来要回去的意思”。“在讲堂里，父亲还时常向学生描写着北平的长处，说它是全国研究学问最好的所在，希望他们毕业以后，能够到那里去读书”。在女儿问到何时回北平时，“对于华芷的疑问，并不感觉踌躇，立刻很迅捷地回答道：‘华芷，不要忙！快得很，等到我们的军队一打胜了，我们就会回去的’”！体现出了对抗战必胜的坚定信念和对精神家园的追求。

流亡避难的生活固然艰苦，然后在精神崩溃面前，生活的艰苦却又显得那么微不足道。《“苍蝇纸”》一文中，叫卖“苍蝇纸”的外省太太的生活让我们深刻体会到了战争的残酷和可怕，对当时的中国人民带来了多大的创伤。在文中，作者采用了未见其人、先闻其声的叙述方式，给读者精神震撼之后，再描述出外省太太外貌，给读者以视觉的冲击，进一步加深对内迁难民精神创伤的认识。

一种尖锐的喊叫声，从街侧传来，把我的话马上打住了：“苍蝇纸！苍蝇纸……”连续着呼喊，像一个人的手指在按着风琴的键，老是按那三个音，决不肯更换，也决不肯放低调子。谁都辨得出来，这是一位女性的声音，而且是一个贩卖者的叫卖声……但是，当我刚刚从泥泞中把我的被烂泥粘附着的胶鞋拔起来，便觉得太奇怪，越听那个女人的喊声越不对了：“南京，昆山，日本，飞机，炸弹，苍蝇纸！”我的朋友也变得十分愕然。她的声音，使人战栗，我脚下简直有点站不稳了……我们回过头去，看见那尖声喊叫的不是一个乡村妇女，像是一位外省太太，从她的服装和语音上都很能充分地证明出来。她是一个中年妇人，长长的脸，头发蓬乱着，大约已经许久没有梳了；面色白得如一张纸，眼睛一点神气都没有，笔直地望着前方，连瞬都不一瞬。她在一家关闭着的铺房门口，从容地踱着步，两只手仿佛打秋千一样地摆来摆去，喊了那几句之后，嘴里还是叽咕着，却听不清楚说的是什么……两分钟以后，那个悲惨的喊叫，又在空气中激荡起来：“日本，炸弹，昆山，苍蝇纸，苍蝇纸！”……我们躲在那“三教九流”的顾客丛中，为的是躲避对方的注意。忽然间，那个女人坐在台阶上，放声大哭起来。她哭了许久，自己就摸出手巾来揩眼泪。[①]

① 蹇先艾：《蹇先艾文集》（二），贵州人民出版社 2003 年版，第 148—150 页。

声音尖锐、悲惨，“使人战栗”，“长长的脸，头发蓬乱着，大约已经许久没有梳了”、“面色白得如一张纸，眼睛一点神气都没有，笔直地望着前方，连瞬都不一瞬”。在一群孩子的围观下，“脸色变得更加灰白”，从“外省太太”的声音、外貌、眼神、举动，作者和朋友猜测这位“外省太太”有点精神失常，“端松君轻轻拉了一下我的衣袖说道：‘这个女人恐怕是一个疯子吧’？‘也许是的’”。然而，这位“外省太太”缘何精神失常，我们从一位“江苏朋友”那里得到了答案：“我怎么会不知道呢，她就住在隔我们没有几家的那间铺子。她并不是开那家铺子的，她是租的人家的房子。是的，一点不错，她说的满嘴都是疯话。事情太可惨了！她大概是昆山人，听说家里好几口人在南京都被敌机炸死了。她的丈夫在重庆，因为怕空袭，才把她送到贵州这个小县来。因为许久没有接丈夫的信，她的脆弱的心，不能再受到什么刺激了。大约她就是这样发起疯来的。”我们不难想象，一个失去丈夫、失去家人、精神失常的妇人，流亡异乡的生活境况有多么凄凉、悲惨，而这些，仅仅只是当时内迁难民生活状况的一个缩影。同时，在精神失常以后，这位“外省太太”却依然记得“南京，昆山，日本，飞机，炸弹，苍蝇纸”！可想而知，在她的心灵深处，家乡的印象是多么深刻，而战争的伤害，又是如此的刻骨铭心。战争，残酷的战争，可怕的战争，给中国人民带来了无穷的灾难和精神上的创伤。

大量的难民涌入贵州，和贵州人民一起共同度过了艰难的八年抗战。在那段无比艰苦、同仇敌忾的日子里，内迁难民和贵州人民唇齿相依、肝胆相照，但同样也出现了一些不和谐的因素。在蹇先艾的《乡村一妇人》和《牧羊人》中，就给我们描绘了这些复杂的社会关系。

在《乡村一妇人》王老奶眼里，那位“从汉口逃难到乡下来的，带着五个小孩的女客人”的生活“太异样”了，“第一个使她发觉蹊跷的便是那位太太一个女人逃难怎么会带着十几口箱子走呢？连白磁的马桶和尿盆都从几千里外带出来了”！对此，王老奶的态度“一方面是羡慕，另一方面又觉得太不近人情，太岂有此理”。但是，这些在王老奶看来不可思议的事情也仅仅只是不可思议，而让王老奶对这位逃难到贵州乡下的外省太太“有点讨厌”的原因，“便是那位房客的起迟睡迟”。当早上王老奶“已经吃过早饭的时候”，“那家人还没有动静”，“一直要到打了午时炮，才能见那位太太用着一种怪难听的调子，喊女仆打洗脸水，满屋子的小孩闹成一片，这个要吃牛奶，那个要吃饼干。王老奶们快吃晚饭的时候，女房客们的早餐的菜碟才摆上桌子。夜间，王老奶和她的幺妹已经睡了一觉醒来，斜对面的房间里的煤油挂灯点得通明，少爷小姐们正在打开了留声机，一个肉麻的，拖长的声音，高唱着：‘桃花江是美人窝，桃花千万朵，比不上美人多！……’”同时，“那位女房客的服装，袖子是那样短小，常常好像都没有穿裤子，腿部在旗袍的开衩之间便看得清清楚楚”。“客房里的少爷小姐们，穿着都是那样华丽，举止都是那样的傲慢”。作息时间、生活习惯等的不一样和外省太太城里人的优越感和傲慢等，必然会在外省太太和“爱发脾气”的王老奶这对特殊时期的房东和房客之间产生矛盾。

“但是有一天，她同那位外省来避难的女房客起了一场剧烈的冲突。原因自然由于过去憎恶的心理，导火线却是王老奶院子里那口只有一尺多深三尺宽的四方浅水井。”这口水井，“水色澄清，十分可爱，因为太浅，容易落些灰土或者煤屑下去，所以没有法子拿来作饮料。但是平时这个老妇人却用它来淘米，洗菜，浣洗衣服”。“这口井说好是房东和房客两家公用的，有一个简单的条件，就是谁也不许在里面洗脏东西。两三个月来，好像大家都没有破坏这个口头的约定”。但是有一天，“王老奶忽然发现房客带来的女仆在井口前哗啦哗啦地刷着马桶了”。女仆的行为破坏了房东和房客之间的口头约定，当即，“王老奶气得满身的筋肉都鼓胀起来，几大步跑过去，把马桶的铁环抓着，用力地掷到石板上去，连翻了几个跟头，上面的瓷片便一块一块地掉下来，她不住顿着脚骂着：‘你这个烂婆娘，那是我们淘米洗菜的水井呀，哪个叫你在那里刷马桶？该遭火烧雷打的东西’”！“刷马桶”事件的发生，导致了王老奶的暴怒，而同时，“女房客听见响动，跑出来看，一双白帆布的高跟鞋支着颤巍巍的身子，一只手拿着烫剪，一只手抓住自己的头发，站在台阶上，别着官话吼道：‘刷你的，怕她干什么！房子租给我们了，井也是我们的啦，爱干什么用就干什么用，她管不着’”！女房客的趾高气扬让房东和房客之间的矛盾彻底激化，“女房客的那个脸上擦得像猴子屁股似的大小姐也站出来了，在旁边替她母亲助威道：‘当初我说不要她在我们旁边盖房子，娘偏要准她修。我晓得她们这些没有见过大世面的乡下老，早晚是要淘气的。’那位长得很俊俏的女仆，因为得了太太的命令，马上把系着绳子的马桶拾起来，又往水井里放下去，而且脸上露出胜利的微笑”。这些都无异于火上浇油，让王老奶无法忍耐，王老奶直接“跑到井面前，把女仆推了一把，对方便踉踉跄跄地向后退了几步”。冲突顿时升级，“女房客柯柯地响着高跟鞋，后面跟随一群卫队般的儿女，冲过来说：‘王老奶，你怎么这样不讲理，就动手打人；说得不好，我是可以拿张我们老爷的名片，把你送到县衙门里去关起的’”。“‘我们不晓得哪个不讲理’”。王老奶并不慑于官府的威风而表示退让，严声厉色地回答道：“‘把马桶拿到人家淘米洗菜的井里来刷，这件事情是应该的吗?’房客的女仆高声地喧哗着，挽起了袖子，仿佛要开始反攻的神气；但是一看见老婆婆那一副强健的体格，她的嘴和手虽然在乱动，脚底下却一步都没有敢移动。”不过，“女房客看见威吓不中用，态度立刻就软化了说，‘总之，你不应当随便动手打人’”。然后，就在女房客态度软化下来的时候，“买菜的男仆，手上挂着菜筐子走进门来了。女房客马上精神大振，大声地喊道：‘我在北平，上海，南京，汉口，哪个码头没有住过，还没有看见过这样凶恶的房东，我们家做什么事情，她都要干预起来了。李贵，快去找根绳子，把院里头的那个老女人给我捆起来，送到县衙门去’”！作者对外省太太态度的多次转变作了详尽描述，刻画出了外省太太满脸脂粉、仗势欺人却又欺软怕硬、不知国耻的丑恶嘴脸，同时，也反映出了当时内迁贵州的难民中，因为有这些不知国难当头的所谓的上流人物的存在，而引发了内迁难民与贵州本地居民的一些不和谐的声音。

在内迁难民中，像《乡村一妇人》中的外省太太这样的“害群之马”毕竟只是少数，在内迁难民与贵州本地居民之间，不和谐声音是微弱的，两者之间的关系还是以唇齿相依、同仇敌忾为主旋律。内迁贵州的难民，不仅仅只是到贵州避难来了，还给贵州带来了很多不一样的东西，如先进的生产力、知识文化、抗日救亡思想等。蹇先艾《乡村一妇人》中的青年女教师、《牧牛人》中的牧牛人王全德与贵州当地人民的和谐生活，就体现出了内迁难民与贵州人民的相互交融。在《乡村一妇人》中，王老奶与外省太太发生矛盾时，是那位青年女教师出来调停的：

事情正闹到最难解难分的当儿，青年女教师在菜园的缺墙旁出现了。她是在午睡中被惊醒起来的。她早已预料到这两种生活方式不同的人家什么时候会要发生冲突的，却没有想到今天会以这样一个很不堂皇的题目，作为争端的开始。青年女教师同那位外省房客也是新近认识的，看见她一过来，王老奶自然不好意思再吵下去，被幺妹一阵乱拖，就拖进了屋子。女房客觉得本来是自己的行动不大合理，跟着也就顺风转舵来招呼女教师了。李贵的绳子既然没有找到，率性也就不找了，转身到厨房里去预备早饭菜，空气很快就有了转变。女教师调停的结果是今天的争吵，彼此作为罢论。①

而在《牧牛人》中，牧牛人王全德则是直接参与到了贵州农村的生活中，虽说是为了生计，但在一定程度上，也反映出了当时内迁的难民到了贵州后，亦积极投身到贵州的生产生活中，与贵州人民很好地融合在一起。牧牛人王全德每天早上吹的“牛角声”更是成了当地人民每天的起床闹钟：

在乡下，我们早上起床，一向是靠着一只闹钟来唤醒自己；但是后来这个时计忽然被小孩子们弄坏了，这里既然没有所谓钟表店，当然也就没有法子修理，终于闹到机件和玻璃都被他们拆卸下来，玩得不知去向。因此，我们只好利用天然赐给我们的时间报告，来作为起床的准备了——那就是每天黎明时，猪市坝的牛角声，声音极其单调，既不像古行军的号角，也毫无诗意可言，只是十分高亢响亮，远近都可以听闻。于是小孩子们养成了一个

① 蹇先艾：《蹇先艾文集》（二），贵州人民出版社 2003 年版，第 139－140 页。

习惯，每天起床都特别早。[①]

从《牧牛人》中，我们了解到牧牛人王全德，作为一个河南人，在湖北经商，汉口失陷后，流亡到贵州贵阳，又因为贵阳“省城的生活程度太高，支持不住，所以又逃到乡下来了”。在逃亡的过程中，还有一个母亲和一个妹子在湖北乡下，到了贵州以后，父亲不幸病死，只剩王全德孤身一人。在文中，从“我”与“王全德”的对话中，我们了解到在那个兵荒马乱的时代，流亡到贵州农村的王全德是怎样取得当地人民的信任，逐步融入到当地人民的生产生活中去。

我立刻又提出一个使我纳闷的问题来问他：“王全德，我有一点事情不明白，你是一个外省人，怎么本地人会这样相信你，舍得把一大群牛交给你去放呢？”嗤地一声，他笑起来了；把烟装了一袋在烟嘴上，回答说：“这件事，有很多人都觉得太奇怪。其实只要一说明，也就没有什么奇怪了，这个活是我的房东让给我的，他介绍的。那个老头子，他才是真正放牛的人，放了好几十年。现在，他年纪大了，跑不了远路了，才把这个好差使让给我。牛角、鞭子全是他让给我的。连牛角怎么吹，都是他教给我的。要不是他，谁会相信我呢？先生，你想想，咱们一个做小买卖的，哪儿会放牛？居然也混了半年了，说起来，真不怕你笑话！”我觉得事情太有趣了，率性“打破砂锅问到底”地再继续谈下去：“王全德，你这个差使，一个月有多少钱的收入呀？”放牛人又笑了一笑，沉吟了一下才回答：“这是不能按月算的，只好说年了，每年

① 蹇先艾：《蹇先艾文集》(二)，贵州人民出版社2003年版，第152页。

每家送我两块钱，不过饭是有吃的，在养牛的东家吃，轮流着每家吃十天，就只有这么一点好处。”①

综上，笔者对蹇先艾作品中几个较为具有代表性的内迁难民对故土的思念、对精神家园的追求以及战争对难民生活的影响（精神和物质）、在内迁过程中难民与贵州人民的关系进行了简单的阐述，我们可以看出，在那个国难当头的时代，内迁难民的生活境况极其艰难，精神受到沉重打击甚至崩溃，与贵州本地的居民关系虽有一些不和谐的声音，但还是以和平共处为主旋律。

## 四、内迁难民对贵州农村的影响

内迁难民大量涌入贵州后，他们在贵州城市、农村艰难地生存和生活下来。抗战胜利后，在国民政府的组织下和安土重迁的思想观念影响下，大部分难民返回故乡，但依然有部分难民留在了贵州，对战时贵州的生产生活等都有重大影响。鉴于本书主要针对战时的农村书写，在本文中，笔者重点叙述内迁难民对贵州农村生产生活带来的即时影响，对战后的延时影响笔者只作简单阐述。

### （一）即时影响

在抗战时期，贵州作为抗战的大后方，是四川、重庆的屏障，更是整个西南大后方的交通必经之地，其战略地位尤为重要。大批难民迁徙而至，过境的军车、商车络绎不绝，内地和沿海的机

① 蹇先艾：《蹇先艾文集》（二），贵州人民出版社2003年版，第155页。

关、学校、工厂、企业等纷纷迁入。因为战争的需要，国民政府把建设重点转向西南，许多实业部门迁入贵州，相对集中并加大了人力、物力、财力的投入，贵州的军事工业、交通、通讯得到了优先发展的机会，矿产、金融和商业一度繁荣，文化教育事业也得到很大进步，促进了贵州社会经济的发展。但那只是战时的畸形繁荣。随着抗战胜利，战时一度转移到贵州的资金、技术、人才、设备、市场等很快就大部分或部分流走、失去，贵州社会经济骤然衰退。在全国社会经济危机的大背景下，贵州更遭雪上加霜，农村经济凋敝，工业迅速滑坡，交通运输、邮电急剧下降，金融混乱，资金紧绌，财政危机，商业贸易一片萧条。整个贵州的社会经济急剧恶化，陷入全面混乱、濒临崩溃的境地。①

1. 难民内迁对当时贵州农村经济社会带来的影响

难民内迁，给贵州社会经济带来的最大的冲击就是人口激增。在抗日战争时期，由于沿海、沿江部分省市区的沦陷，国民政府政治、经济重心西移，大批机关、学校、工厂迁入贵州，贵州的人口有了大增长，从 1936 年全省 991.88 万人，到 1944 年猛增到 1082.72 万人，净增 90.8 万人。省会贵阳最为突出，1934 年贵阳城区人口仅为 9.78 万人，到 1945 年发展为 28.45 万人，11 年间净增 18.67 万人。② 内迁的难民不仅仅迁入贵州的大小城镇，还大量涌入了贵州农村，对贵州农村的经济社会发展及农民生活水平、生活方式等带来了极大的影响。

---

① 何光渝、何昕：《贵州：衣食住行的变迁》，贵州人民出版社 2008 年版，第 69 页。

② 同上，第 87 贞。

首先，对农村生活消费品、住房等的要求急剧增加，客观上推动了农村商品经济的快速发展。贵州位于云贵高原东部，全省境内山脉纵横，交通极为不便，文化落后，自给自足的小农经济占据重要地位，所谓的商品经济基本只是与农业紧密结合的农副产品的制造、贩卖过程，商业化程度极低。抗战时期，大量的内迁难民涌入贵州农村后，生活所需物质都必须向当地农民购买，商品交换的过程日益增加，一定程度上促进了农村商品经济的发展，增加了农民的收入，提高了农民的生活水平。最突出的表现就是农副产品的价格上涨："吃之一道，在本地本来是很便宜的，但是教外来人挤到一担米要十二元以上了。当然在这山国中，开山种稻，靠天吃粮，雨水顺利，才能丰收，那又何怪其然。"[①]"吃的东西，牛，猪，羊肉，鸡，鸭，野味，鲜鱼，蔬菜都有，只是水果极少。牛肉价钱和沪地一样，猪肉较贵，鲜鱼蔬菜更贵。"[②]

第二，对农村的生活方式带来了极大的改变。抗战爆发后，贵州成为了抗战的大后方，随着各地难民的大量涌入，也带来了风格迥异的生活习惯，贵州人民的生活习惯受到了极大的冲击，发生了极大的变化。难民主要来自沿海浙江、江苏及周边湖南、湖北等比贵州经济发达的省份，各个不同地方的难民带来了不同的生活方式、文化观念等在贵州冲突、并存、融合，强烈影响着贵州民众的心里，也成为了贵州人民争先模仿的对象，其生活方式等有了极大的改变。在衣着服饰方面，"看看马路上熙熙攘攘的人物吧，军装的官兵，中山装的公务人员，哪个不是徽章革履，

---

① 沙鸥：《贵阳一瞥》，黄发有编：《中国城市名片》，山东画报出版社 2008 年版，第 156 页。

② 顾君毅：《贵阳杂写》，施康强编：《浪迹滇黔桂》，中央编译出版社 2001 年版，第 207 页。

服装整齐，再有西装的和长袍大褂的先生们整天若有其事地在马路上拥来拥去，还加上摩登女郎，时髦太太，可说是‘所在皆是’”①。“一到夏季，贵阳南明河畔，每当正午便有香港式水中小姐出现，美丽的泳装，丰满的肌肉，健壮的大腿……极富神秘的诱惑力”②。贵州人民的服饰穿着日益时髦新潮，茅盾先生在其作品《贵阳巡礼》中这样写道：“如果二十七年春季贵阳市买不出什么东西，那么现在是大大不同了。现在可以说：‘要什么，有什么’，——但以有关衣食两者为限。”“贵阳市上常有苗民和彝民。多褶裙，赤脚，打裹腿的他们，和旗袍、高跟鞋出现在一条马路上，便叫人想起中国问题之复杂与广深。”在张恨水看来，贵阳“此间依然是下江人世界，商路巨贾，全属外籍”③。穿中山服的越来越多，戴博士帽的也日益增多。随着各地内迁贵州的难民的剧增，贵州的饮食习惯也发生了前所未有的改变。“卢沟桥事变那年，……贵阳这座山城陡然热闹起来，市街摆满了地摊，出售逃难来的‘下江人’的各式衣服杂物；油炸豆腐，江苏香干，糖炒栗子，五香牛肉的叫卖声此起彼伏。一到傍晚，人群熙熙攘攘，电石灯跳动着小小的蓝火焰，发出难闻的臭味”④。“没有到贵阳以为在贵阳吃不到鲜鱼，其实不然，光是江南风味号的一家扬子餐厅来计算，每天总要卖出五六十盆‘红烧头尾’，不过价钱较沪上要高一倍还不止呢……贵阳餐馆很多，各种苏锡船菜，湖南菜，

---

① 顾君毂：《贵阳杂写》，施康强编：《浪迹滇黔桂》，中央编译出版社 2001 年版，第 200—201 页。

② 《东西南北》，《西南风》，1943 年第 22 期。

③ 何光渝、何昕：《贵州：衣食住行的变迁》，贵州人民出版社 2008 年版，第 136 页。

④ 同③，第 87 页。

川菜，粤菜，都可以吃得到……”[①]。诚然，在这些作家的笔下，虽以描述内迁难民对贵州贵阳城市居民的生活习惯带来的影响为主，未对当时贵州农村人民的生活习惯的改变进行叙述。然而，我们亦不难想象，在贵州的农村，同样有着大量的内迁难民，他们的生活习惯，同样对贵州农村人民的生活方式带来极大的变化。

2. 内迁难民对当时贵州农民在精神层面带来的影响

战时，大量受过良好教育、具有强烈爱国精神、不甘受奴役的文教界知识分子、学生、工人、爱国人士及国民党党政官员、国营事业人员等辗转进入贵州，给贵州人民带来了大量抗战的信息：日本侵略者的残暴、沦陷区人民的悲惨生活状况、前线抗战军民的英勇杀敌等，有力激发了贵州人民的抗日情绪和信心，促进了贵州人民的抗战意识、国家意识的觉醒。同时，在战争中，大量东南沿海沦陷区的高等院校如国立浙江大学、国立广西大学等相继迁入贵州，促成了贵州部分高等学校的建立，如1938年建立贵州省省立毕节师范学校（现毕节学院）、1941年建立国立贵阳师范学院（现贵州师范大学）等高校，对提高贵州人民的知识文化水平、加快贵州文化事业的发展起到了重要作用。

首先，内迁难民给贵州民众带来了众多的抗战信息，鼓舞了贵州人民的抗战决心和士气，掀起了轰轰烈烈的抗日救亡运动，对推动贵州的抗战起到了深远的影响，如巴金、闻一多、田汉等都曾在贵州开展过不同形式的抗日救亡运动。在此，笔者仅以蹇先艾的几篇作品做个简要的举例分析。《乡村一妇人》中有这样一

① 顾君毅：《贵阳杂写》，施康强编：《浪迹滇黔桂》，中央编译出版社2001年版，第207页。

段描写：

“……就是我们的长顺在火线上打死了，也没有啥子了不得，他是‘为国牺牲’（这四个字是她最近跟下乡宣传的学生们学来的，开始第一次运用）。也是有光彩的呀！他死了还有长发他们两兄妹，我们姓王的也不会就绝了后代子孙！……”①

这是小说中王老奶被别人背后议论她爱发脾气的原因时骂人的一段话，从中我们就可以看出，王老奶在骂人的过程中，明显受到了下乡宣传的学生的影响，知道抗战是光荣的，“也是有光彩的呀”！农村的一老妇人尚且知道抗战“为国牺牲”是“光彩的”，由此可见，当时的抗战宣传已深入民心，在农村中已起到了重要的宣传作用。同时，《乡村一妇人》、《牧牛人》中还同样有这样的描述：

有一次，女教师还请王老奶去看学生们演出的救亡话剧，为了一幕名叫“盲哑恨”的剧本，王老奶的红眼睛在剧场变得更红了，一张手巾好像被水打湿了似的，没有一点干的地方。她觉得戏中度着流亡生活的那母子三人太可怜了，那位在沈阳失去了父母的醉汉，尤其值得同情。以后，她的抗战的决心因此更加坚定起来，她在心头默默地念着：“我的儿子去打东洋，真是千该万该的！”②

第一天，我先给他们把最近我们抗战的几条路线——也就是

① 蹇先艾：《蹇先艾文集》（二），贵州人民出版社2003年版，第133页。

② 同上，第137页。

几个重要的战场——提纲挈领地说了一个大概。我带了一本最新的地图去，想借它来帮助说明。偏偏他们都不会看这个东西，只好弃而不用了。第二天，我才带了一份“贵州日报”去，找几条重要的消息，对他们讲解，有时便翻译成白话，读给他们听。但是我又怕他们感觉太枯燥了，读完一段，我便信口编两个抗敌的故事出来，像说书人似的，边讲边表演给他们看，想不到竟引起了大家的兴趣，甚至于有人进一步要求我再摆几个同样的龙门阵。读报的效力，一天一天地在增加着听众的兴趣和兴奋，从他们脸上的表情，便看得出来。一个星期之后，来听的人的数目也逐渐增加了。不过讲报的地点不好，人一多，简直就没有办法。城墙上尽是东倒西歪的石头，大家只能成为一排坐下，或者高一个矮一个地蹲着。注意力既不容易集中，讲的人也颇吃力。我后来率性就把这个读报会移到我家的院子里去，这样继续了有一个多月。[①]

从这些叙述中，我们虽然没有看到贵州农村的民众如何去成立抗日救亡组织、参加抗日救亡游行活动，如何去轰轰烈烈地开展抗日救亡运动，但我们从侧面了解到，通过那些流亡到贵州的难民，尤其是那些具有强烈爱国主义、民族主义精神的学生、教师和爱国人士的抗战宣传，“王老奶”的抗战的决心更加坚定，听报的群众越来越多，贵州农村民众的爱国主义意识和抗战意识逐步唤醒，在潜移默化中走上了统一抗战的道路，对推动贵州的抗战具有深远的意义。

第二，内迁难民在提高贵州人民的知识文化水平、加快贵州

① 蹇先艾：《蹇先艾文集》（二），贵州人民出版社 2003 年版，第 156—157 页。

文化事业的发展起到了不可磨灭的作用。在整个内迁过程中，涌入贵州的难民以文教界知识分子、学生、工人、爱国人士为主，这当中，不乏著名的学者如巴金、丰子恺、马思聪等，他们大多受过良好的教育，具有一定的专业技术能力，内迁到贵州后，他们继续投身到贵州的各行各业中，为提高贵州人民的知识文化水平、加快贵州文化事业的发展作出了自己的贡献。

《两兄妹》中的“父亲”就是一个文教界的代表。他到了贵州以后，投身到贵州的教育事业中。“在讲堂里，父亲还时常向学生描写着北平的长处，说它是全国研究学问最好的所在，希望他们毕业以后，能够到那里去读书。”《乡村一妇人》中的“青年女教师”，“前些日子跑到前线去服务，因为旧病复发，又回到后方来了”，租住在“王老奶”家中，在此期间，“有时或者把王幺妹叫到她楼上去，介绍一些浅近的新书给她看”。还和“王老奶”商量将来病好了，带着王幺妹一同去后方医院参加抗战服务。同时，在此期间，在她的细心教导下，“王幺妹的知识，也一天一天地增长起来”。

### （二）延时影响

#### 3. 内迁难民在贵州战后农村经济社会发展中的影响

抗战时期内迁贵州的难民给贵州的经济社会发展带来的影响是显而易见的，同时，我们也应看到，难民对贵州经济社会发展的影响是一把双刃剑。在战时的贵州农村，由于涌入了大量的难民，难民对生活农产品的需求，带来了先进的生产力、思想观念等，对贵州农村的经济社会的长久发展注入了新的活力，且有部分难民在战后依然留在了贵州农村，参与了贵州农村的经济社会建设，对加快贵州农村的农业经济市场化进程，加快农业生产现代化步伐，有力促进贵州农村的经济社会发展起到了更新观念、解放思想、提高生产力的重要作用。但同时，贵州战时农村经济社会的迅速发展只是短暂的，是畸形的繁荣。抗战胜利后，在当时国民政府的组织下和国人“安土重迁”的思想观念的影响下，作为当时贵州农村经济社会发展的直接建设者，大多数难民陆续遣返或自行回乡，在一定程度上导致了贵州的经济社会发展出现了停滞或倒退的现象。

## 五、结 语

今天，距离抗日战争胜利已有六十多年，贵州的农村经济社会发展也起了翻天覆地的变化，战时内迁难民给贵州的农村经济社会建设带来的影响也逐渐消失，但是，我们不能忘记，战时难民内迁不仅仅是中国人民的一部血泪史，更是中国历史上的一次人口大迁徙、民族大融合的过程，对推动贵州乃至整个西南地区的经济社会发展都起到了重要的作用。

# 第十四章　政治话语与乡土语言结合的典范——《新儿女英雄传》中的抗战书写

五四新文化运动作为中国进入 20 世纪文化的标志，是中国文化在遭受近代西方文明多次磨难后，反思封建文化保守性时所作出的现代性的选择。反封建的意识找到了乡土小说这一现实“载体”，鲁迅从第一篇白话小说起就对乡土小说进行了不懈地探讨，他所倡导的乡土书写一直是 20 世纪中国小说的主干。到 1920 年代以废名为代表和 1930 年代以沈从文为代表的“田园诗风”的乡土小说也独树一帜，深刻地影响着许多后来的乡土小说作家。而 1940 年代，经过延安整风运动，乡土话语逐渐被政治话语掩盖，出现了以赵树理为代表的乡土小说的另一种模式，虽然它遏制了乡土小说的发展，乃至发展成“文革”期间把乡土小说作为政治的传声筒，但仍然有其生存发展的巨大空间。这是因为，虽然政治话语限制了乡土小说的思想性，但小说中展现的地方色彩和乡土气息仍然是吸引眼球的重要因素。特别是在抗战时期，在要求全民族结成抗日统一战线的大环境下，将乡土话语和政治话语有机结合，描述战争中淳朴忠贞、勇敢顽强的中华儿女，塑造出一系列抗日英雄形象，对鼓舞人民团结一致争取抗战的胜利无疑是具有积极意义的。袁静、孔厥所写的《新儿女英雄传》正是这样一部将政治话语和乡土话语结合起来的成功典范，笔者拟对《新儿女英雄传》进行文本细读，管中窥豹，或有所获。

## 一、政治话语的指导

《新儿女英雄传》是一部写于新中国成立后的关于抗日武装斗争的长篇小说。小说先以连载的方式在《人民日报》副刊上登出，从1949年5月25日开始，到7月20日刊完，一共分二十回。小说从1937年写到1945年，表现了八年抗战中冀中平原上的农民在共产党领导下，拿起土枪、大刀，加入游击队，保卫自己的村庄，奋勇杀敌，由不敢反抗到积极战斗、不怕牺牲夺取胜利的成长过程。书中塑造了一大批农民英雄形象，如蔡老黑、牛大水、杨小梅、双喜、高屯儿等；也描写了何世雄、郭三麻子、张金龙、李六子等流氓地痞，以他们的行凶作恶、负隅顽抗来衬托农民斗争的曲折性。郭沫若在原书序中盛赞“人物的刻画，事件的叙述，都很踏实自然，而运用人民大众的语言也非常纯熟”。“这里面进步的人物都是平凡的儿女，但也都是集体的英雄。是他们的平凡品质使我们感觉亲热，是他们的英雄气概使我们觉得崇敬”，“读者可以从这儿得到很大的鼓励，来改造自己或推进自己。男的难道不能做到牛大水那样吗？女的难道都不能做到杨小梅那样吗？不怕你平凡、落后，甚至是文盲无知，只要你有自觉，求进步，有自我牺牲的精神，忠实地实践毛主席的思想，谁也可以成为新社会的柱石”[①]。故事在连载期间就得到社会各界的一致好评，读者面甚广，工人、农民、学生、军人……都很喜爱，芷汀描述自己读小说的情景是“一直跟着兴奋、悲怒、欢笑与流泪。总之，感情是完全沉浸在小说里面了”。“疗养院的同志都是《新儿女英雄传》的忠实读者，正在《人民日报》逐日刊登的时候，谁都想‘先睹为快’。报纸缺乏，便自然地形成读报组，一来报就有人大声朗读起来，完了就自然地漫谈。揣测着故事的发展，担心着书中人物的生死与安危。不仅谈人物故事，还谈文章技巧，内容的教育意义，从里面应学习什么”。“我曾问过工人、学生、教员、干部、职员，一般的读过它，喜欢它。老解放区的同志感到亲切、生动；新解放区的人感觉从里面得到不少教育”[②]。本书在 1956 年出版之后得到更为广泛的流传，之后更是多次印刷，后来还被改编成电视连续剧搬上银屏。

丹纳曾说，时代的趋向始终占统治地位，“群众思想和社会风气的压力，给艺术家定下一条发展的路，不是压制艺术家，就是逼他改弦易辙”[③]。作为一部抗战题材的英雄传奇小说，《新儿女英雄传》确立了新英雄传奇叙事的基本模式。“英雄”对于文学家而言，永远都是一个创作上的巨大诱惑。无论是古希腊史诗、古罗马戏剧，还是唐代的传奇、宋元的话本，民间传奇中的侠义英雄等一直都是文学作品中的主角。而以传奇的形式来表现这些侠义英雄，则又最受大众欢迎。李渔在《闲情偶寄》中写

---

① 郭沫若：《新儿女英雄传·序》，袁静、孔厥：《新儿女英雄传》，人民文学出版社 1956 年版，2011 年第 6 次印刷。

② 芷汀：《群众热爱的一篇小说——〈新儿女英雄传〉》，石韵、辛夷编：《〈新儿女英雄传〉评论集》，海燕书店 1950 年版，第 22 页。

③ ［法］丹纳：《艺术哲学》，人民文学出版社 1963 年版，第 35 页。

道："传奇所用之事，或古或今，随人拈取。古者，书籍所载，古人现成之事也；今者，耳目传闻，当时仅见之事也。实者，就事敷陈，不假造作，有根有据之谓也；虚者，空中楼阁，随意构成，无影无形之谓也。人谓古事多实，近事多虚。予曰不然。传奇无实，大半皆寓言耳。欲劝人为孝，则举一孝子出名，但有一行可记，则不必尽有其事，凡属孝亲所应有者，悉取而加之。亦犹纣之不善不如是之甚也，一居下流，天下之恶皆归焉。……"也就是说，传奇叙事虽然有敷衍之处，但还是要依据现实，才能被受众诚心接受。用现在的话说，是要作出大众能懂的形式。茅盾曾指出："大众所能懂的形式，包含下列的原则：一、从头到底说下去，故事的转弯抹角处都交代得清清楚楚。二、抓住一个主人翁，使故事以此主人翁为中心顺序发展下去。三、多对话，多动作；故事的发展在对话中叙出。人物的性格，则用叙述的说明。"① 对于新的主题、题材，要利用旧的大众喜闻乐见的形式来加以表达，"既然是利用当然不是无条件的接受……应该还是研究旧形式究竟可以被利用到如何程度，应该是研究并实验如何翻旧出新，应该是站在赞成的立场上来批评那些试验的成绩"②。当然，革命文学应当是反个人主义的文学，"它的主人翁应当是群众，而不是个人；它的倾向应当是集体主义，而不是个人主义。所谓个人只是群众的一分子，若这个个人的行动是为着群众的利益的，那吗当然是有意义的，否则，他便是革命的障碍。革命文学的任务，是要在此斗争的生活中，表现出群众的力量，暗

① 茅盾：《大众文艺化问题》，文振庭编：《大众文艺化问题讨论资料》，上海文艺出版社1987年版，第383页。

② 茅盾：《大众化与利用旧形式》，文振庭编：《大众文艺化问题讨论资料》，上海文艺出版社1987年版，第386—397页。

示人们以集体主义的倾向”[①]。袁静、孔厥合著的长篇小说《新儿女英雄传》面世后，深受读者欢迎，其中一个重要原因是作家在文学语言大众化方面进行了成功尝试，小说的语言“相当的通俗和相当的接近日常的口语，许多稍有阅读能力的人都可以读懂”。从创作主体来说，这里既有作家对于小说本体认识不断加深，同时也有顺应社会时代特殊表现要求的考虑；从文学接受者来看，革命传奇不但符合普通大众（尤其是工农大众）的阅读习惯，同时也满足了他们对于某种理想生活与人物的渴望心理。

邵荃麟1942年在《〈英雄〉题记》中，提出过一个闪烁着真理的观点：民族新生的曙光，是一些在民众灵魂中开始萌芽、生长的“新的因素”，所以，“今天文学工作者并不一定要去追求那些壮丽辉煌的史诗题材，更主要的倒是从我们周围比较熟悉的人们日常生活中间，去认识社会变革的真实状貌，去感受他的爱与憎，愤怒和欣悦；从琐屑与平凡中间去窥察他们的新生与没落的过程，从他们的生活细节中去看到他们意识的矛盾，变化与孕育状态，从这些方向以达到典型创造的境界，这也许是有意义的”[②]。在这个人民革命的大时代里，构成文艺作品的题材数不胜数，所谓的“没什么可写”，主要症结还是由于作者的生活内容太贫乏，思想领域较空虚的缘故。并且把自己关闭在书室里，远远地和群众和现实的斗争生活脱节，仅仅靠着一点点“灵感”和“想象”是永远不会创作出较好的作品来的。所以，毛泽东在《讲话》中提出：“革命的文艺，则是人民生活在革命作家头脑中

① 蒋光慈：《关于革命文学》，《太阳月刊》1928年2月1日第2期。

② 荃麟（邵荃麟）：《〈英雄〉题记》，《野草》第4卷第1、2期，1942年5月15日。

的反映的产物。人民生活中本来存在着文学艺术原料的矿藏，这是自然形态的东西，是粗糙的东西，但也是最生动、最丰富、最基本的东西……它们是一切文学艺术取之不尽、用之不竭的唯一源泉。……中国的革命的文学家艺术家，有出息的文学家艺术家，必须到群众中去，必须长期无条件地全心全意地到工农兵群众中去，到火热的斗争中去，到唯一的最广大最丰富的源泉中去，观察、体验、研究、分析一切人，一切阶级，一切群众，一切生动的生活形式和斗争形式，一切文学和艺术的原始材料，然后才有可能进入创作过程。”① 在群众中生活，书写群众的生活，从群众中来，到群众中去，走“大众化”的创作路线。“大众化”在《讲话》中的意思即是文艺工作者的思想感情和工农兵大众的思想感情要打成一片。而要“打成一片”，就必须学习群众的语言。“经常向群众学习，慎重而仔细地选择和改造，吸取口语的精华而扬弃其糟粕，高度使用口语，把它贯穿到每一个创作里，为文艺用语的人民化而努力，以达到真正为工农兵服务的革命文艺的功利主义，是一切革命文艺工作者最重要的任务之一！”②《新儿女英雄传》从收集材料，到研究、分析人物的性格，故事的穿插结构，运用群众的语言去表现、改写，到最后的定稿，是经过了两年的时间。“足见作者对这个历史性题材是严肃的经过了多次的思考，抱着无限的‘为群众服务’的艺术的忠贞与热诚。写成之后，又当着那些为革命奋斗流血开辟解放区的干部和群众一节一节的作了朗读，经群众提了意见，认真的修改了又修

① 毛泽东：《在延安文艺座谈会上的讲话》，《毛泽东选集》第三卷，人民出版社 1991 年版，第 860－861 页。

② 炳生：《关于群众语言的运用——读〈新儿女英雄传〉后》，石韵、辛夷编：《〈新儿女英雄传〉评论集》，上海海燕书店 1950 年版，第 39 页。

改，直到群众要求和作者艺术的创作标准接近了的时候，才算成了定稿。”[①] 这种事先定好写作提纲，一步步按照拟定的叙事路线展开写作的方法，在解放区文学中形成一股风潮。每位作家都愿意将自己的作品先拿出来朗读给当地的群众听，然后讨论、修改，直到群众认可为止。这些文本一方面打上了时代的烙印，受到当时主流话语的影响和制约；一方面受到作家自身的生活经验的感召，具有某些实录的性质。

## 二、乡土语言的发挥

“中国小说叙事模式的转变，基本上是由梁启超、林纾、吴趼人为代表的与以鲁迅、郁达夫、叶圣陶为代表的两代作家共同完成的。前者以 1902 年《新小说》的创刊为标志，正式实践‘小说界革命’主张，创作出一大批既不同于中国古代小说，又不同于五四以后的现代小说的带有明显过渡色彩的作品，时人称为‘新小说’。后者没有小说革命之类的代表性宣言，但以 1918 年《狂人日记》的发表为标志。在主题、文体、叙事方式等层面全面突破传统小说的藩篱，正式开创了延续至今的中国现代小说。”[②] 这些“新小说”以反叛传统的面貌出现，叙事角度、叙事结构、叙事时间等模式都有较大的突破和创新。其转变基于两种合力的位移：一是外国文学的输入，导致叙事方式的改变；一是中国社会文化的急剧变化使文学结构从边缘向中心移动。然

① 王亚平：《介绍〈新儿女英雄传〉》，石韵、辛夷编：《〈新儿女英雄传〉评论集》，上海海燕书店 1950 年版，第 6 页。

② 陈平原：《中国小说叙事模式的转变》，北京大学出版社 2000 年版，第 6 页。

而，传统与发展，构成文学整体的两端。“传统的相对稳定性，是识别一国之文学与别国文学、一地区文学与别地区文学的根本标准，它偏重于考辨文学的继承性和凝聚性；发展的轨迹，体现了文学史的运动过程，它偏重于研究每一时期、每一作家的独创之处或与前代文学的相异之处……传统是发展的传统，发展又是传统在各个时代的变体。虽然中国新文学是以传统文化的叛逆者的姿态载入史册的，但在它的基因里，又何尝缺少传统的古老血液？”①

小说在中国自古被置于“史传”、“诗骚”传统之下，不被传统主流看重，但却又不可否认地吸引了大批的受众。这种悖论性的处境，在20世纪得到改观。梁启超提倡小说：“欲新一国之民，不可不先新一国之小说。故欲新道德，必新小说；欲新宗教，必新小说；欲新政治，必新小说；欲新风俗，必新小说；欲新学艺，必新小说；乃至欲新人心，欲新人格，必新小说。何以故？小说有不可思议之力支配人道故。”② 鲁迅曾说到“为什么”作小说：“我仍抱着十多年前的‘启蒙主义’，以为必须是‘为人生’，并且要改良这人生。我深恶先前的称小说为‘闲书’，而且将‘为艺术的艺术’，看作不过是‘消闲’的新式的别号。所以我的取材，多采自病态社会的不幸的人们中，意思是在揭出病苦，引起疗救的注意。”③ 从“五四”文学革命到当代大众文化，“文艺大众化”是纵贯20世纪中国文艺思潮并占据主流支配地位的思潮观念。“阶级性”淘汰了“人性”，“我们”取代了

① 陈思和：《中国新文学整体观》，上海文艺出版社2000年版，第34页。

② 梁启超：《论小说与群众之关系》，《新小说》创刊号1902年11月14日。

③ 鲁迅：《我怎么做起小说来》，《鲁迅全集》第4卷，人民文学出版社1981年版，第512页。

“我”——个体形象的阶级群体化特征和艺术典型化意义，构成了左翼文学与“五四”新文学完全不同的审美价值取向……20世纪30年代的中国现代文学渐渐褪去了个人主义的喜怒哀乐情调，逐渐加重了它的政治意识形态的革命色彩；作家本人也不再作为独立自为的个体艺术家而存在，他们集体转变了“五四”以批判“国民性”为己任的思想立场，进而成为工农大众根本利益的政治代表或者阶级斗士。①

郑伯奇在《关于文学大众化的问题》指出，文学——就连一切艺术——应该是属于大众的，应该属于从事生产的大多数的民众的。可惜从来这大多数的民众，因为生活条件所限没有和文学接近的机会。文学从来只是供资产阶级享乐不然便是消费的小资产阶级的排遣自慰的工具。“所以大众文艺的标榜应该是无产文艺的通俗化。通俗到不成文艺都可以，你不要丢开大众，你不要丢开无产大众。始始终终要把‘大众’两个字刻在你的头上。”②“你们要把自己的生活坚实起来，你们要把文艺的主潮认定！你们应该到兵间去，民间去，工厂间去，革命的漩涡中去，你们要晓得我们所要求的文学是表同情于无产阶级的社会主义的写实主义的文学，我们的要求已经和世界的要求一致，我们昭告着我们，我们努力着向前猛进！”③ 历史要求于文艺的，从来没有像今天这样繁多、复杂而丰富。同样，历史所提供于文艺的，也从没有像今天这样繁多、复杂而丰富。“抗战的烽火，迫使着作家在这一新的形势底下，接近了现实：突进了崭新的战斗生活，望

---

① 宋剑华：《论左翼文学运动的人文价值观》，《福建论坛》2006年第1期。

② 郭沫若：《新兴大众文艺的认识》，文振庭编：《大众文艺化问题讨论资料》，上海文艺出版社1987年版，第12页。

③ 郭沫若：《革命与文学》，《创造月刊》第1卷第3期，1926年5月16日。

见了比过去一切更为广阔的、真切的远景。作家不再拘束于自己的狭小的天地里，不再从窗子里窥望蓝天和白云，而是从他们的书房，亭子间，沙龙，咖啡店中解放出来，走向了战斗的原野，走向了人民所在的场所；而是从他们生活习惯的都市，走向了农村城镇；而是从租界，走向了内地。”① 周扬指出：“战争给予新文艺的重要影响之一，是使进步的文艺和落后的农村进一步的接触了，文艺人和广大民众特别是农民进一步地接触了。抗战给新文艺换了一个环境；新文艺的老巢，随着大都市的失去而失去了，广大农村与无数小市镇几乎成了新文艺的现在唯一的环境，这个环境虽然是比较生疏的，困难的，但除它以外也找不到别的处所，它包围了你，逼着你和它接近，要求你来改造它。……新文艺在改造环境中将会更多的改造了自己。在它眼前的人民，他们的生活，他们的相互之间的关系，他们的观念，见解，风习，语言，趣味，信仰，这些在过去都是与它比较疏隔的，都真是它今天所要去认识，去反映，去改造的对象。”② 所以，在这些文艺观念的指导下，文艺作品首先是为工农兵而创造，为工农兵所利用的。作家们也自觉地遵守着这一创作原则。为切实顺应“工农文艺方向”，舒群把文艺工作者今后要走的“新文艺发展的必然道路”厘定为：“要写给他们读，读得懂，或是听得懂，读得高兴，或是听得高兴，甚至非读非听不可。”③ 丁玲认为：“在写作之前，要有提纲，要说明你想写什么，要解决什么问题，要开

---

① 罗荪：《抗战文艺运动鸟瞰》，《文学月报》第1卷第1期，1940年1月15日。

② 周扬：《对旧形式利用在文学上的一个看法》，《文艺战线》第1卷第6号，1940年2月16日。

③ 舒群：《必须改造自己》，《解放日报》1943年3月31日。

座谈会，研究你的企图是否正确，你的观点是否正确。写好之后，又广为搜集意见，重复讨论，再三修改。”作品写完后不仅要听取专家的意见，更应把群众的意见“放在我们考虑问题的第一项”[①]。周立波回忆他当时的创作情形：“动笔之先，我把所有材料都温习了一遍。在研究和回想的当中，人物逐渐的浮起，故事慢慢形成。往后我就研究中央和东北局的文件，追忆松江省委召开的县书联席会议以及好多次的区村干部会议。借着这些文件和会议的指示和帮助，重新检验了材料和构思，不当的删削，不够的添加。但是所用的材料，都是个人的经历和见闻，不知是不是典型？我借了东北日报登载土改消息最多的几本合订本，把半年多的二版上的文章和消息全部阅读了，把构思中的人物和故事，又加了一回修正，稀奇的删削，典型的留存。这样，下卷里的情节和人物，虽说不是东北各地一致的典型，至少也是北满农村普通的事例。”[②] 袁静在谈到《新儿女英雄传》的创作过程时，也说这些题材“都有事实的根据，不过是加以综合和发展才成了现在这个样子。特别因为我们的生活经验不够，更不敢随便加以想象。素材不够的时候，我们就到群众里面去补充……”“写成以后，我们曾经念给几个地方的群众和干部听，吸收他们的意见，作了几次补充和修改”。而且，由于这部小说是袁静、孔厥两人的合著，写作中自然会有分工和协作：“因为我们以前是在一起工作的，所以人物和故事彼此都熟悉。在写作以前，又把主题思想和故事结构酝酿，商量好了，我们还把白洋淀一带八年抗

---

① 丁玲：《从群众中来，到群众中去》，《中华全国文学艺术工作者代表大会纪念文集》，新华书店 1950 年，第 179—180 页。

② 周立波：《现在想到的几点——〈暴风骤雨〉下卷的创作情形》，《生活报》1949 年 6 月 21 日。

战的大事列了个年表，此外又拟定了人物表，编好了故事提纲，经过许多次讨论、研究才动笔，所以写起来困难就可以少些……”“过去我们合作是这样分工的：因为我行动劲儿大些，又是河北人，口语上方便，就写初稿；孔厥琢磨劲儿大些，文字修养比我强，就修改，然后再一块儿研究，修正、润饰。这次写《新儿女英雄传》也是这样，我‘动’他‘改’，再一块儿修改。碰到困难的时候，两个人就一起突。也有个别的地方他特别熟悉，他先写；也有的地方他改了我再改。写到十多万字以后两个人都有点疲倦，索性两个人坐到一块儿商量着写。这样倒也可以相互启发。互相补充，力量既可以集中，效果也可以更好些。”①

正是本着这种向群众学习，为群众服务的文艺创作原则，《新儿女英雄传》在人物塑造、情节布局、叙述语言上作出了新的突破，展现了毛泽东提倡的文艺要表现“新的人物，新的世界”。小说开篇就给我们传达了很丰富的信息：“牛大水二十三岁了，还没娶媳妇。”“他娘已经去世，家里只有老爹和一个小兄弟，没个娘们家，过日子真难啊。”家里穷，“年年打利打不清，就像掉到井里扑腾，死不死，活不活的”。但老爹却执意要为大水娶媳妇：“小子，不给你娶媳妇，我死也不合眼。”但是“这一年，正赶上七七事变”，“日本飞机天天来头上转，城里掉了几个蛋。大官们卷金带银，小官们拔锅卷席的，都跑光了”②，城里乡下都人心惶惶。从这里，我们可以清晰看出作者交代的背景：在战争爆发的大背景下，冀中农民牛大水的最基本愿望是娶媳

① 杨鹤龄：《〈新儿女英雄传〉创作经过——记袁静同志的谈话》，石韵、辛夷编：《〈新儿女英雄传〉评论集》，海燕书店1950年版，第87—89页。

② 袁静、孔厥：《新儿女英雄传》，人民文学出版社1956年版，第1—2页。

妇、摘穷帽。随着战事的推进，情节的发展也一波三折，这两个目标也在几经曲折之后得以实现：牛大水在蔡老黑的介绍下加入了人民革命武装队伍，经过受训之后，从一个愣头愣脑的农民变成我党干部，领导抗日。杨小梅虽然拗不过母亲的安排，嫁给了“嘎小子”张金龙，但她不屈服于受压迫、被虐待的家庭生活，毅然参加革命队伍，和牛大水一起受训，成了一名坚强的女战士，领导妇女革命，并一再用真情去感化张金龙，但张金龙不改旧习，为虎作伥，杨小梅最终与他决裂。经过九死一生的抗战斗争，在革命取得大反攻胜利的时候，杨小梅和牛大水有情人终成眷属。

以人民的语言写人民的实际生活、思想活动和情感变化，是一切成功的人民文学共同的特点；只有完全熟练了人民的语言，才能随时运用得当，这就必须深入到群众里去不断地学习。嘴里怎么说，笔下就怎么写，嘴上说“猛不乍的”或“猛的”，就不写“忽然间”或“突然”。《新儿女英雄传》在语言上注重对民间语言的吸收，多用口语、歇后语、民歌等形式来表现人物，并且在语言的变化中体现人物思想意识的变化，展现不同人物的行为方式。比如：

一、忠实于口语的自然，对词语的采用务求具体、确切、适当。如小梅“直愣愣”地听着；大水独个儿爬在床上“呼吃呼吃”地生气；大水前头走，后面就“呼呼呼”地跟着一大群；大水家三间“窄巴巴”的土坯房，墙上的土“沙沙”地落下来；申耀宗“一骨碌”爬起来；擀得“细溜溜”的麦条儿；小梅生的是个小子，又红又胖，“肉嘟嘟，粉个囊囊”的；高屯儿老娘“白丝丝”的头发；高屯儿的牙咬得“格铮铮”的；蛤蟆“格哇格哇”叫；大铁锁“噹啷一声”开了；大皮鞋的声音“咯噔咯噔”

的走来……

二、多用成语、俗语和歇后语，增强文学效果。比如老黑蔡“好言好语”地盘问，李六子“唾沫乱溅”地说话，大水是“穷家难舍，熟土难离”。何世雄是“宁养一条龙，不养十双熊”。崔骨碌说：“当差不自在，自在不当差”；“何庄班”成立后，天天向各村要东西，要面八百斤，要肉八百斤，要油要醋……要什么都是八百斤。老百姓说：“八百斤，八百斤，剥了皮，抽了筋！”在野地里，秀女学别人说话，后来自己滑一跤，鼻子上沾满泥，田英指着秀女儿说：“你好！你好！跟人学，烂嘴角，跟人走，变黄狗！”……都是很生动的俗语。歇后语是民间语言的另一种形式，适当运用能增加趣味性，扩大影响力。如大水家借申耀宗家的钱，打利打不清，就像掉在井里打扑腾，死不死活不活的。大水和小梅受训时，跟不上大家的节奏，大水说：“咱俩可是高粱地里耩耠子，一道苗儿。”小梅也说：“谁说不是呀，咱们两个笨鸭子上不了架，受了一回子训，就装了一肚子小米饭，回去怎么见人哪。”牛大水受训时偷偷抽烟被大家严厉批评，程平耐心开导了他，大水心平气和之后说：“哈！你这是拿钥匙，把我的心开了窍了。”黑老蔡骂张金龙“你别老鼠上秤钩——自称自。”伪队长说：“你们是隔着玻璃瞧王八呢，往后我再也不敢了。”李六子说郭三麻子是“被窝里放屁，独吞”……这些生动的语言充分体现了劳动人民的智慧，充满了生活气息。

三、行动和语言互为补充，配合得当，通过一定的语言，表达一定的思想。高尔基曾说好的描写，各登场人物全凭其自身语言行动，不藉作者的助语而求得其明确的性格。通过具体生动的语言描写，配以行动，更能将人物栩栩如生地表现出来。比如写牛大水诚恳朴实的农民气质：张金龙要他加入何家庄班，他急得光脑瓜儿直冒汗，说："咱，咱不行，咱没那号本事！"黑老蔡要他抗日，大水一时有些慌乱，吞吞吐吐地说："行倒行……就是明天我地里有点活儿……"迟疑了一会又说："要去得和我爹说说。"双喜想介绍大水入党，大水问高屯儿："屯儿，在了党，我还种地不？"大水爹终于给大水找了个媳妇，大水问："她识字不？……不识字的我不要。……又不识字，又不会工作，别别扭扭的。"写小土匪李六子成立"串家班"的情形："我有个事儿跟大伙念叨念叨，眼下哪儿都成立'锅伙'，各村保护各村。咱村也得成立一班人就吃这个村，这年头，可不分你的我的啦，谁愿意来就来，这就叫'共点'（共产）！"黑老蔡去动员申耀宗抗日，申耀宗坐在一边，摸着八字胡回答："没说的，没说的。如今——国难当头，不抗日也不行啊！兄弟向来是主张抗日的。"大水的老爹最初反对他去参加抗日，说："中央军几十万抗不住，溜得一根毛毛也没剩，你有多大能耐，你就能抗啊？"……这些都是以简练的字句表达明确的思想。

四、内心活动与日常语言之间形成张力，增添了小说的丰富性、可读性。比如小梅逃难到表嫂家，表嫂给大水爹说亲，大水嘴里含含糊糊："这年头，还娶媳妇！"心里可是滚上滚下了，想"小梅真不错！要是娶她做媳妇，我这一辈子可就心满意足啦"。小梅看见姐姐回家对着她笑，低声和娘说话，知道在谈她的亲事呢，就不好意思红了脸，低下头，假装做针线活，眼不看，嘴不说，耳朵可直愣愣地听着哩。她心里盘算："大水可真不错了呀！好小伙子，老实巴交的，挺和善。能找这么个知疼着热的庄稼人，我这一辈子也就称心如意啦。"

大水刚加入自卫队的时候，没有枪，他们就拿一把小扫帚，用布包好，吊在屁股上，用袄盖着冒充盒子枪。牛大水老怕人家看出他屁股后面是假枪，“一会儿用手摸摸，一会儿扭过头看看，生怕那扫帚疙瘩掉出来”。大水娶亲的时候，心里“乐滋滋，乱麻麻的”，路上寻思：“真好笑！昨天还蒙在鼓里，今儿就要娶媳妇啦！这翠花儿，她是怎么个人呢？有小梅那么好吗？唉！已然这么了，就待着吧！反正我得叫她识字，还得拉她出来工作！”可是翠花在途中被鬼子糟蹋后投井牺牲了，大水爹气得病倒，大水心里也难受，和小梅说了自己的担忧，小梅听了，呆呆地望着大水，怀里的孩子闹着，揪着她的头发，她都不觉着。大水问她：“你什么时候来的？”小梅一时答不上来，脸儿飞红了，不好意思地问：“你说什么？……最近县上就要布置选举了，我来告诉你……”黑老蔡提议把申耀宗的保卫团与自卫队合并，申耀宗心里不同意，嘴上说：“这……”他不好说出口，就假装咳嗽，三咳嗽，两咳嗽，把话都咳进去了。黑老蔡问他怎么样，他为难地说：“这……好倒是好，可就是……兄弟一个人也做不了主，咱们慢慢儿再商量吧。”活脱脱展现了一个老奸巨猾的乡绅形象。牛大水被捕后受尽折磨，他哭着想：“我的娘啊！这怎么受的了呀？倒不如干脆死了好。”可是想起许多乡亲冒着危险，费尽心机救他，想起自己“再怎么悲观也不动摇”的誓言，他就对自己刚才的想法感到好笑：“不出来工作就逃得过吗？老百姓死的还多呢，这埋怨谁去！都是鬼子汉奸那些王八蛋害人。他妈的，我牛大水不死啦！只要能活着，就得报仇！”……诸如此类的心理描写，细腻地表现了人物的思想活动，读来更觉真实可信。

五、大量民歌民谣的穿插，增添了乡土气息，与农民生活更为接近，读来更加亲切。《新儿女英雄传》里的民歌，大部分还是新编的，如“炮声一响，眼泪满眶”、“星星跟月亮，老百姓跟共产党”、“红豆豆，白心心，我妈给我去说亲，荣华富贵我不要，我要嫁个八路军！一匹红马一顶轿，娶媳妇的过来了”、“今天碰钉子，明天碰钉子，钉子碰了三百三，脑瓜儿碰成铁蛋蛋”、“黑间来了八路军，八路军同志比弟兄还亲；毛蓝褂，紫花裤，头上蒙着白羊肚。同志一来话没头，敌人不敢下岗楼……”“针尖上打能能，刀子刃上过光景，铺蒺藜，盖葛针，鬼子欺压到如今！今天盼，明天盼，扳着指头盼，盼来了八路军”……这些生动活泼的民谣充溢着劳动人民生命的活力和生活的情趣。此外，还有许多反映当时抗战情形的民歌，比如“敌人的小汽船，上下跑了个欢，他把那游击队，忘在了一边。哎嗨哟，德冷登生，忘在了一边。汽船来到了，弟兄们心欢喜，队长的盒子往上翻，猴儿打落水里边。哎嗨哟，德冷登生，猴儿打落水里边”、“大家都来听，嘿，大家都来瞧：你看那共产党提出的双十纲领二十条！为了咱们边区老百姓，要自由，要幸福，保家乡，杀敌人，大家团结牢！……”“枪声响，大炮轰，残暴的敌人来围攻！不怕枪响，不怕炮轰，我们要粉碎敌人的围攻！枪声响，大炮轰，残暴的敌人来围攻！不怕枪响，不怕炮轰，把敌人消灭在冀中……”“冬天到春天，环境大改变；白洋淀的岗楼，端了多半边”、“太阳出来天大亮，红旗插到城墙上”等，这些民歌语言简练，节奏感强，琅琅上口，结合当时的抗战情况，深受民众喜爱而广为流传。

《新儿女英雄传》注重语言的大众化，也注重民众创造的新语言。对新的语言的吸收是语言变化的一个条件，如大水想：“多会儿熬磨到能记个录，就好了。”大水说：“你们大家抬抬手，原个谅吧！”“记录”和“原谅”两个词对牛大水就是新颖的。新词汇的运用反映了人物的思想意识的变化。“当一个群体的成员都为同一处境所激发，并且都具有相同的倾向性，他们就在其历史环境之内，作为一个群体，为他们自己精心地缔造其功能性的精神结构。这些结构，不仅在其历史演进过程之中扮演着积极的角色，并且还不断地表述在其主要的哲学、艺术和文学的创作之中。”①

## 三、有机融合与不足之处

卡西尔在《符号形式之哲学》中曾指出：“所有在某种形式上或在其他方面能为知觉揭示出意义的一切现象都是符号。尤其是当知觉作为对某些事物的再现或作为意义的体现，并对意义作出揭示之时。”② 由此看来语言也是一种符号。人们根据自己的需求而创造了语言，语言的功能在于揭示意义。小说所使用的语言势必要根据自己的价值需求来加以选择，从而建构一个自己的语言世界，主体可以在这个语言世界中张扬情绪，表现价值。在《新儿女英雄传》的叙事过程中，作者极力将大众化的语言纳入小说结构中，在特定的话语环境里，民族文化情绪与中国传统文化直接接轨，在艺术上借鉴了“英雄传奇”来建构小说，塑造人物，描述语言，在历史意识和表现历史上也继承了“革命史诗”传统，从而将文学的民族化与群众化推向了极致。《新儿女英雄传》标志着文学英雄叙事的成熟，被当作实践毛泽东《在延安文艺座谈会上的讲话》精神的成功典范，对确立和引导其后的创作具有积极意义。这种典型表现在：

---

① ［法］吕西安·戈德曼：《文学社会学方法论》，工人出版社 1989 年版，第 46 页。

② 李醒尘：《西方美学史教程》，北京大学出版社 1997 年版，第 595 页。

第一、凸显农民在革命中的英雄事迹，将农民个体行为充分政治化，表现农民和革命的天然联系。比如牛大水参加革命，是在表哥蔡老黑的带动下不自觉地加入革命队伍，起初还支支吾吾，找借口不去，但后来发现很“得”。特别在参加受训之后，更加坚定了革命的信念，入党后，在村里当上了干部，带领大家一起革命。杨小梅参加革命目的是为了逃避不幸的婚姻。被丈夫毒打，被婆婆虐待之后，小梅找到姐夫黑老蔡，说既然打日本不分男女老少，我也要当个女红军，“咱不识字，没能耐，哪怕给人提个水，跑个腿儿……干什么也行。反正不待在家里受罪啦!”于是大水和小梅一起到学习班受训，刚开始，白天上课，晚上开讨论会，起床、睡觉、上操、唱歌……干什么都吹哨子，觉得晕头晕脑的，紧张得厉害。两人基础差，跟不上节奏都很吃力，对于“目前形势”、“统一战线”、“游击战术”等新词汇听起来一头雾水，讨论会上更是不敢发言，都想打退堂鼓了。后来两个人互相鼓励，硬着头皮学习识字、写字、发言讨论，终于慢慢适应，不断进步。这个转变过程作者花了大量笔墨来描写，而这一转变过程，也反映了一个农民从蒙昧无知到变成革命新人甚至革命英雄的心灵成长史。牛大水和杨小梅在实际生活中是有原型的，袁静这样介绍：“就说牛大水吧，他在生死关头里的英勇斗争，和不屈不挠的牺牲精神，就是一位优秀干部的亲身经历。他从那以后改名为张复生，就是纪念这回事儿的。现在他身上疤痕还很多，手指头被钉子穿过，身上被火烫过，被打的伤都还留着疤痕，全身几乎没有一处没有伤的。他当时就是要被汉奸们拉出去砍头的，那刽子手刀都举起来了，忽然有人喊着跑过来，他就绝处逢生，留下了这条性命……当然牛大水的故事不是张复生一个人的经历，还概括了一些旁的同志的经历……当时冀中的对敌斗争实际上要伟大得多，我们因为能力的限制，所反映的不过是现实的千分之一，万分之一吧了。有些事情看起来或许有些像奇迹，实际上人民的英雄们的确创造了无数的奇迹。在共产党、毛主席的领导下，奇迹实在太多了。”“杨小梅也是根据几个性格相仿的女同志集中起来写的。她的模特，有的还在当地工作，有的已经南下，有的已经牺牲了。不过杨小梅这个名字可不是真的……这是恐怕受事实的限制，也为的是避免误会。”[①] 作者在加工故事原材料的时候，采用典型化的方法，塑造一个英雄人物的典范，在平凡的生活中找出最本质的东西加以集中、提炼、修饰，从而变成成功的艺术品。

第二、大团圆的叙事路径，基本上遵循了“道路是曲折的，前途是光明的”理念，即使前面展现的故事异常艰苦、悲惨，但到最后也能突破重重困境，取得胜利。最突出的要算牛大水和杨小梅的婚事。杨小梅的姐姐想把她嫁给牛大水，可她母亲却嫌大水家里穷，把小梅嫁给了张金龙。小梅受尽张家的虐待，跑出来参加革命受训，成长为一名坚强的党员干部，在黑老蔡的劝解下回到家里，她想“为了孩子，能对付就对付吧”，还尽力说服张金龙参加革命。但张金龙恶性不改，没有从根本上认识抗日的性质，不服从革命纪律，逞个人英雄，滥杀革命联合对象并且在关键时刻背叛八路军，造成了革命的损失……小梅最后对黑老蔡说：“为了争取张金龙的转变，我什么话都说了，心都使碎了，可是他根子不正秧子歪，跟咱们走不到一条道上，我要求和他离婚！”杨小梅争取到自己的自由，是当时妇女争取人身自由解放

① 杨鹤龄：《〈新儿女英雄传〉创作经过——记袁静同志的谈话》，石韵、辛夷编：《〈新儿女英雄传〉评论集》，海燕书店 1950 年版，第 89－90 页。

的一个缩影。但他和牛大水的结合还经历了重重磨难，结婚的过程也很有意思，特别是程平送的对联："新人儿推翻旧制度，老战友结成新夫妇"，横批是"革命的爱"。这真实地反映了两人好事多磨的婚姻。正如大水感叹的："要不是参加革命，咱们俩怎么也走不到一块儿了。"这"革命的爱"不仅具体、真实、感人，同时也是一种高度的精神隐喻，两人的自由和幸福婚姻是黑老蔡所代表的中国共产党领导的革命所给予和保障的。革命，使国家和个人都重新获得了"新生"。

王仲元在《〈新儿女英雄传〉给了我些什么》一文中说：这部书让他彻底弄清了"谁在抗日"这个问题。书中"介绍的许多伟大的英雄人物，不是什么豪侠和将军之类的，而是一向被自己瞧不起的工人农民。像蔡老黑、牛大水、杨小梅、双喜等都是。他们不仅对敌人的斗争坚决、英勇、不怕牺牲，而且在和敌人的斗争中不断地显露出他们的机智来，应用种种技巧的战术和策略打击敌人，战胜敌人。此外，像老排长、赵五更、艾和尚、尹大伯、王树根的老娘……以及广大的人民群众，也都在完成着光荣的英雄行为，他们有的被敌人杀害了，有的冒着杀身的危险掩护与营救我们的干部。正因为有了这千千万万的人民的英雄行为，中国人民才终于打到了日本帝国主义。"①《光明日报》副刊的编辑认为：《新儿女英雄传》在文艺战线上打了一个大胜战，它不是标语口号，不是概念说教，而是通过艺术去达到政治目的。不是在讲故事，而是描写人物，把人物有血有肉地活在读者面前，

① 王仲元：《〈新儿女英雄传〉给了我些什么》，石韵、辛夷编：《〈新儿女英雄传〉评论集》，海燕书店1950年版，第25页。

使读者的感情与书中人物休戚相关。[1] 而且，作者达到了在普及基础上的提高，很好把握了《讲话》的精神，这是作者对于读者、社会和时代负责的表现。

当然，这部小说也有这样那样的不足之处。首先表现在对于人物塑造的局限。对人物有一个固定概念，是勇敢的、豪迈的，然后到生活中去寻找符合这个概念的人物，“这个过程是不对的”。“这种颠倒的方法，不是从生活出发，而是从主观、从假象出发”[2]。这个趋向在当时的作品中比比皆是。正如王晓明所说：“抗战文学在中国文学史中是一个情绪化概念化的作品群。”“自从中国现代文学的左翼传统占据了主导地位之后，文学写作本身就难免在强大的意识形态历史化的推动下展开。抗战之后，解放区的文学或新中国成立后的文学，几乎少有对二战时期或抗战时期的历史和人性进行深入剖析的作品。”“总之，文学叙事总是受到历史正义观的影响，对恶势力的鞭挞，对人民和正义的歌颂，这是现代文学叙事必然的表现模式，但是，在这种以民族国家为背景的历史正义观决定下的文学叙事，也需要一定的个人经验参与其中。”“反思性与个人经验进入历史，这是文学叙事深刻性的根本机能。而且，一些重大历史事件正是个人经验深化的最好契机。我们关注中国现当代文学的个人性与历史化的关系时，二者总是难以做到恰当的互动深化，或者人性与历史脱节，或者历史淹没了个人。”“历史不被个人的生命体验和追问穿透，就只能是虚空的历史，只能是被看不见的历史之手任意摆布的历史。在这

① 《光明日报》副刊编者：《在文艺战线上打了一个大胜仗》，石韵、辛夷编：《〈新儿女英雄传〉评论集》，海燕书店1950年版，第84页。

② 周扬：《论艺术创作的规律》，人民文学出版社2009年版，第189页。

一意义上，文学的书写不过象征性地表现出整个时代对待历史的态度和方法而已，如何回到生命个体本位反思历史和书写历史，今天依然是一个尖锐的问题。”①

第三，从整个小说情节的发展上看，有些段落之间的联系不够紧密，安排较随意、跳跃。比如，正在看着如何攻打炮楼，如何说服伪军……忽然一下子换到了敌人内部的场景描写了。没有紧扣一个场景写完全，就像扣子没有扣好一样，前面没有交代清楚，后面接得不够紧凑，使读者在阅读过程中有种“接不上气”的感觉。

最后，描写对敌斗争的时候，整个艰苦过程写得不够全面。比如，作者把敌伪对人民的残酷迫害写得很具体，像活埋、烧死、扫荡、睡冰等，都有细节的描述，很逼真。但我们如何想尽办法与敌人周旋、斗争，如何集中智慧来对付敌人的压迫，还写得不够生动。事实上，在广大敌后根据地除了和日本人打仗之外，还展开了另一个战斗，那就是共产党领导的广大群众向封建主义的战斗，像减租减息，反黑地等斗争，有步骤地消灭封建势力，建立人民的政权。这也是巩固和发展农民革命积极性及其英雄主义的主要因素。特别是在抗战的后期，就是在作者描写的那些地区，曾经展开了轰轰烈烈的反黑地等斗争，反映了农民迫切地要求解决土地的问题。“但在这部作品里却忽略了这个很重要的政策，没有深刻地挖掘这个现实，没有充分地展开描写这个现实，往往略带几笔就过去了。固然第十四回主要是专门描写减租

① 王晓明：《鬼影底下的历史虚空——对抗战文学及其历史态度的反思》，《南方文坛》2006 年第 1 期。

减息，但在整个作品的比重中，就显得孤单，显得突如其来”[①]。此外，对于杨小梅“只身入虎穴”一类的描写，以及争取群众支持时的一些描述，则显得薄弱，与实际情况不大相符。究其根源，一是因为小说时间跨度大，难以详尽描述各种斗争；二是因为作者是合著，在布局与技巧上，有些地方难免会出现抵牾。

有评论者指出：“我国的战争小说在很长一段时间里只注重战争进程的外在书写，而忽视了战争对于人的心灵所造成的深刻影响以及对于战争中的人道主义的关照，一直缺乏艺术表现力以及美学上的厚重与质感。”[②] 是的，20 世纪之初，中国文学就出现两大叙事话语模式，一是“五四”启蒙式的现代知识分子精英叙事；一是被历史合法化并成为主流的“政治—革命”话语。在传统的“革命—政治”叙事中，“个人经验根本没有存在的资格，他只能附属于集体经验的边缘，或者以集体经验为掩护，遮遮掩掩欲抱琵琶半遮面地闪现于其中。个人体验的身影在民族、国家政治的集体话语中显得边缘而陌生，正是这种陌生确立了他的独立性”[③]。美国作家加兰说：“为一切时代而写作的最可靠的方法，就是通过最好的形式，以最大的真诚和绝对的真实描写现在。为别国而写作的最可靠的方法，就是忠实于自己的国家，忠实于那些我们热爱的——朴素地爱，像人那样爱的——地方和

---

① 萧也牧：《向青年读者推荐一部好小说——〈新儿女英雄传〉读后感》，石韵、辛夷编：《〈新儿女英雄传〉评论集》，海燕书店 1950 年版，第 18 页。

② 张鹰：《历史的选择与选择的历史——中国当代战争小说五十年之反思》，《首都师范大学学报》2001 年第 1 期。

③ 许志英、丁帆主编：《中国新时期小说主潮》（上），人民文学出版社 2002 年版，第 655 页。

人，在他们面前既不企图降低，也不企图抬高自己。”①

在烽火抗争的年代，面对民族的兴亡，人民的苦难，个人的得失又算得了什么呢？艺术家们只管拿起笔，我手写我口，以笔为旗，呐喊，警醒。正如路翎所说：“我们现在处在一个亟待毁灭，也亟待新生、创造的时代。一切东西，一切生命和艺术，都是达到未来的桥梁。”②“写作的目的，并不是希望他不朽，而是希望给这时代的人读就够了；他只需把握这时代的人的社会意识，我用这时代的人们正确的情绪，加以煽动，我们无需掺和许多较高而不切实际的理想。明确的说，国民现在的情绪，是杀敌，是抗战，是为民族争生存，那么所有和平的梦，人道的梦，世界大同的梦，都不是这时所应当做的。我们深知我们所写的小说的命运，是时代的宠儿，但不是文学上的不朽杰作，时代转变了，我们的东西就等同于废纸，我们的名字将被人遗忘；然而我们甘愿如此做去，我们才算尽了文学工作者的责任。写作不是为自己，甚至于不是为读者，而是为国家。自己的名字和战场上的战士一样，生命也置之度外，作品的朽与不朽，名字的朽与不朽是不在计较之列的。”③

正是本着这样的创作心态，作家们严格遵守《讲话》的创作标准，深入群众生活，积极参加到抗战斗争中去，收集故事材料，丰富内心体验，然后运用现实主义的创作方法，塑造出了典

---

① ［美］赫姆林·加兰：《破碎的偶像》，刘保端等译，《美国作家论文学》，生活·读书·新知三联书店1984年版，第84页。

② 路翎：《自白——〈财主底儿女们〉题记》，《文艺杂志》新1卷第3期，1945年9月15日。

③ 金满成：《关于抗战小说》，《文艺月刊·战时特刊》第2卷第2期，1938年9月。

型环境中的典型人物，创作出一大批让群众喜闻乐见的英雄传奇小说，这是特殊时代的产物，虽然在艺术上千篇一律，但在现实意义上却举足轻重。三四十年代的文学创作数量巨大，且广泛得到好评，日本学者竹内好甚为震惊，“我曾经以为战争会使中国文学荒废，因为中国遭受的战争灾难比日本严重多少倍。然而，经过战争的中国文学，竟令人惊异的更加清新娇艳，更具有艺术性，简直令人震惊。我第一次懂得了战争也可以深化人类的灵魂。”[①] 文学体裁就其本质来说，反映着较为稳定的、经久不衰的文学发展倾向，一种体裁中，先是保留有正在消亡的陈旧因素。自然，这种陈旧的东西所以能保存下来，就是靠不断更新它，或者叫现代化，一种体裁既如此又非如此，总是同时既老又新。一种体裁在每个文学发展阶段上，在这一体裁的每部具体作品中，都得到重生和更新。体裁的生命就在这里，因此，体裁中保留的陈旧成分，并非是僵死的而是永远鲜活的……在文学发展过程中，体裁是创造性记忆的代表。正因为如此，体裁可能保证文学发展的统一性和连续性。[②] 因此，在今天回过头来重新审视这些政治话语下的文学创作时，虽然有点惋惜其缺失的文学厚重感与思想的深刻性，但在小说中所展现的生命的激情、叙述的真实和与人民群众的密切关联又是其他小说类型所不及的。我们要用历史的批判的眼光来看待它，这样，才不会因个人的审美喜好而产生偏颇。

---

① ［日］中野美代子：《中国人的思维模式》，北雪译，中国广播电视出版社1992年版，第185页。

② ［苏］米·巴赫金：《陀思妥耶夫斯基诗学问题》，《巴赫金全集》第五卷，钱中文译，河北教育出版社2009年版，第140页。

# 参考资料


艾芜：《艾芜文集》四川文艺出版社 1986 年版。

艾以等：《王西彦研究资料》，知识产权出版社 2009 年版。

巴金：《贵阳短简》，施康强编：《征程与归程》，中央编译出版社 2001 年版。

巴金编：《抗战文艺期刊选集》第二辑，书目文献出版社 1982 年版。

曹万生主编：《中国现代汉语文学史》，中国人民大学出版社 2007 年版。

陈伯霖：《北方民族萨满跳神的原始娱乐功能》，《黑龙江民族丛刊》1995 年第 1 期。

陈继会等：《中国乡土小说史》，安徽教育出版社 1999 年版。

陈龙霖、黄德志：《论京派作家的古典主义情结——以废名、沈从文、汪曾祺为例》，《名作欣赏》2010 年第 17 期。

丁帆：《中国乡土小说史》，北京大学出版社 2007 年版。

废名：《桥·桃园》，复旦大学出版社 2006 年版。

傅修延主编：《叙事》丛刊第三辑，中国社会科学出版社 2010 年版。

顾君穀：《贵阳杂写》，施康强编：《浪迹滇黔桂》，中央编译出版社 2001 年版。

管新福：《赛义德的去蔽工作及其身后的文化悖论》，《当代文坛》，2008年第3期。

何光渝、何昕：《贵州：衣食住行的变迁》，贵州人民出版社2008年版。

黄文：《抗战时期贵州人口变迁对社会的影响》，《贵州文史丛刊》2009年第3期。

季季、关鸿编：《永远的张爱玲——弟弟、丈夫、亲友笔下的传奇》，学林出版社1996年版。

蹇先艾：《蹇先艾文集》（二），贵州人民出版社2003年版。

金介甫：《沈从文论》，《钟山》1980年第4期。

金满成：《关于抗战小说》，《文艺月刊·战时特刊》第2卷第2期，1938年9月。

孔庆东：《老舍与国民精神》，《北京大学学报》（哲学社会科学版）2005年第9期。

孔颖达：《十三经注疏》下卷，中华书局影印本，1980年版。

老舍：《老舍文集》第15卷，人民文学出版社1993年版。

老舍：《三年写作自述》，《老舍生活与创作自述》，人民文学出版社1982年版。

老舍：《我怎样写短篇小说》，《宇宙风》1936年第8期。

乐黛云：《透过历史的烟尘》，北京大学出版社1997年版。

李奇：《李奇集》，中国社会科学出版社2003年版。

李醒尘：《西方美学史教程》，北京大学出版社1997年版。

凌宇：《沈从文传》，北京十月文艺出版社1988年版。

刘北汜：《山谷》，江西人民出版社1981年版。

刘勇强：《吴组缃文选》，北京大学出版社2010年版。

刘中树主编：《镣铐下的缪斯——东北沦陷区文学史纲》，《东北学人现代文学研究丛书》，吉林大学出版社1999年版。

鲁迅：《鲁迅全集》第6卷《中国新文学大系·小说二集·序》，人民文学出版社1988年版。

路翎：《自白——〈财主底儿女们〉题记》，《文艺杂志》新1卷第3期，1945年9月15日。

马峰、西戎：《吕梁英雄传》，作家出版社1964年版。

孟华：《比较文学形象学》，北京大学出版社2001年版。

孟慧英：《寻找神秘的萨满教世界》，西苑出版社2004年版。

孟丽、张瑞静：《全面抗战时期灾荒状况与农村人口迁移》，《时代文学》下半月，2007年第1期。

逄增玉：《黑土地文化与东北作家群》，《二十世纪中国文学与区域文化丛书》，湖南教育出版社1995年版。

彭柏林：《道德需要论》，上海三联书店2007年版。

钱理群、温儒敏、吴福辉：《中国现代文学三十年》（修订版），北京大学出版社2011年版。

任兆胜：《乡下人的第四段旅程——沈从文抗战时期在昆明》，《吉首大学学报》（社会科学版）1997年第1期。

沙鸥：《贵阳一瞥》，黄发有编：《中国城市名片》，山东画报出版社2008年版。

沙汀：《在其香居茶馆里》，文化艺术出版社1989年版。

申丹、韩加明、王丽亚：《英美小说叙事理论研究》，北京大学出版社2010年版。

申丹、王丽亚：《西方叙事学：经典与后经典》，北京大学出版社2010年版。

沈从文：《从文小说习作选》，上海良友图书公司1945年版。

沈从文：《沈从文精选集》，北京燕山出版集团2010年版。

沈从文：《沈从文文集》第十卷，花城出版社1983年版。

沈从文：《沈从文选集》第五卷，北京十月文艺出版社1988年版。

石韵、辛夷编：《〈新儿女英雄传〉评论集》，海燕书店1950年版。

谭沛生：《论戏剧性》，北京大学出版社1981年版。

唐沅：《吴组缃作品欣赏》，广西人民出版社1989年版。

田涛：《沃土》，花山文艺出版社1983年版。

童庆炳：《文学理论教程》（修订二版），高等教育出版社2006年版。

王海明：《新伦理学》（上册），商务印书馆2008年版。

王嘉良：《战时东南文艺的一面耀眼旗帜—评说王西彦在抗战时期的文学成就》，《浙江师范大学学报》1998年第6期。

王佩娟：《一部反映抗战时期潮汕人民痛苦生活的力作—论易巩的〈杉寮村〉》，《中山大学学报》1995年第2期。

王庆：《现代中国作家身份变化与乡村小说转型》，华中科技大学出版社2007年版。

王西彦：《王西彦选集》，四川文艺出版社1985年版。

王晓明：《鬼影底下的历史虚空——对抗战文学及其历史态度的反思》，《南方文坛》2006年第1期。

王晓明：《论艾芜的三部长篇小说》，《文学评论》1984年第4期。

吴组缃：《苑外集》，北京大学出版社1988年版。

吴组缃：《中国小说研究论集》，北京大学出版社1998年版。

夏衍：《中国抗日战争时期大后方文学书系》第二编《理论

论争》第一集，重庆出版社 1989 年版。

徐岱：《小说叙事学》，商务印书馆 2010 年版。

许志英、丁帆主编：《中国新时期小说主潮》（上），人民文学出版社 2002 年版。

杨春时：《老舍创作的多向性——现实主义、启蒙主义与革命古典主义》，《文艺理论研究》2010 年第 3 期。

袁静、孔厥：《新儿女英雄传》，人民文学出版社 1956 年版。

张丽华：《吴组缃小说的叙述艺术》，《杭州师范大学学报》2010 年第 4 期。

张学敏：《论废名田园诗化小说的精神指向》，《天水师范大学学报》2009 年第 4 期。

赵园：《沈从文构筑的湘西世界》《论小说十家》，浙江文艺出版社 1987 年版。

郑择魁：《吴越文化与中国现代文学》，杭州大学出版社 1998 年版。

周扬：《论艺术创作的规律》，人民文学出版社 2009 年版。

朱栋霖等：《中国现代文学史 1917—1997》上册，高等教育出版社 1999 年版。

《中国抗日战争时期大后方文学书系》（4 卷），重庆出版社 1989 年版。

《中华全国文艺界抗敌协会史料选编》，四川省社科院出版社 1983 年版。

（英）贝思飞，《民国时期的土匪》，徐有威、李俊杰等译，上海人民出版社 1982 年版。

[USSR] M. M. Bakhin，The Dialogic Imagination. Austin：U of Texas P，1966，1981.

[奥] 弗洛伊德:《论文明》,徐洋等译,国际文化出版公司 2000 年版。

[德] 黑格尔:《美学》第二卷,商务印书馆 1979 年版。

[法] 吕西安·戈德曼:《文学社会学方法论》,工人出版社 1989 年版。

[法] 罗兰·巴特:《S/Z》,屠友祥译,上海人民出版社 2000 年版。

[美] 赫姆林·加兰:《破碎的偶像》,刘保端等译,《美国作家论文学》,生活·读书·新知三联书店 1984 年版。

[美] 华莱士·马丁:《当代叙事学》,伍晓明译,北京大学出版社 2006 年版。

[日] 中野美代子:《中国人的思维模式》,北雪译,中国广播电视出版社 1992 年版。

[苏] 高尔基:《文学书简》(上卷),人民文学出版社 1962 年版。

[苏] 米·巴赫金《陀思妥耶夫斯基诗学问题》,《巴赫金全集》第五卷,钱中文译,河北教育出版社 2009 年版。

[英] 爱·摩·福斯特:《小说面面观》,苏炳文译,花城出版社 1984 年版。

AndrèVia, lGuydeMaupassantet l'artdu roman, Paris, 1954. pp. 74—75. 转引自 [法] 保尔·巴迪:《论老舍的短篇小说艺术》,吴永平译,《文艺理论与批评》2008 年第 1 期。

# 后　记

本书源于我为指导的博士生、硕士生设计的关于抗战文学研究的一个课题。为什么选择“大后方抗战文学的农村书写”呢？念及到长期以来抗战文学研究重点是军人形象。战争文学研究者的这种选择无可非议。毋庸置疑，中国人民抗日战争的参与者主要是军人，而这些军人构成者绝大多数是农民，他们生活在中国的广大农村。如果把抗战文学研究集中于农村书写上面，可以透视出抗日战争中的中国军人之特质以及这些特质所形成的社会因素。因此，两年前我设计了这个课题，分配给了年轻的学子们。

这些年轻学子胸怀为抗战文学研究大厦砌砖加瓦之志，欣然接受了这个任务。两年来，他们不时埋头于抗战文献之中，熬更守夜，坐着冷板凳，几易其稿，完成了课题。对此，我十分欣慰。

本书撰写分工如下：

前　言　靳明全。

第一章　论艾芜抗战长篇小说的多重意蕴及其矛盾性　刘云。

第二章　《淘金记》还原抗战背景下普遍的生活真实　程静。

第三章　吴组缃大后方农村写作的艺术特色——以《山洪》为例　毕微。

第四章 分裂与整合—《吕梁英雄传》的人物形象塑造 陈璐。

第五章 沈从文自身以及笔下大后方“乡村人”的抗战 刘恩艳。

第六章 田涛抗战小说《希望》的伦理学阐释 洪峰。

第七章 《山谷》的空间叙事与文本分析 谭言红。

第八章 论端木蕻良抗战小说中的关东文化及反抗者形象 陈志璐。

第九章 大后方抗战小说中的农村妇女形象 王超鸿。

第十章 从《敌与友》看老舍的创作特色及历史局限 陈宴中。

第十一章 抗战时期王西彦乡土小说的艺术特色 展鹤。

第十二章 三四十年代乡村小说创作实践的转变 夏怡。

第十三章 战时内迁贵州的难民生存状况探析——以蹇先艾战时作品人物为例 叶力军。

第十四章 政治话语与乡土语言结合的典范——《新儿女英雄传》中的抗战书写 黄健平。

博士生刘云和黄健平作为副主编，为统稿作了大量的工作。我将完稿提交巴蜀书社，编辑陈红极力玉成出版，她提携年轻学子拳拳之忱令我感激不尽。诚然，书中存在着缺欠和遗憾，我也与陈红编辑一样，提携年轻学子，想到抗战文学研究烽火有年轻人来传承，即使书中的不足概由我负责也在所不辞了。

靳明全

2011 年 10 月于重庆市抗战文史研究基地

**图书在版编目（CIP）数据**

大后方抗战文学的农村书写 / 靳明全主编. —成都：巴蜀书社，2012.1
ISBN 978-7-80752-966-8

Ⅰ.①大… Ⅱ.①靳… Ⅲ.①农村—抗战文艺研究—中国 Ⅳ.①I209.6

中国版本图书馆 CIP 数据核字（2012）第 002132 号

**大后方抗战文学的农村书写**

主　编　靳明全　副主编　刘　云　黄健平

责任编辑　陈　红
封面设计　经典记忆
出　　版　四川出版集团·巴蜀书社
　　　　　成都市槐树街 2 号　邮编 610031
　　　　　总编室电话：(028)86259397
网　　址　www.bsbook.com
发　　行　巴蜀书社
发 行 科　电话：(028) 86259422
总 编 室　电话：(028) 86259397
编 辑 部　电话：(028) 86259418
制　　作　四川胜翔数码印务设计有限公司
经　　销　新华书店
印　　刷　成都蜀通印务有限责任公司
版　　次　2012 年 1 月第 1 版
印　　次　2012 年 1 月第 1 次印刷
成品尺寸　210mm×148mm
印　　张　9.375
字　　数　280 千字
书　　号　ISBN 978-7-80752-966-8
定　　价　25.00 元